爱与真的启示

张爱玲的晚期风格

陈建华 / 著

广西师范大学出版社

·桂林·

目 录

自 序

这也许算得上"张学"的一段"传奇"了,缘起于一九九一年秋李欧梵老师在洛杉矶加州大学主持的中国现代文学讨论班。身在其中,说"传奇"犹如王婆卖瓜,或许这样形容更好——李老师有一个当音乐指挥的梦想,那就把它看作一场舒伯特式《未完成交响曲》吧。

二〇二〇年正值张爱玲诞辰百年,台湾《INK印刻文学生活志》上明凤英在《张爱玲1937:与圣玛丽女中校友聊天》一文里回忆道:

一九九一年,李欧梵老师在UCLA开授"中国现代文学"课上,我与众师兄都翘首倾听,当时座上有许子东、陈建华、孟悦、史书美、黄心村,和其他许多慕名而来的研究生。那个秋天的下午,李欧梵老师劈头便问:"张爱玲的魅力到底在哪儿?你们为什么喜欢她?"众人心潮澎湃,纷纷举手抢答,结果却也只能给出一些模糊的回应:过瘾,够狠,文字意象超凡之类的。多年后,众师兄妹都写过张爱玲的论文,李欧梵老师自己也不例外,多年后亲赴火线,一举完成《范柳原忏情录》,向《倾城之恋》致敬。

十余年前我在《张爱玲"晚期风格"初探》一文中提起过李老师这堂课,不如明凤英说得这么概括和生动。我提到:"正巧周蕾的《女性与中国现代性》一书刚问世,书中有讨论张爱玲的专章,被列为参考材料。"这一点关乎当时的学术氛围,不妨稍作补充。自二十世纪六十年代初夏志清先生的《中国现代小说史》与后来耿德华(Edward Gunn)先生的《被冷落的缪斯》(*Unwelcome Muse*)出版以来,张爱玲在英语世界受到瞩目,而在中文世界"张爱玲热"则如日中天。本来中归中,西归西,冷热不同,而这个讨论班把两头凑在一起,很难得,大多是中国学生,来自五湖四海。周蕾在书中把夏志清的冷战意识形态及其"新批评"方法视为过气,代之以后结构主义、女性主义理论与跨文化研究方法，很大程度上标志着北美的中国现代文学乃至"中国研究"领域中后现代批评的范式转换，当然如书名所示，"中国现代性"理论殊具魅力，在讨论班上与张爱玲抢风头，也给她披上了霞光。

同学当中最先是孟悦和史书美，写了很棒的文章。讨论班之后很快就在《今天》杂志上见到孟悦的《中国文学现代性与张爱玲》，题目大气，反思国内现代文学史书写的局限，阐述张爱玲《传奇》对于中国文学"现代性"的启示，也是"重写文学史"移花接木，在海外生机蓬勃。不久《二十一世纪》上史书美的《张爱玲的欲望街车》踢爆眼球，令人想到费雯丽和马龙·白兰度。文章呼应周蕾，显出北美的"学术政治"，直接指出夏志清与耿德华注重张爱玲作品与政治或历史语境的关系，而她声言从作品本身出发，正是结构主义的路数，特别举"文本"分析的经典——罗兰·巴特的《S／Z》为例，说全书分析了巴尔扎克的短篇小说《萨拉辛》(*Sarrasine*)，而《传奇》中任何一篇小说都比得上《萨拉辛》，为张爱玲争气。夏志清早就指出《传奇》受弗洛伊德的影响，而史书美对"欲望结构"的解读叫人眼花缭乱。最后把《传奇》看作一种"国家寓言"(national allegory)。这是詹明信提出来的，认为中国现代文学皆为"国家寓言"

（或译为"民族寓言"），以鲁迅为典范。史书美这番拔高张爱玲，虽不免理论套话，似带点与鲁迅比肩的意思。

从夏志清到周蕾，都在看张爱玲的上海"三十年前的月亮"，映照出学界思潮与全球主义兴起的急剧变迁。从讨论班到今天又是三十年，尽管疫情汹涌，这轮张爱玲的月亮闪烁不定，却清坚决绝如故。说来有趣，班上的几位同学一时飙发研究成果，如各路烟花绽放在同一夜空。前年在香港开会碰到许子东，赠我一本《细读张爱玲》，去年又出了简体字版，并获奖。去年，香港大学的黄心村主办了纪念张爱玲百年诞辰的文献展，她已发表数篇关于张爱玲与港大的系列文章，独家品牌，天遂人愿。与明凤英的文章同一期杂志上也有我的《漫话〈小团圆〉的"金石"风格》一文（感谢她与蔡登山先生的绍介），那是从我的《论张爱玲晚期风格》中节录的，全文在《现代中文学刊》分期刊出。

我们皆受惠于这个讨论班。李老师素来"但开风气不为师"，却乐为"张迷"作表率。不知有谁比他更得张爱玲"戏肉"的真传，借《倾城之恋》抒写个人与香港的爱经，在《范柳原忏情录》中六十七岁的范柳原虔诚祈祷："让我在死前轰轰烈烈地再爱一次。"先是在《联合报》连载，编者按语说这部小说"既向张迷挑战，又向名家致敬"，运用的是"后现代笔法"。我想李老师自有渊源，早在台大师从的夏济安先生做批评也写小说，初见张爱玲时便表示要跟她一比高下，浇了她一头雾水。当时我写了一篇《后现代风月宝鉴：情的见证》的读后感，似鸳蝴腔调加时髦理论的做派，有幸被收入书中。研究上李老师也是锲而不舍，关于张爱玲的专书与文章不断。对我来说另有值得纪念的插曲。二〇一四年老师应邀来上海交通大学为我"撑场面"，作了"中国作家与世界文学"的系列讲座，最后一场讲张爱玲，根据几个月前问世的《少帅》讨论张的双语写作的特点与困境。令他震惊的是《少帅》中大胆的色情描写，在张爱玲那里前所未有，李老师照书念段子，中英文对照，把我们听得一愣一愣的。由此可见他跟进"张学"像跑火车，从不脱班。

弹指三十年过去了！明凤英在文章里说二〇〇〇年她在上海访问了两位圣玛利亚女校的校友，一起"闲聊"张爱玲。一位七十二岁，另一位八十二岁，在她们的记忆里她"怪"得出奇，房间"脏"得要命。我突发遐想，如果是晚唐的白头宫女谈起杨贵妃，说不定也是这类宫闱秘辛。这篇访谈一直锁在抽屉里，二十年之后才发表，作者说从那以后与她们失联，读来顿生今夕何夕、恍若隔世之感。

子东兄在新著前言中也谈到了李老师这堂课，说到当时万没想到张爱玲就住在学校附近，在他天天停车的路口。的确，与她"擦肩而过"这一点在我们的记忆中徘徊，不一定是遗憾，更多是莫名诡异和时空错置的反讽，仿佛永久错失了春天的约会而惆怅无已。其实即使在某个超市里遇到且认出她，那种潦倒不堪的形象一定叫人吓噬噬。今天再看这三十年的月亮，只觉得时光迅逝，世事纷扰，更是寒噬噬。

我是在这个班上开始读到张爱玲小说的，即刻受了文字蛊惑。从小在上海的弄堂里长大，从父母辈听过不少老底子故事，无非小资情调，加之自己有过一段追求唯美与颓废的文青经历，因此读她的作品有一种异样的触动，糅合着天才难再、乡愁、梦幻和"语言家园"的失落与恐惧。在香港科大教书时我住在清水湾畔，推窗面海，风景独好。有时风和日丽，读她的作品如孩童般快乐。也曾有过一段人生低谷的日子，深更半夜难以入眠，读一点张爱玲，在苍凉中寻找绝世华美的梦境，在自我制造的神秘中偷乐，写几首诗，无厘头风格似乎也跟听多了深港街头的流行歌曲有关，算是一种自我治疗了。

做研究是另一种逻辑。最初一篇从"奇幻"文类角度讨论《传奇》与唐宋传奇的关系以及张爱玲的文学立场，说她不新不旧，要点是她对"理性"的质疑与"自我"的反讽。一九九七年亚洲年会时在纽约分会上宣讲，评议人是耿德华先生，具体内容记不起了，只是能得到名家批评与肯定，感到兴奋。后来写成中文，二〇〇六年在台湾大学的《中外文学》上发表。

一篇文章磨了好久，渐渐显出我的研究导向——关注张爱玲与"文明""时代"的关系，好似在一条隧道里来回摸索，终于明亮起来。李老师的讨论班以"现代性"为主题，就离不开社会、个人、历史与意识形态等问题，当时"张学"不乏"民国临水照花人"的"胡"腔，这对我似乎没什么影响。这也和我所受的学术训练有关，在复旦期间在章培恒老师的指导下完成硕博士论文，他的文学史观以马克思主义和鲁迅的"人性的解放"为圭臬。欧梵老师在哈佛大学师从史华慈先生，也是思想史出身。那时我也在做"革命"话语的研究，受了些福柯的影响，对于概念的生成与传播及其背后的权力机制作历史化考察。

我在二〇〇九年的随笔《张爱玲与塞尚》中以她的散文《谈画》为例，把散文与小说、文学与艺术打通，描述她与二十世纪初西方"现代主义"文艺运动的关系,也力图揭示她的感性评论背后的精神面向。她说最喜爱塞尚的风景画《破屋》,"这里并没有巍峨的过去,有的只是中产阶级的荒凉,更空虚的空虚"。以这句话结束全文,力透纸背,画龙点睛,透露出她的"苍凉"感中含有怀疑与批评现代文明的思想底色。

谈张爱玲的"思想"?是不是挺乏味的?有关她的话题从恩爱情仇、奇痴怪癖、鸦片遗老到雅俗文坛,应有尽有。尽管在她笔底频频出现"时代""文明"的字眼,我们也不大在意——她的摇曳多姿、活色生香的文采足以令人分神。对她的《〈传奇〉再版自序》里的一段话我们耳熟能详:"时代是仓促的,已经在破坏中,还有更大的破坏要来。有一天我们的文明,不论是升华还是浮华,都要成为过去。如果我最常用的字是'荒凉',那是因为思想背景里有这惘惘的威胁。""荒凉"是这部小说集的基调,是作者感情世界的象征,但在读者开卷之先,张爱玲说这跟她眼中的"时代"与"文明"有关,似乎还嫌不够,又特意点出"思想背景"。实际上她不大谈的"思想",在这里却峥嵘毕现。

作家与"思想"脱不了干系,这毫无疑问,"思想"也有深浅之分,研究是为了更能走进她的文心,却常常只能望文生叹。因为敏感，对"文明"或"现代"的字眼看得斗大。她的《我看苏青》一文最后描写"乱世"夜景的段落为世传诵，这里引另一段：

> 　　一只钟滴答滴答，越走越响。将来也许整个的地面上见不到一只时辰钟。夜晚投宿到荒村，如果忽然听见钟摆的滴答，那一定又惊又喜——文明的节拍！文明的日子是一分一秒划分清楚的，如同十字布上挑花。十字布上挑花，我并不喜欢，绣出来的也有小狗，也有人，都是一曲一曲，一格一格，看了很不舒服。蛮荒的日夜，没有钟，只是悠悠地日以继夜，夜以继日，日子过得像军窑的淡青底子上的紫晕，那倒也好。

　　读来轻俏流畅，稠绵而跳跃，直喻与转喻的运用十分巧妙，意蕴密集令人窒息。现代固然比"荒村"好，而"文明的日子是一分一秒划分清楚的"，背后有那只"现代性"的手。照海德格尔的说法，诸神已死，人类能够凭借技术力量来规划"世界图景"。但"我并不喜欢"，"如同十字布上挑花"，是绣出来的。在"文明"的重复中含有欢喜与恐惧，然而什么是"军窑"？嵌在文中十分诡谲，发人深思。在现代文学里"文明"或"时代"像口头禅，意义因人而异，若说在她那里别具深度，则在于她对"文明"的怀疑与批评。

在《对照记》里："我喜欢我四岁的时候怀疑一切的目光。"这一自述可视为她的自我性格的后设性概括。的确，她生来敏感，思想也早熟。《小团圆》中的九莉"十五六岁的时候看完了萧伯纳所有的剧本自序，尽管后来发现他有些地方非常幼稚可笑，至少受他的影响，思想上没有圣牛这样东西"。她在1968年致宋淇的信中又提到这一点，"我从小'反传统'得厉害，到十四五岁看了萧伯纳所有的序，顿时成为基本信仰。当然Fabianism常常行不通，主要是看一切人类制度都有perspective（观点）"。那时她在上海圣玛利亚女校念高中，基本上接受了萧伯纳的"费边主义"，尊奉一种自尊而包容、实行社会改良的个人主义，形成了独立评判"一切人类制度"的世界观。这段话涉及《小团圆》中九莉对她的母亲的描写，风流浪漫，她并无道德裁判之意，认为只要各行其是就可以了。所谓"反传统"主要是站在女性立场上反对传统"礼教"，这与"五四"新文化是相通的。有时候我觉得像张爱玲那种发自传统内部的反叛，如民初的女性杂志《眉语》，对于社会改革的历史意义似更为深刻。

书中第三篇《张爱玲"晚期风格"初探》一文刊载于2009 年陈子善主编的论文集《重读张爱玲》。从萨义德遗文借来"晚期风格"一词,"初探"是因为意识到还不是对张爱玲的作品批评,讲她在处理不断"出土"的旧作及各种盗版方面与皇冠出版社成功合作,使"张爱玲热"持续滚动,最终促成了她的"全集"出版,其文学传奇始克有成。这属于一种文学与传媒、读者接受之间关系的研究,几乎把张爱玲描画成一个维权斗士、精怪俗人。其实她早就说过,与人打交道,"也是斤斤计较,没有一点容让,总要个恩怨分明"。(《我看苏青》)从她与夏志清、宋淇等人的书信中可看到她用"业务化"来定位他们的关系。她那种萧伯纳式的个人主义根植于商业社会的基本道德理念,所以不讳言爱钱。《小团圆》未能如约出版,她退回皇冠的预支稿费。宋淇为她的小说售出电影版权,她分成拆账,算盘的笃。她从小养成了这种世俗性,如果放到历史语境里看,还是鲁迅在二十年代初提出的娜拉们"经济权"的老问题,女性若不能自己挣"钱",谈不上独立和解放。这方面张爱玲说自己"一身俗骨",骨子里独立性特强。

2010 年应子善兄之邀,我参加了在北京召开的"张爱玲诞辰九十周年研讨会"，并在"张爱玲的晚期风格"专场中发言。当然聚焦于刚面世的《小团圆》，提出了倾覆闺秀类型与自我形象、反传统写作伦理以及具"还债"寓意的自我探索等观点，并认为"那时她已是年过半百，却能在盛名之下挑战自己的极限、文学的极限，不惜颠覆华丽而苍凉的旧我，深入人性的底层，由是使她的写作臻至一个新的境界、新的高度"。对《小团圆》作这么高度而概括的评价，是较为"偏锋"的。虽然表达了一些初步想法，却显得抽象而缺乏论证与展开，更没触及极其重要的形式问题。同一场的格非兄就谈及叙事形式，并指出："她的实践，与最近一个时期世界各地的作家在面对现代主义之后的诸多问题时所采取的策略，有着内在的联系与共同点。"富于灼见与启发。

这回又是子善兄，去年年中为纪念张爱玲百年诞辰嘱我撰文，我欣然应命，想借此对"晚期风格"一探究竟，了却一件心事。这十年里宋以朗先生不断整理出版她的遗作，还有各种书信与研究资料也大为丰富，因此我觉得有可能对"晚期风格"——包括《小团圆》《对照记》，少数短篇小说与散文以及她对《红楼梦》与《海上花》的翻译与研究，作一种整体性考察。那时我在《书城》上连载的宋词札记告一段落，也因为前年与广西师范大学出版社签了书约，于是铆足了牛劲。虽然对内容安排大致有个谱，不料一发不可收。这里要特别感谢子善兄的一贯信任与支持。其实在北京会议上我对《小团圆》的发言即受了他的影响。小说初面世时争议很大，我读到他的两篇文章，觉得在众声喧哗中持论最为平实："有一千位读者，就会有一千部《小团圆》！"态度极为开放。

《小团圆》还是重头戏，虽是演绎十年前的一些观点，也涉及一系列新的问题。的确，对于这部被屏蔽了三十三年的小说，任何评价都不免马后炮，而在张爱玲"晚期风格"的写作脉络里，它是个关键。为什么这样写？它跟她"含蓄的中国写实小说传统"是什么关系？这"含蓄"为"晚期风格"扮演了什么角色？她为《红楼梦》与《海上花》如此费心竭力，难道是浪掷时光？怎么看待晚期为数不多的短篇小说？这些问题关系到她在美国甚至以前的"思想背景"。尽管把几本先前的阅读笔记找了出来，不管用，还得从头看起，重新做笔记。自觉记性不好，就把《小团圆》，她与夏志清、宋淇夫妇及庄信正的信件一条条抄录在电脑上，既加强记忆，又能直接剪贴在文章里。我始终相信对材料微观与整体上的把握，喜欢某种手工作坊的感觉，手忙脚乱中仍须诉诸沉思冥想———一种书虫的快乐,在各种文本的互文关联中理出头绪,得出并检验自己的结论,又发现新的疑点。

根据夏志清的理解,张爱玲在一九七四年五月十七日给他的一封信中表达了这样的意思:"谢谢你们(包括水晶)把我同詹姆斯相提并论,其实'西方名著我看得太少,美国作家以前更不熟悉',即如詹姆斯的作品,看后有印象的只不过四五篇,长篇巨著一本也没有看过。如果你们把《谈看书》仔细看了,一定知道我属于一个有含蓄的中国写实小说传统,其代表作为《红楼梦》和《海上花》。把我同任何西方小说大师相比可能都是不必要的,也是不公平的。"在夏志清对此信所作的"按语"里读到这段话。虽属主观猜测,却话里有话。以前看过《谈看书》,奇长,不像从前的散文灵气充盈,读不下去。这回"仔细"读了,果然里面大谈"真实"和"含蓄"的文学观,也谈到了伍尔芙的"意识流"与乔伊斯的小说。而水晶把她和詹姆斯做比较,夏志清也劝她读詹姆斯,又可惜她对西方文学经典了解得少。他们都是扶持"祖师奶奶"上位的元老,似乎觉得有责任帮助她进一步提高。她心存感激,又觉得烦,表面上是围绕着詹姆斯的阅读在与夏志清、水晶较劲,实际上却是一种武功内敛的软顶,意谓詹姆斯早已被我甩在脑后了。

确实,在这一点上他们好像仍停留在十九世纪,对她潜在的先锋性缺乏了解。在刚出版的宋以朗先生编的《张爱玲往来书信集》里涉及夏志清的"自我中心"以及关于水晶、詹姆斯的议论,有助于对这段话的理解。

夏志清不愧是张爱玲的知音,把她的"不公平"的声口描摹得惟妙惟肖,说她属于"有含蓄的中国写实小说传统"意在说明其局限,却触及实质,的确这跟她对《红楼梦》《海上花》所下的功夫、她对西方文学大师的态度以及她在美国所坚持的中国文化本位的立场都有联系。但为夏志清所忽视的是"含蓄"在全球时代具有传统再生的多元潜能,它简直像个黑盒矩阵,十八般兵器交晃铿锵。然而在整个论述框架里,这些还是属于思想脉络的硬件,更须处理她的晚期作品的艺术软件,虽然不免技术含量。本书《爱与真的启示》第七节专谈《小团圆》"跳来跳去"的叙事手法与语言特点,为了给读者先有点印象,在前面第四节与第六节各有一段引文和叙事方法的解析,也是我在布局上的一点用心。"张迷"不一定喜欢她"金石"般的晚期风格,不过若能如我所愿,对她的早晚之作不必抑此扬彼,便能更增一份"伟大"的包容。

更要紧的是——似超出我的能力——为晚期张爱

玲画一幅灵魂肖像。的确，她怀着"天才梦"踏上新大陆，碰壁无数，仍不变寻"爱"求"真"之旅，与"文明"互动又逆向，其"晚期风格"贯穿着"现代性"的价值基准，又走在"时代"的前头。她的人生不算完美，仿佛仅为文学而活，以致老无所依，凄凉终世，不过做自己喜欢的事，也是一个美丽的自我交代。她在文学上也不理想，或许过于沉湎于自己的过去，然而对"爱"与"真"的那份坚执却臻至"精诚所至，金石为开"的境地，完成像《小团圆》那样深抵自我与人性的惊世奇作。俗话说"失之东隅，收之桑榆"，她在母语家园开出丰收的奇观，是时代的阴差阳错，也是风会际遇，实至名归。她在"乱世"和"浮世"里一叶飘零，也是一棵根植于大地母土的参天之树，永远让我们分享"爱"与"真"的果子。

在写作过程中正逢《张爱玲往来书信集》出版，感谢我的哈佛老同学詹康兄的帮助，从台湾快递过来，使我在材料上稍能及时跟进，比方说张爱玲提到为何在《小团圆》里运用"跳来跳去"的写法，对我来说相当重要，可惜她没机会作具体的解释。这部书信集体量甚大，因限于主题，我只引用了一些直接有关的材料。比起以前的《私语张爱玲》，这部书信集显示了上下文语境，让我们看到一个更为复杂立体的张爱玲。尤其是有关《小团圆》《色，戒》和《红楼梦魇》等创作过程，她与胡适、夏志清等人的关系以及她的日常生活细节皆提供了异常丰富有趣的资料，对张爱玲研究不啻珍贵的富矿。

　　举个例子。张爱玲接受宋淇的批评而同意修改《小团圆》，但在修改过程中显得十分矛盾。针对"第一、二章太乱"的批评，她说："这两章全为了'停考就行了，不用连老师都杀掉'这句话，Ferd从前看了也说就是这一句好。他这一点刚巧跟我一样看法，也并不是文字上的知己。我对思想上最接近的人也不要求一致，or expect it。这两章无法移后，只好让它去了。"在第二章里安竹斯教授给九莉八百元奖学金，使她产生一种暧昧的恋爱心理。她听说安竹斯被炸死后，向苍天发出"这句话"，的确十分动情，深感伤心与幻灭。张爱玲的这一辩解含有多种信息。她自言《小团圆》是爱情故事，而这一涉及九莉初恋的经验无疑具重要性，在她的心理故事线上不啻一个小高潮，也透露出张爱玲的创作意图，而我们一般只关注九莉与之雍、燕山的"爱情"，对这一插曲是忽视的。另外她说赖雅就说这一句好，这就带出两人文学上的关系，一般认为赖雅向张爱玲推荐乔伊斯，她不理会，也不看赖雅的作品。张爱玲这一解释在两人之间的文学交流上予人一种正面的印象。从赖雅与布莱希特交往密迩以及熟悉乔伊斯作品来看，他完全属于现代主义一路，这对于在文学观念与技巧上寻求突破的张爱玲来说，如果产生某些影响也很自然。这也可从她在美国喜欢波德莱尔和里尔克这一点得到旁证。另外，第一、二章对全书起提纲挈领的作用，她不愿改，那下面怎么个改法？心理上万分纠结。

写完了"晚期风格"，正所谓"张爱玲未完"，仍是"在路上"的感觉。自觉文中尚有不少抱憾之处，在思考与写作过程中又会衍生出新的话题。如《小团圆》里"木雕鸟"这一意象，关乎张爱玲的性爱观念，神秘而有趣。诸方家对此已有所研究，我没找到更有力的证据，所以只做了一条注解。棘手的是如何看待这部"自传体小说"的文类张力。其实任何"文本"都具语言的表演性质，都有自身的结构系统，这已是批评共识。即使是历史叙述，如海登·怀特所言，不等于历史真实，脱不了作者的历史想象。"自传"也不能跟传主生平事实画等号。张爱玲跟夏志清说，"好在现在小说与传记不明分"，似与新潮合拍，而"自传体小说"带来的问题更为复杂。对《小团圆》也是如此，我倾向于把它看作一种艺术表现的"自我"写照，比个人生活经验更为"真实"，因此更具历史与文学价值。较强调"自传性"，是根据张爱玲自己的说法，并与各种相关文本加以印证，同时也指出叙事上的种种"小说"化处理，如九莉给母亲"还债"的情节，在《易经》中发生在蕊秋去香港探望九莉时，在《小团圆》里则发生在上海。或许这就是"活用事实"的手法。至于九莉与燕山之类，尚缺乏印证材料，只能看作是九莉的故事。不乱点鸳鸯谱，或许有点世故，也有点像维特根斯坦说的："不能说的，就保持沉默。"我想目前所能做到的也只能是这样，当然这些问题尚有待进一步探讨。

我在文中说"张爱玲兼有勃朗特与奥斯丁之长"，判断看似奢侈，细说的话不是一两页能打住的。对《小团圆》的艺术特征只做了初阶的描述，其实还有很大探究的空间。我相信如果把它和乔伊斯、伍尔芙、普鲁斯特或其他记忆叙事做比较研究，是一件很有意思的事。有关作家的比较研究正在增多，看到有关张爱玲与毛姆的比较，有人写了她与劳伦斯的博士论文，自己虽有几本英文的劳伦斯，觉得不够，便从孔网上购了一些，还来不及细究。

回顾自己这三十年，只写了这几篇文章，要做"张迷"还够不上。这次因为因缘际会，优悠余生，才凑成这本小书。前面几篇关于张爱玲早期小说或她与现代主义艺术的文章，看上去逻辑尚能一以贯之，对于理解"晚期风格"可起铺垫作用，因此依照原样，仅作个别的改动。

最后要感谢魏东兄，此书的出版跟他的建议和鼓励是分不开的，也是我们的再度合作，深觉有幸。在本书编校过程中，编辑程卫平的认真和专业值得称赞。在此向他们表示诚挚的感谢。想起那个夜晚魏东、李公明和我在虹口的新南华饭店，杯箸交错、海阔天空之际，公明兄——永远穿红色花格子衬衫的我的精神上的挚友，希望我能拿出大部头的著作，每思至此便觉汗颜。

二〇二一年二月八日
于沪上兴国大厦寓所

悼张爱玲

什么都留下
什么都带走

恰尔斯河走了,躺在红叶里
是欲望下雨的季节,秋叶停止了叙述

              静静地下坠

纷乱的红叶,织成秋天断铃的回忆
织成尖顶和圆顶的迷宫。风干的眼撼动
文明的梦,盖没沥青路面的脚趾

死叶唤醒绣袖的年代

过早消逝的辉煌

校车里放学的孩童，书斋里的诗人
街旁长椅上翻开如蝴蝶的书
                            眺望河面上

白衣的鸟群哀鸣不齐

* * * * * * * * * *

留下了什么
带走了什么

你走了，我来恰尔斯河畔
随意剪下你的
一个比喻，一句对白，一段场景。编成
红叶的花环，投入河里
询问你留下的句号

我们沉溺于焦虑的言说之海
好像听自己讲，也好像听别人讲

都想在海中刻下自己的伤痕
你走了，不起风的日子
浮现浅水湾的颓墙，又隐没于浪花

黑的鸟群，张开欲望的翅膀，向前飞去
刀片割裂阴柔的目光，俯瞰
即逝的废墟

* * * * * * * * * *

一个苍凉的手势升起
生前死后的界域间，你的明月幻美不定
千窗万户打开
苍凉的故事说不尽

什么都没带走
什么都没留下

一九九五年十月
收入诗集《乱世萨克斯风》

悼张爱玲

质疑理性，反讽自我

——张爱玲《传奇》与奇幻小说现代性

一、图解《传奇》：奇幻文类与"问题化"语言

张爱玲（1920-1995）小说集《传奇》一九四六年增订本的封面令人好奇。作者解释：

> 封面是请炎樱设计的。借用了晚清的一张时装仕女图，画着个女人幽幽地在那里弄骨牌，旁边坐着奶妈，抱着孩子，仿佛是晚饭后家常的一幕。可是栏杆外，很突兀地，有个比例不对的人形，像鬼魂出现似的，那是现代人，非常好奇地孜孜往里窥视。如果这画面有使人感到不安的地方，那也正是我希望造

成的气氛。①

一种诡异"气氛"弥漫此图（见彩插四）。一个古典时代的闺房，让婢女在一旁怀抱小儿，妇人自己在玩骨牌，神情专注自得。贵妇的背后，图的右方，一个现代女子倚在栏杆上，从外面探身入房，俯视着内景。但这个现代女子仅用数笔线条勾出其半身的外形，脸上一片空白，和古典图像细致的写实风格恰成对照，身体也不成比例。于是整个画面有趣而怪诞，弥漫着不安。

"传奇"作为一种文类，从唐代小说到明清戏剧，雅俗文学两方面都源远流长，内容包涵神怪世界、英雄业绩以及日常男女的罗曼史。引起的问题是《传奇》与传统的"传奇"文类是怎样的关系？张氏自己并未明言，在一九五四年皇冠版《张爱玲小说集》"自序"中说："这里的故事，从某一个角度看来，可以说是传奇，其实像这一类的事也多得很。"②这表述也颇含糊，但"某一个角度"则是文类的"角度"，"传奇"照一般的理解是无"奇"不有，然而"像这一类的事也多得很"，又表示无非

---

① 张爱玲著，陈子善编：《沉香》（天津：天津人民出版社，2005），页22。
② 《张爱玲小说集》（台北：皇冠出版社，1968），页3。

是日常男女的啼笑因缘。看来张氏以"传奇"命名多属循俗之举,却在文类的意义上有所保留,这从其他地方可得到印证。凡她提到"传奇性"或"传奇化"时,一般指"爱恨交织的故事",具戏剧性效果①,但又嫌之不足,如批评张恨水的社会言情小说"格调较低","一创作就容易'三底门答尔'(sentimental),传奇化,幻想力跳不出这圈子去"。② 另一方面说到韩邦庆(1856-1894)的《海上花列传》"太欠传奇化",肯定这部文学杰作的好处是不煽情、高格调,但不够通俗及戏剧化,因此流传不广,含有惋惜之意。③ 这些说法互相补充,蕴含着她的书写策略:"要低级趣味,非得从里面打出来",即读者"要什么,就给他们什么,此外再多给他们一点别的"。④ 因此以"传奇"命名,套用了一个文学熟语,好似坊间的流行小说。的确,她的小说首先是讲故事,诉诸大众想象,但是她如何在平常中出"奇"制胜,以"幻想力""跳"出"这圈子去",就涉及如何在日常生活的"底子"上敷演其现代的"奇幻"(the fantastic)风格,也必须联系到她的"参差的对

---

① 张爱玲:《谈跳舞》,《流言》(台北:皇冠出版社,1991),页196。
② 张爱玲:《谈看书》,《张看》(台北:皇冠出版社,1997),页188。
③ 《忆胡适之》,《张看》,页152。
④ 《论写作》,《张看》,页236。

照"与"苍凉"的美学原则。

这幅《传奇》增订版的封面颇不寻常,似为这一文类作了某种图解。史书美指出,张氏的这段解释"突显了几个对比:作者／读者所观察的世界,现代人／传统人,空间外／空间内,而这对比因素的关系是'不安'的、'鬼魂'似的'突兀'"。[1] 孟悦也认为张的"描述启动了一个画面内的对于'奇幻'世界的双重判断和双重期冀。从而在'室内'与'栏外'、'家常一幕'与'鬼魂'、'传统'与'现代'之间创造了双重奇观"。[2] 她们精彩地揭示了对比和视角的复杂性,然而皆从张氏的文本,即"张看"对此图加以阐述。使我同样觉得好奇的是这一画面的"奇幻"视像语言,某些细节未能为张氏的文本所涵盖,且画面与文本之间也形成有趣的对比与多重视角。的确,这"现代"像一个"鬼魂",但与"传统"造成形式上"不安"的对比,"传统"为何显得如此真切而温馨?"现代"为何出之抽象的勾勒?两者为何比例悬殊?这些对比令人联想到张氏的著名美学信条"参差的对照",不仅因为形式上的

---

[1]　史书美:《张爱玲的欲望街车——重读〈传奇〉》,《二十一世纪》,第24期(1994年8月),页126-127。

[2]　孟悦:《中国文学现代性与张爱玲》,收入金宏达主编:《回望张爱玲·镜像缤纷》(北京:文化艺术出版社,2003),页147。

问题涉及再现的领域，更值得注意的是图中"传统"与"现代"之间的对话在男性缺席中进行，另有一层"妇人性"的性别内涵。然而这"妇人性"并不是男女关系的简单颠覆，而如"大地之母"的比喻，突显了女性的"生产"载体及其所承荷的坚忍与伟大、痛苦与欢欣。其中并未排斥男性的"生产"功能，但在强调女性的生产本体时，颠覆了男女之间的主次秩序。在文学再现上，张氏对于"妇人性"的语言指涉性质及其与历史文化的纠缠深具警觉，尤其她的奇幻小说常常是曲终不奏雅，更摆脱自设的言筌。事实上她的"妇人性"是一种来自"荒原"的"她者"的呼声，呼唤文明向自然的回归，颇似尼采所说的忘却"历史"而诉诸人性的"永恒回归"（eternal return）之意。

如果追溯到"晚清的一张时装仕女"，乃借自吴友如（约 1840-1893）的《以永今夕》图，原刊于一八九一年六月《飞影阁画报》。原图上方还有布片制成的风扇（可见在电扇引进之前上海人是怎样用人工取风凉的），更左边还有个婢女坐在小凳上在拉着打扇。这些都被删除了，屋子上方添加了一盏华丽的吊灯，婢女旁边的痰盂移到右下角。如张爱玲所说，此图由其好友炎樱（Fatima Mohideen, 1920-1997）设计，"借用了晚清的一

吴友如《以永今夕》,《飞影阁画册》,1893

《海上青楼图记》,1892

《海上青楼图记》,1892

张时装仕女图"①，不消说是一种再创作，是俩人之间亲昵私语的产物，那栏杆上的现代女子完全是新增的，颇似张氏的头影。由此看来，画里画外，犹如一首四手联弹的钢琴曲，其中喃喃细语，涟漪荡漾，蕴含女性的"奇幻"再现策略。

张爱玲的时间意识，反映在她的写作理论与实践中的过去、现在与未来的关系及意义上，其幽邃诡谲的程度，在中国现代作家中可说是空谷传音。在一九四四年发表的《自己的文章》一文中，对于"在影子似地沉没下去""还有更大的破坏要来"的时代，她表达出深刻的危机感，由此追求写作的"启示"性，但与大多数作家注重表现"人生的斗争"相左，她着眼于表现"人生的安稳"一面，

---

① 吴友如《以永今夕》图原刊于 1891 年《飞影阁画报》第 26 号。1893年吴友如刊印《飞影阁画册》（上海：申报馆），收入此图，属"仕女时装"类。另见中国国家图书馆编：《清代报刊图画集成》（北京：全国图书馆文献缩微复制中心，2001），页 668-669。张爱玲说"借用了晚清的一张时装仕女图"，应当是根据《飞影阁画册》。此图另见《吴友如墨宝》（上海：文瑞楼书局石印，1908；上海书店影印，1983），属于"海上百艳图"，第三集上，页 20，与张爱玲所说不合。《传奇》封面的截图或另有所本，在 1892 年出版的沁园主人绘《海上青楼图记》（上海：花雨小筑）中已出现截图。另见中国国家图书馆编：《清末民初报刊图画集成》（北京：全国图书馆文献缩微复制中心，2003），页 2090。按照右方栏杆长度，炎樱是以《飞影阁画册》为底本重新设计的，其截图或参考了《海上青楼图记》。

炎樱与张爱玲,《对照记》图二十九

《传奇》初版售罄,再版
加附作者照片,1944

因其中蕴含着永恒的"人性"，或"妇人性"。与这种"安稳"密切联系的是，她"求助于古老的记忆"，从中汲取灵感，用"参差的对照"的手法"描写人类在一切时代之中生活下来的记忆。而以此给予周围的现实一个启示"。[①] 正如学者指出，张爱玲醉心于日常细节与碎片，其小说中苍凉、废墟比比皆是，与"五四"以来的"宏伟叙事"绝缘[②]，但细看她的"人性"及"妇人性"的说法，更有关文明和性别的普世话语，并非"五四"所能涵盖。如果放到西方各种"现代性"理论中看，她的时间意识别树一帜。本文难以深入这一复杂问题，想指出一点，即"现代性"理论不外乎用作一种历史分期的价值尺规，首先建立在对于当下一刻的迷思上，即以历史必然进步的"线性史观"作为永恒价值，声称与过去断裂，且以未来作承诺。而张氏声称："有一天我们的文明，不论是升华还是浮华，都要成为过去。"在她对文明的未来的怀疑中，梦魇般出现的是那个"蛮荒世界"的意象，对于文明来说，既是原始，也是结

---

① 张爱玲：《自己的文章》，《流言》，页 17—20。

② Rey Chow, *Woman and Chinese Modernity: The Politics of Reading between West and East* (Minnesota：University of Minnesota Press, 1991), pp. 112-120. Ban Wang, *The Sublime Figure of History: Aesthetics and Politics in Twentieth-Century China* (Stanford：Stanford University Press, 1997), pp. 90-95.

局。但张氏并非悲观，文明不尽是一个自我毁灭的反讽，在其"安稳"的"底子"上屹立着一位"得势的女人"，在"将来的荒原下，断瓦颓垣里，只有蹦蹦戏花旦这样的女人，她能夷然地活下去，在任何时代，任何社会里，到处是她的家"。① 这个"得势的女人"其实是一个象征指符，如在她的小说里反复出现的"苍凉的手势"，从"古老的记忆"中被抽象出来，改写了那个"倾国倾城"的寓言。天崩地裂，山河变色，已不能将责任推诿在她身上。她属于广大的被侮辱、被损害的一员，无法抗拒历史的播弄，甚或随波逐流，但对那个文明不表认同，无论它是"升华还是浮华"，在她眼中无非是"荒原"，而她自甘放逐于斯，凭着原始的欲望和狡黠生活下去。在这一意义上，她是"得势"的——不仅幸存于文明，且文明赖之获得救赎。

由此再来看再版《传奇》的封面，犹如投射在她的"记忆屏幕"上的图景。这个具象的妇人无疑是"过去"的象征，看上去如此"安稳"。她的安稳不光源自优裕的物质条件，也由旧式家庭及社会制度所决定，即所谓"有子万事足"，意味着她的地位及文明的延绵都得到保证。但这一安稳因一个现代女子的入侵而打破。读者被提醒这是

① 《张爱玲小说集》，页 5–7。

一去不返的过去,一般来说,在"现代"的观照下,这样的旧式家庭与"封建"制度相联系,其安稳不值得艳羡,她或许是被怜悯的。但这个摩登女子表现得如此怪异而带来不安,这一"现代"的意义也同样暧昧不清,它的表现本身就有问题。就人的身份而言,五官的辨认当然是最重要的。很明显,这一现代窥视表明作者的介入,而在表现其自我的现代干预中,由于五官的缺席,首先在她的身份上出现危机。事实上张爱玲自己就喜欢这么做,前一年出版的散文集《流言》的封面,是一个穿古装的女人,面部一片空白。封面是她自己设计的,这件古装是她自己穿过,从一张照片上剥落下来的。①

就本文"奇幻"的论题而言,我想强调的是,这一摩登女子的表现包括两层含义。它所体现的"现代"固然是一种似是而非的观照,却是"参差的对照"的表现形式,即为新版"传奇"作诠释的奇幻手法。此外更有一层含义,即这一形式本身被问题化,带有作者对于形式的自觉批评的意识。正如张氏自述,这封面是借自"晚清的一张时装仕女图",那么在改造此图时即表明形式的切入。有趣的

---

① 见唐文标:《张爱玲研究》(台北:联经出版公司,1976)。《流言》封面见本书彩插五。《张爱玲小照》及《张爱玲的封面设计》,另见此书《张爱玲自画像》,张氏穿时装,脸部也不具五官。

是，《以永今夕》图有各种版本，较为流行的是一八九三年出版的《飞影阁画册》，属于"仕女时装"类，另在一九〇九年的《吴友如墨宝》中，为"海上百艳图"之一。[①] 后来坊间出现各种"百美图"，描绘的是"十里洋场"新女性的日常风貌，包括她们穿洋裙、骑自行车、吃大菜等西化的生活方式，皆出自流行画家之手，一时蔚成时尚。[②] 这幅《以永今夕》图已经被重新生产和命名，经过了一番现代的改造，而张爱玲称之为"时装仕女图"，其中已包含传统与现代之间的对话。但她却不选那些渲染西化时尚的图画，偏偏看中这幅传统意味浓厚的《以永今夕》图。而且有意思的是封面对原作的改制，涉及处理"过去"的方式。左边的小婢及风扇都被拿掉，于是属于过去的"安稳"被提炼出来，加之以一盏精致的吊灯，更显得华丽了。

再来看这个摩登女子，虽然其象征的"现代"是暧昧的，但她"鬼魂"般的窥视却是一种强迫的威胁，所谓"不安"来自一种不合常理的不确定感，也来自隐私空间遭受

---

① 吴友如：《吴友如墨宝》，第三册（上海：上海古籍出版社，1983），页20。

② 郑逸梅在《影坛旧闻——但杜宇与殷明珠》一书中说道："有一时期，坊间风行百美图，最早有吴友如的百美图，此后有沈泊尘的百美图，丁慕琴的百美图，继之即有杜宇的百美图。"见郑逸梅：《影坛旧闻——但杜宇与殷明珠》（上海：上海文艺出版社，1982），页8。

破坏而引起的不安全感。从这个意义上说,现代性具有某种外来的、无孔不入的、无可抵御的性质。而处于对比关系下的传统和现代,在形式上前者与写实、主题分明的创作信念相联系,而后者则意味着某种抽象的、超现实的主观表现。那种夸张的比例实际上采用了照相的放大技术,而像这样并置在同一画面中,则运用了电影的蒙太奇剪辑手法。因此这个摩登女子既标明形式的现代性,也明确昭示作者在艺术上的操纵手腕。

通过奇幻想象所表现的不是天方夜谭、花妖狐精、梦幻仙境或超凡入圣的英雄传奇,而是现实中的人的生存形态,大多是现代都市日常生活中的人的异化和疏离状态,如《自己的文章》所说的,"人们还不能挣脱时代的梦魇","他对于周围的现实发生了一种奇异的感觉,疑心这是个荒唐的,古代的世界,阴暗而明亮的"。另在《忘不了的画》一文中也说:"文明人的驯良,守法之中,时而也会发现一种意想不到的,怯怯的荒寒。"[①]所谓"周围的现实"也即现代的文明社会。就像《传奇》里的日常男女,在流于惰性的生活轨道上,突然发生心头的骚动,尽管常是轻微的,眼前的一切却变得陌生、荒诞而可怕起来,素来

---

① 《流言》,页175。

信奉的价值、对未来的憧憬、莫名的斗争,在瞬间崩塌,由是产生一种失所之感。或许正因为这种"奇异的感觉"发生在芸芸众生身上,其所质疑的并非某种学说或思想,而恰恰是最一般而深刻地渗透在日常生活中的现代性机制。

这或是张爱玲的奇幻小说的特点:在日常生活中揭示荒诞和白日的梦魇,使现代人在"苍凉"的感受中获得"启示"。她善于营造奇幻的瞬间,犹如一位语言炼金师,用一串断珠的比喻,或是一段反讽的抒情描写,将情绪、经验与记忆编织成富于气氛萦绕的挂毡,而"参差的对照"的写法正与疏离的主题相得益彰。发挥奇幻功能的常常是一些小道具,如李欧梵先生指出:"如屏风、旧照片、胡琴、镜子——都具有新旧重叠的反讽意义:它从现代的时间感中隔离出来,又使人从现代追溯过去,但又无法完全得到。"①张爱玲的写作也仿佛是时光隧道中的欲望之旅,然而投射在"记忆屏幕"上的却是噩梦般的童年岁月,历久弥新。这也是为什么她的小说里的一些人物受时代的摆布与虐待,无不带着记忆的创伤。但在张氏笔下,这类心理经验被当作时代的病症,而她也似乎在探

① 李欧梵:《漫谈中国现代文学中的"颓废"》,《今天》,第 23 期(1993 年 6 月),页 47。

寻一种自我医愈之道。她不满足于讲一般的传奇故事，也好像在躲避与创伤记忆的直接遭遇，而制造重重阻隔，穿梭在不同时空中，透过悲金悼红的情色语言，或是跨沪越港的殖民经验，似乎是故作狡狯，炫耀文采，然而透过"人类在一切时代中生活过的记忆"，个体的创伤经验获得一种"人性"或"妇人性"的认同，更具普世的意义。在她的创伤记忆被过滤之时，已负荷着历史文化的复杂含义，渗透在文本的经纬脉络之中，其"底子"看似镂金错彩，光怪陆离，越是华丽，就越是苍凉。

张爱玲可说是开启了一种散文诗体的奇幻小说。排斥主题先行的结果，她的叙事处于半醒半寐的状态，其语言出诸无意识，非逻辑的、时空错乱的表达穿梭于字里行间，而"苍凉的手势"则出现在人物心理的高潮之时，典型的如《金锁记》里的长安"走进没有光的所在"或"美丽而苍凉的手势"的段落，已脍炙人口。[1] 对于读者来说，或许正在期待之中，那些奇特的意象，却使他们震撼，且回味深长。但常被忽视的却是叙事的真正收尾之处，如《封锁》中电车司机的吆喝声——"猪猡！"[2]当读者满足于一

---

[1] 《张爱玲小说集》，页 199、197。

[2] 同上，页 499。

个"美丽而苍凉"的故事时,这样的结句是煞风景的。或如《红玫瑰与白玫瑰》的最末一句:"第二天起床,振保改过自新,又变了个好人。"①如果说整个故事已经不无同情地营造并粉碎了振保的理性世界,那么这样的结语也包含对作者自己的讽嘲。

二、传奇与奇幻:中西文类的"视野融合"

张爱玲《传奇》之"奇"早引起学者注意。水晶认为,"张氏可能深受到这类旧式传奇(指唐宋传奇)的影响"②,也提到《封锁》那个短篇"奕奕有神"地运用了"西洋作家喜欢运用的'狂想曲 fantasy'的写法"。③ 耿德华在《被冷落的缪斯》一书中指出这种"奇"的特质渗透着弗洛伊德(Sigmund Freud,1856-1939)所说的潜意识力量:"很多时候突然会出现一些词句、暗喻及背景,故意使人联想到传统的中国小说,以及对超自然力量的偏好。"如"《红玫瑰与白玫瑰》里写到巴黎那个妓女从头上把衣服套下去时,她似乎突然变了,就好像《聊斋志

---

① 《张爱玲小说集》,页108。
② 水晶:《张爱玲的小说艺术》(台北:大地出版社,1973),页178。
③ 同上,页192。

异》里的画皮一样;而《沉香屑——第一炉香》里的梁太太,有时候也很像《白蛇传》里的白蛇"。[①] 他们不约而同地拈出"奇"这一特征,蜻蜓点水地提及几个作品,却也点到《传奇》的文类特征及其中西文学的渊源。而孟悦则指出"奇"是《传奇》文类的基本特征,从张氏对"新传奇"的自我指认中可见她对传奇的"改写"。她指出"奇"的"想象领域"近乎西方的 marvelous, exotic, fantastic,但张氏的"新传奇"则略有不同,她刻意描写"凡人""男女之间的小事情",开拓了"对于正统雅文化的经验常识系统之外的'新异'领域"。[②]

不必把《传奇》径直归入"奇幻文类",不过张爱玲的早期小说的思想与艺术特质,若非"奇幻"则难以出之。近二十年来在西方一向处于边缘的 fantasy 文学甚受读者青睐,也引起理论界重视。然而 fantasy 一词在概念上很难把握,如嘉克苏(Rosemary Jackson)不无困惑地说:"作为一个批评概念,fantasy 已被不分青红皂白地涵盖所有非现实主义的文学,诸如神话、英雄传奇、童话、乌托邦

---

① 耿德华著,王宏志译:《抗战时期的张爱玲小说》,收入郑树森编:《张爱玲的世界》(台北:允晨文化出版公司,1989),页 52、85。

② 孟悦:《中国文学现代性与张爱玲》,《回望张爱玲·镜像缤纷》,页 145。

寓言、梦幻文学、超现实文本、科幻小说、恐怖小说及所有表现人间之外的另一世界。"①奇幻文学在西方源远流长，一向强调其"超自然"（marvelous 或 supernatural）的特征，如托尔金（J. R. R. Tolkien，1892–1973）的《魔戒》（The Lord of the Rings）即属这一类的经典，而托尔金对"奇幻"的论述也很具代表性。他认为 fantasy 固然表现异于现实世界的"第二世界"（the secondary world），但这一想象世界建立在对现实世界的"事实"和"真理"的认知之上："它决不毁灭或羞辱理性，也不减弱或遮蔽对科学实证的认识。相反，理性越是鲜明、越是清晰，奇幻文学才能被更好地创造出来。""如果过度渲染怪力乱神，就会走火入魔、堕入恶道。"②奇幻文学的生产受到政治、经济、意识形态等历史条件的制约，托尔金的理论反映了维护科学实证、启蒙理性的主流意识，通过超自然的想象的再现，构筑了一个逃避或超越现存世界的更为完美和谐的"第二世界"，不仅其所遵循的是现实世界的逻辑，且目

---

① Rosemary Jackson, *Fantasy: The Literature of Subversion* (London: Routledge, 1981), pp. 13-14.

② J. R. R. Tolkien, "Fantasy", In Robert H. Boyer and Kenneth J. Zahorski, eds., *Fantasists on Fantasy: A Collection of Critical Reflections by Eighteen Masters of the Art* (New York: Avon Books, 1984), pp. 84-85.

的也是为了加强这一逻辑。

一九七〇年面世的托多洛夫（Tzvetan Todorov，1939–2017）的《论奇幻类型》（*The Fantastic*）一书[①]，是这一文类研究的划时代之作。他把奇幻分为两类，一类大致属上述"超自然"（marvelous）的表现模式，另一类属"诡异"（uncanny）的模式，其重点论述及理论贡献则在于后者。所谓"诡异"，即主人公感受某种"恐惧的情绪"，在真实与虚幻之间处于"疑虑"（uncertainty）或"暧昧"（ambiguity）的心态。由是奇幻不限于"第二世界"的表现，而是从结构主义出发，从作品的修辞、叙事者及情节组织等方面阐述奇幻的表述方式，由是大大拓展了奇幻的文学界域，也更适用于分析那些具有现代或后现代意识的奇幻作品。从托多洛夫对"诡异"的论述来看《传奇》的奇幻风格，似洞若观火。确实张氏小说与那种"超自然"的奇幻模式绝缘，且可怪的是，《传奇》里也很少描写梦幻，她的小说中往往出现某种潜意识描写，即人物在日常生活中处于迷离恍惚、现代性主体——以女性为主——产生危机之际；刹那的幻觉、异样的感觉、白日梦

---

① Tzvetan Todorov, *The Fantastic: A Structural Approach to a Literary Genre*, trans. Richard Howard（Ithaca：Cornell University Press，1975）.

的狂想，造成她奇幻表现的特征，模糊现实与虚幻之间的界线。

张氏的奇幻叙述诉诸"人类在一切时代之中生活过的记忆"，蕴含"妇人性"的深刻命题，因此单用托多洛夫的理论还难以涵盖。托氏擅长形式主义的分析，条分缕析，时有灼见，尽管强调"诡异"的"疑虑""暧昧"已触及奇幻文学对于"真理"的疑惑，但他甚少关注作品的历史脉络及意识形态的含义。后来嘉克荪在《论奇幻》(Fantasy)一书中批评了这一缺陷，虽然总体上并未背离托多洛夫的结构主义方向。她进一步运用弗洛伊德和拉康(Jacques Lacan, 1901-1981)的心理分析，一语中的地指出奇幻文学的核心是"欲望"，借此创造"他者"(the other)——被压抑的社会力量，包括女性——的话语空间，其根本功能在于"颠覆"现存的理性机制。嘉克荪强调，现代奇幻文学旨在"创造一种有别于理性意识的话语，在欲望的倾吐中，将语言与词义导向问题化"。① 所谓奇幻手法的"问题化"，即体现在张氏对于语言"再现"的自觉之中，一方面诉诸潜意识的语言表述，另一方面意识到无法摆脱理性机制而对"象征秩序"刻意

① Rosemary Jackson, *Fantasy: The Literature of Subversion*, p. 62.

"颠覆"。

结合托多洛夫的"诡异"类型与嘉克荪的"他者"及其"颠覆"理论来探讨《传奇》，或许相得益彰。在这方面有些研究已道出先机，如周芬伶对张氏喜欢"反高潮"与"艳异"的解读。"艳异"自有其中国传奇的边缘文类的谱系，周把"异"放在德里达（Jacques Derrida, 1930-2004）的"歧异"（différance）的理论脉络里加以阐述并揭示张氏写作的"边缘性格及另类叙述"。[①] 其实王德威早就道出张氏"鬼话连篇"，且追溯至西欧"哥德式""古堡恐怖小说"。[②] 他又精辟地指出："张是处理诡异（uncanny）效果的能手；她笔下越是看来家常熟悉的事，越是能产生耸然失常的感觉，乡愁的极致，赫然可以是意义黑洞的所在。"[③]这里可说是活用了托多洛夫的 uncanny 之论，而"家常""失常""乡愁"等更具弗洛伊德心理分析的层面。有趣的是"黑洞"一语，"我们越急着赋予她一个一了百了的意义，反而暴露我们对意义本身无所在的焦

---

① 周芬伶：《艳异》（北京：中国华侨出版社,2003），页 4-5。

② 王德威：《众声喧哗：三十与八十年代的中国小说》（台北：远流出版公司,1988），页 223-228。

③ 王德威：《张爱玲再生缘：重复、回旋与衍生的叙事学》，收入刘绍铭、梁秉钧、许子东主编：《再读张爱玲》（香港：牛津大学出版社,2002），页 10。

虑。张爱玲乃成为我们投射欲望的能指，一个空洞的'张看'（gaze）的位置。是在这一层次上，爱玲不由自主地成为中国文学探寻'现代性为何'的焦点，或黑洞"。①

这个"黑洞"似的"张看"，似可联系到《传奇》封面的那个憧憧"鬼"影。弗洛伊德对 uncanny 的诠释，以霍夫曼（E. T. A. Hoffmann, 1776–1822）的恐怖小说《沙人》（*The Sandman*）为分析范本，始终贯穿有关"眼睛"的恐惧与焦虑。拿塔奈尔自幼便听说沙人弄瞎孩童的眼睛，长大后仍为这一童年记忆所困扰，照弗洛伊德的解释，乃由于"阉割情结"（the castration complex）作祟，沙人成为他的死去父亲的幻影，造成他精神分裂，最后他在高塔上狂呼："完美的眼睛！美丽的眼睛！"遂跳下身亡。对"诡异"的诠释，弗洛伊德突出了"盲目"的主题。② 再来看《传奇》封面的那个不具面目的自我投影，如张氏自述，"那是现代人，非常好奇地孜孜往里窥视"，然而她所"希望造成"的"不安""气氛"，正在于那种"盲

① 王德威：《张爱玲再生缘：重复、回旋与衍生的叙事学》，《再读张爱玲》，页 13。

② Sigmund Freud, "The 'Uncanny'", in *On Creativity and the Unconscious: Papers on the Psychology of Art, Literature, Love, Religion*（New York：Harper Torchbooks, 1958), p. 136. 弗洛伊德说，"毫无疑问，某种诡异的感觉直接与沙人即戕害人的眼睛的想法有关"，而沙人成为拿塔奈尔的早死的父亲的象征。"

目"的"窥视"。① 如果按照一种拉康式的诠释,"现代"是父权的象征的话②,那么这"盲目"就意味着双重身份,一方面她的眼睛已经被弄瞎,另一方面在与"父权"的认同中,却把现代转化为盲目,即对父权施以报复。在这一意义上说,这一"鬼"影的奇幻的语言本身,已含有如嘉克荪所说的"问题化",即导向她的自身身份的质疑。

不消说,张爱玲的"传奇"在中国文学中也有其悠久而复杂的谱系。"传奇"之名源自唐代小说,至明清时代也指戏曲。一般认为唐传奇的出现标志着小说传统的转型。鲁迅(1881–1936)在《中国小说史略》中说,"传奇者流,源盖出于志怪",意谓承继了"志怪"的"搜奇记逸"的特征,但不同的是,唐人"作意好奇",具有"幻设"的创造意识。其"特异"之处"则究在文采与意想",在内容上与"传鬼神因果而外无他意者"的志怪小说"甚异其趣矣"。③ 这里已点出唐传奇摹写世态人情的特征,

---

① 张爱玲著,收入陈子善编:《沉香》,页22。

② 林幸谦对于张爱玲的"女性主体"解读,论述"无父文本""去势模拟书写""女性阉割构图"等,似乎对弗洛伊德的心理分析作了有趣的"误读"。参林幸谦:《女性主体的祭奠:张爱玲女性主义批评Ⅱ》(桂林:广西师范大学出版社,2003),页99–132。

③ 鲁迅:《中国小说史略》,《鲁迅全集》,第九卷(北京:人民文学出版社,2005),页73–74。

后来学者颇有发挥。如程毅中说:"唐代传奇中有不少性格鲜明、神情活现的人物形象,也有不少出人意料之外,又在情理之中的故事情节,与六朝志怪显然不同。"①乐衡军也指出,"传奇小说投入了一个与前代故事完全不同的世界","它是以鲜明而丰富的人事为它的核心的"。②

张爱玲的奇幻小说所蕴含的对于理性与文明的反思与批判,不仅发扬了十九世纪以来西方现代主义文艺思潮,也根植于中国人文传统的土壤。尤其是晚明文学,表现情欲与物质世界的感官享受蔚成新潮,有关小说的"奇幻"观念也发生变化。如凌濛初(1580-1644)在《初刻拍案惊奇》中说:"语有之,'少所见,多所怪'。今之人,但知耳目之外,牛鬼蛇神之为奇,而不知耳目之内,日用起居,其为诡谲幻怪非可以常理测者固多也。"③日常生活展示出新的意义,却由"耳目之外"转向"耳目之内","诡谲幻怪"在于一己的内心感受。《二刻拍案惊奇》的序文对于"奇"的议题更涉及什么是"真实"的问题:"今小说之行于世,无虑百种,然而失真之病,起于好奇。知奇之

---

① 程毅中:《唐代小说史》(北京:人民文学出版社,2003),页10。

② 乐衡军:《意志与命运——中国古典小说世界观综论》(台北:大安出版社,1992),页4。

③ 凌濛初:《初刻拍案惊奇》(长沙:岳麓书社,2002),页1。

为奇,而不知无奇之所以为奇。"①所谓"失真"的指责,在晚明"异端"思想家李卓吾(1527-1602)那里,则突显出批判宋明"理学"的特征。最具影响的是他的"童心说",关于"真""伪"的论争指斥传统与当世社会与文化机制,同时站在日常欲望的立场上肯定了小说与戏曲。②

张爱玲的《传奇》在理论与实践方面与本土文学资源之间的关系尚有待深入探究。值得注意的是,从奇幻文类的角度来看,《传奇》已经在观念上蕴含中西文类之间的"视野融合"。③ 在一九八〇年代旅美学者马幼垣(Y. W. Ma)、高辛勇(Karl S. Y. Kao, 1940-2011)等即从fantasy角度探讨中国传统的志怪、传奇小说,近年来不光有学者把 fantasy 译作"奇幻文类",而且用"奇幻"来涵盖"志怪""传奇""神魔"等类型,甚至所有包含"怪、

---

① 凌濛初:《二刻拍案惊奇》(长沙:岳麓书社,2002),页1。

② 李贽:《童心说》,张建业主编:《李贽文集》,第一卷(北京:社会科学文献出版社,2000),页91-93。

③ 这里用伽达默尔(Hans-Georg Gadamer, 1900-2002)的哲学诠释学术语,指文本诠释过程中历史与读者当下的理解状态之间的辩证关系。较简明的解释见丸山高司:《伽达默尔——视野融合》(石家庄:河北教育出版社,2002),页105-107。这一辩证关系大致合乎张爱玲或学者从"奇幻"角度对于中国传奇的理解过程,然而其中也包含中西不同传统之间的"视野融合"。

力、乱、神"的文学文本。① 对于张氏本人来说，所谓"传奇"也置于奇幻文类的"世界体系"中。如上面所说，其奇幻现代性根植于她的童年创伤及其对于文明与人性的独特的荒凉感，她从日常中看出荒诞与恐怖，那么问题是，它和古典奇幻文学是怎样的关系？其血缘关系是无可置疑的，她自小便熟知《西游记》《醒世姻缘传》《聊斋志异》等，如上面提到的她论及"传奇"之处，也含有现代的美学标准。

张爱玲在谈到《海上花列传》时说："恋爱只能是早熟的表兄妹，一成年，就只有妓院这脏乱的角落里还许有机会。再就只有聊斋中狐鬼的狂想曲了。"② 且不说她的恋爱观，可注意的是把《聊斋》理解为"狂想曲"，与上面提

<hr />

① Y. W. Ma, "Fact and Fantasy in T'ang Tales", *Chinese Literature: Essays, Articles, Reviews*, 2 (1980), pp. 167-181. Karl S. Y. Kao, "Introduction", in Karl S. Y. Kao, ed., *Classical Chinese Tales of the Supernatural and the Fantastic* (Hong Kong: Joint Pub. Co., 1985), pp. 1-51. 另如曾丽玲：《〈西游记〉——一个"奇幻文类"的个案研究》，《中外文学》，第19卷第3期(1990年3月)，页85-117。该文以 fantasy 和 fantastic 为视点诠释《西游记》，并对西方近期的 fantasy 理论有所介绍。另参阮国华：《我国明清时期"幻奇派"小说理论的成就》，《南开学报》，第1期(1986)，页47-56。陈金泉：《奇幻：中国小说艺术的传统基因》，《社会科学战线》，第59期(1992)，页295-302。

② 韩邦庆著，张爱玲注释：《海上花》(台北：皇冠出版社，1973)，页596。

到的水晶的说法一样，张氏也应当把"狂想曲"理解为fantasy，因此其作品已与西方的奇幻文类混杂在一起，已含有中西文学的"视野交融"。有趣的是小说里有一个引用《聊斋志异》的例子，颇能体现某种奇幻手法的新旧转换。如《第一炉香》中的主人公葛薇龙，初见姑妈梁太太之后，在月色中走下山，惘然地回头看姑妈的家：

> 那巍巍的白房子，盖着绿色的琉璃瓦，很有点像古代的皇陵。薇龙自己觉得是《聊斋志异》里的书生，上山去探亲出来之后，转眼间那贵家宅第已经化成一座大坟山；如果梁家那白房子变了坟，她也许不惊奇。她看她姑母是个有本领的女人，一手挽住了时代的巨轮，在她自己的小天地里，留住了满清末年的淫逸空气，关起门来做小型慈禧太后。[①]

书生回头见到坟堆，转瞬间惊悟到其所经历的乃是一幕鬼排场，这样的情节不仅见于《聊斋》，在其他鬼怪小说里也有，几乎变成一种"套路"（convention）。这里《聊斋》正是被用作一个典故或一种套路，旨在引起读

---

① 《张爱玲小说集》，页292-293。

者对于"超自然"情境的联想，并暗喻梁家豪宅其实是个"魔窟"。但运用《聊斋》是为了衬托葛薇龙的瞬间迷惘和疑惑，即具张氏"招牌印记"的"奇幻"时刻。但这一段落中叙述者口吻也极其诡谲，一面写薇龙的怪异的感受，一面说"如果梁家那白房子变了坟，她也许不惊奇"。其中错综着作者的假设语气，接着又通过薇龙的感想带出那段脍炙人口的关于梁太太像"慈禧太后"的议论，微妙地通过作者的主观干预营构了"他者"的空间及其主体。

以下本文将对《第一炉香》《红玫瑰与白玫瑰》和《封锁》三篇做些分析，进一步说明张氏"奇幻"小说的现代性，但除了修辞、叙述者和情节这三方面之外，我想特意指出它们与唐传奇之间的微妙关系，恰恰是在小说结构的层面上，对于这一层面的揭示，或许也能补充托多洛夫理论的局限。中西奇幻传统的交杂运用，不光凸显出张氏对都市现代性经验的洞彻观照，可见她不愧为西方现代奇幻文学的嫡传且别具新解；奇幻叙述织入本土传奇——从母题、情节乃至叙述模式——使她的文本别具深厚的文化底子，在这上面更衬出其文脉的丰富与质地的细腻。理解这一点，或许对于张爱玲小说的雅俗共赏之谜，能提供某种答案。

三、文本分析

1. 葛薇龙："鬼气森森的世界"

《第一炉香》开启了崭新的奇幻类型。小说开头描写葛薇龙来到"奇幻的境界"——她姑母梁太太的如"金漆托盘"的花园，开始了她的欲望之旅。薇龙被奇幻化，写她如何被幻境所迷惑，认幻作真，在鬼蜮世界里步步沉沦的经过。这一"受到姑妈梁太太和丈夫乔琪乔的利用摆布，逐步走向堕落和毁灭的经过"[1]，早经批评者指出，但我们的"奇幻"阅读有助于跳出这一"堕落"和"毁灭"的道德评判，使作品说出其更深的意蕴。

《第一炉香》使张爱玲一炮走红，不光由于它的香港的异域情调，给上海读者带来新奇的感官刺激，颇如当年张恨水（1895–1967）因《啼笑因缘》的"京味"而倾倒海上读者的景况。这篇小说之所以惊才绝艳、耐人回味，乃是因为一系列奇特而精致的造喻与意象，体现了细腻感受与丰富心理，给批评的焦虑造成挑战。如本文

---

[1] 《张爱玲的小说艺术》，页61。

所着重探讨的，正是一系列奇幻手法多样而纯熟的运用，表现了女主人公欲望与意识、真实与虚幻之间的"错置"（displacement）。葛薇龙的这一自我成长之旅，揭示了欲望与现代性之间错综吊诡的关系，而在堕落与毁灭的主题中更触及所谓"妇人性"——张爱玲写作中永恒的谜。看这篇小说怎样先声夺人，当我们的视线由梁太太的花园被移到

> 草坪的一角，栽了一颗小小的杜鹃花，正在开着，花朵儿粉红里略带些黄，是鲜亮的虾子红。墙里的春天，不过是虚应个景儿，谁知星星之火，可以燎原，墙里的春延烧到墙外去，满山轰轰烈烈开着野杜鹃，那灼灼的红色，一路摧枯拉朽烧下山坡子去了。杜鹃花外面，就是那浓蓝的海，海里泊着白色的大船。这里不单是色彩的强烈对照给予观者一种眩晕的不真实的感觉——处处都是对照，各种不调和的地方背景，时代气氛，全是硬生生地给掺和在一起，造成一种奇幻的境界。[1]

---

[1] 《张爱玲小说集》，页279–280。

杜鹃花暗示欲望如不可驯服的野性，为小说定下基调，而"轰轰烈烈""摧枯拉朽"的修辞，则显示了张氏的笔力万钧，来得全不费力，且带有难以预言的焦虑感。定下基调的也是叙事者的双重视域：出自薇龙眼中的"有限叙事者"与"时代气氛"中含有批评口吻的"全知叙事者"，你中有我地纠缠在一起，既把薇龙的欲望话语置于帝国兴亡史及香港殖民地的时空脉络之中，又赋予其自身的无可理喻性。如果说这里已具有如巴赫金（Mikhail Bakhtin，1895–1975）所说的"多重视域"（fields of vision）的现代小说特征[1]，而张氏的文字富于如此的色彩、感性与画面，在叙事中掺和着评论与抒情，则独步一时。尤其是那种"工笔彩绘"的"金漆托盘"与"野杜鹃"之间的强烈对照，颓废风格的营构并非徒发"思古之幽情"，而反衬"野性的呼唤"，这样富于人文底蕴的文字，更难学步。

葛薇龙进了姑妈屋里，将步入会客室，"在玻璃门里瞥见她自己的影子"。这里仍然是双重口吻，但叙事者巧妙地通过玻璃门，介绍了她的身份与模样，既让读者看到

---

① Mikhail Bakhtin, *Problems of Dostoevsky's Poetics*, ed. and trans. Caryl Emerson (Minneapolis：University of Minnesota Press，1989)，pp. 16-18.

薇龙是怎样的女子,也让她的自我意识亮相。有关"糖醋排骨"和"粉蒸肉"以及人种肤色的诙谐描述,犹如一篇微型的地方文化的话语。在"薇龙端相着自己"时,这玻璃门相当于一面镜子。她不一定从中意识到她的肤色与相貌是地方文化的产物,但她端详自己的长相,则与她这番访问梁太太的目的有关,伴杂着种种疑虑。她突然想起"非礼之言"而"掉过身子去,将背倚在玻璃门上",这里暗示了后来重复出现的她的自省和警觉。

镜子无疑是奇幻手段不可或缺的道具,在中国文学里,《封神演义》里的"照妖镜"、《西游补》里的"万镜楼"、《红楼梦》里的"风月宝鉴"等,何可胜数。① 而张氏小说里的镜子意象为学者所乐道,如果放到中西奇幻文类的家族谱系中加以考察,该另有创获。《第一炉香》里,镜子的意象不止一处,而奇幻的妙用倒在镜子之外,或镜子缺席之时。如薇龙初见梁太太的一幕,她扶了铁门望下去,见梁太太下了汽车:

　　一个娇小个子的西装少妇跨出车来,一身黑,黑

---

① 参乐黛云:《中西诗学中的镜子隐喻》,《文艺理论》,第 75 期 (1991 年 10 月),页 42-47。

草帽沿上垂下绿色的面网，面网上扣着一个指甲大小的绿宝石蜘蛛，在日光中闪闪烁烁，正爬在她腮帮子上，一亮一暗，亮的时候像一颗欲坠未坠的泪珠，暗的时候便像一粒青痣。①

沿着薇龙的视线望下去，但读者即刻看到的是梁太太的面部特写。其实作者已切换"镜"头，由远景推向近景，一如电影叙述技巧，读者不觉撂下了薇龙。然而在刻画这面部时，作者的超现实摄镜潜入薇龙的心理图像，隐喻她对梁太太的印象，蕴含怜悯与恐惧。

"绿宝石蜘蛛""正爬在她腮帮子上"，不光是张氏运用绝妙修辞或新奇比喻的佳例，其实也是她所特有的奇幻手法。"蜘蛛"微妙显示了薇龙的心理反应，在瞬间幻觉中产生与现实的疏离，而蜘蛛正在"爬"的感觉，意味着这一幻化的现实更具"真实"的威胁性。另一例奇幻式的比喻，是在薇龙和姑妈初晤之后，她更疑心自己投错人家："我平白来搅在混水里，女孩子家，就是跳到黄河里也洗不清！"此时：

---

① 《张爱玲小说集》，页284。

薇龙一抬眼望见钢琴上面，宝蓝磁盘里一颗仙人掌，正是含苞欲放，那苍绿的厚叶子，四下里探着头，像一巢青蛇；那枝头的一捻红，便像吐出的蛇信子。①

"像一巢青蛇"，和正在爬的蜘蛛相比，表示薇龙与周遭环境的进一步疏离。她初见梁太太的段落里，奇幻修辞已频频出现，她的疑虑与惊惧在重复，且逐步演进，层次清晰。当天傍晚她离开梁家，转眼间回顾"姑妈的家"在月光里"像古代的皇陵"，她自问："我既睁着眼走进了这鬼气森森的世界，若是中了邪，我怪谁去？"但自我身份的转捩点是在重返姑妈家的那个晚上。楼下梁太太正在请客，乐声悠扬，薇龙在楼上，飘飘荡荡，心旷神怡。她拉开衣橱，见到姑妈为她准备的各色衣裳，豁然警悟："这跟长三堂子里买进一个人，有什么分别？"②接着描写她一件件试穿这些衣服，苏醒的欲望伴随着音乐舞曲的各种旋律而张开了翅膀。在这精彩的"狂想"插曲里，有趣的是，似乎是最应该出现镜子的地方，偏偏没出现镜子。尽管自觉进了"长三堂子"，但心中发出

---

① 《张爱玲小说集》，页288。
② 同上，页297。

"看看也好"的声音——在欲望面前,她心甘情愿地缴了械。

薇龙爱上浮浪子弟乔琪,随即发觉他不忠,于是觉悟到自己的沉沦,决计不管梁太太的劝阻,跳出魔窟,回上海老家去。这一描写主体转变的关键,仍运用奇幻手法,通过一个"玻璃球"。她在病中,一时不能回上海:

> 在她的回忆中,比花还美丽的,有一种玻璃球,是父亲书桌上用来镇纸的,家里人给她捏着,冰那火烫的手。……那球抓在手里很沉。想起它,便使她想起人生中一切厚实的,靠得住的东西——她家里,她和妹妹合睡的那黑铁床,床上的褥子,白地红柳条;黄杨木的旧式梳妆台;在太阳光里红得可爱的桃子式的磁缸,盛着爽身粉;墙上钉着的美女月份牌,在美女的臂上,母亲用铅笔浓浓的加上了裁缝、荐头行、豆腐浆、舅母、三阿姨的电话号码……①

结果她没有回去,有关老家的记忆传染了玻璃球的

---

① 《张爱玲小说集》,页332。

冰凉和沉淀，家里的一切可爱而寒伧。于是"薇龙突然起了疑窦——她生这场病，也许一半是自愿的；也许她下意识地不肯回去，有心挨延着……"这正应了梁太太的话："你来的时候是一个人。你现在又是一个人。你变了，你的家也得跟着变。要想回到原来的环境里，只怕回不去了。"①这篇小说也可看作有关都市青年成长的题材，对葛薇龙这样一个"回不去了"的现代性主体表现颇具寓言性。② 某种程度上这篇小说等于是对丁玲（1904-1986）的《梦珂》中某些段落的戏仿③，而运用奇幻手法塑造的主体，远较写实主义小说来得生动而复杂。在作品里，薇龙作为受现代教育的新女性，具有鲜明的自我意识；在她逐步认同这个"鬼"世界的过程中，作者处处突出了她的自诘与自省。但作为"不可靠叙事者"

① 《张爱玲小说集》，页330。

② 这类题材似乎由《海上花》中的赵二宝启其端，而《第一炉香》里不是上海，是香港。现代文学里，无论新派旧派小说都不乏这样的题材，比如丁玲的《阿毛姑娘》中都市商品社会被视作罪恶的渊薮，而女主人公似乎命定地成为受害者。至于茅盾的《虹》里的梅女士，则成为由马克思主义武装起来的女斗士。

③ 小说开头部分写梦珂从西阳到上海的姑妈家里，那种初至繁华世界的感受："客厅、地毯、瘦长的花旗袍、红嘴唇……便都在眼前舞蹈起来。"以及当晚在自己房里的兴奋情状，与葛薇龙的处境略同。见丁玲：《在黑暗中》（北京：人民文学出版社，1998），页10-12。

(unreliable narrator)①,常常造成"多重视域"的融合,如那段有名的有关梁太太"一手挽住了时代的巨轮"的叙述,却出自薇龙的视角:"她看她姑母是个有本领的女人。"②将某种历史观照的批评意识移位于主人公,这就使她的"堕落"似乎更无可理喻。由于奇幻的媒介,主体的成长或蜕变呈现为美学的"错位"过程,造成真实与虚幻、意识与潜意识之间界限模糊,不仅与作者的意图产生距离,也给诠释制造困难。

小说结尾是闹剧式的,五光十色的喧嚣,更衬出薇龙的"寒冷与黑暗"。她疑真为幻、认幻为真,"疑虑"的主题萦回不息,伴随着恐惧、无奈与快乐,但在同情的笔调里,启悟得之于象外:更真实地揭示了一种现代人的生存方式,如一个堕落天使,吞饮其欲望酝酿的苦果,仍不断以虚构的幻美充填真实。她再也不可能回到过去,却生活在皇朝的世纪末——多半也是她的未来世界。

---

① 用了布思(Wayne C. Booth, 1921-2005)的术语。"可靠叙述者"(reliable narrator)诉诸事实,如古典小说中"看官听说"之类,读者易于把握作者意图。与此相对的是所谓"不可靠叙述者",如詹姆斯(Henry James, 1843-1916)多数小说中,从人物的内心或视角描述事件,而作者的意图由是捉摸不定,这与巴赫金所说的"多重视域"有相通之处。见 *Rhetoric of Fiction*, Second Edition (Chicago and London: The University of Chicago Press, 1983), pp. 339-364。

② 《张爱玲小说集》,页293。

2. 佟振保："砸不掉他自造的家"

《红玫瑰与白玫瑰》（以下称《红与白》）中的佟振保出身寒微，好不容易挣得机会在英国学纺织工程，得了学位，回沪后在一家外商染织公司做工程师。于是立业成家，有了一个体面的小家庭，他的太太"身家清白、面目姣好、性情温和"，从"一个女儿才九岁，大学的教育费已经给筹备下了"这一点来看，她多半出自一个中产阶层的家庭。对于振保来说，这一切都来之不易，是他努力打拼的结果。的确，如果他没有"超人的铁一般"的意志，恐怕难以达到这般田地，在外表上他处处循规蹈矩，为人方面无可挑剔：

> 事奉母亲，谁都没有他那么周到；提拔兄弟，谁都没有他那么经心；办公，谁都没有那么火爆认真；待朋友，谁都没有他那么热心，那么义气，克己。①

这是一个新型绅士的典范，当代青年的榜样，从社会学观点来看，可说是中产阶级价值伦理的体现，实现

---

① 《张爱玲小说集》，页57-58。

都市现代化的中坚。小说一开头称道振保"赤手空拳打下来的天下"之时，所勾画的振保正代表一种类型，以及他所代表的整个世界和他的世界观。"照现在，他从外国回来做事的时候，是站在世界之窗的视窗，实在是很难得的一个自由的人。"但"自由"很快变成一种揶揄。小说写的却是振保的"另类"世界，写在这十余年里他和四个女人的关系，即他的情感世界，充满挫折、混乱、疯狂，同他那个表面的理性世界相对照，方显现出红白玫瑰的意义。

振保的情史也具有都市青年成长的典型性。第一次性经验，是与巴黎街头的一个妓女，尽管龌龊不堪，但上了一堂性的启蒙课。第二次是在英国读书时，和一个叫"玫瑰"的姑娘，一场夭折的爱恋，倒是纯情无瑕的"初恋"。第三个是王娇蕊，在回沪后不久，等于与一个有夫之妇的不伦之恋，但娇蕊却是小说里真正的"红玫瑰"。第四个是他明媒正娶的孟烟鹂，即"白玫瑰"。

振保先后放弃了两朵红玫瑰，因他早就"下了决心要创造一个'对'的世界"①，而她们都不符合这个"对"的标准。在拒绝王娇蕊时，他说，"社会上是决不肯原谅

---

① 《张爱玲小说集》，页68。

我的",况且他是个孝子,做什么事必须遵循他母亲的"逻辑","我不能叫我母亲伤心"。然而,说也奇怪,这两次恋爱,虽然小说里并没有用"刻骨铭心"之类的话,却给振保的生命带来永久的创伤,时时在他心中作祟。他后悔,尤其是对于娇蕊,她真爱振保,且给他爱的满足,使他知道什么是他生命中的女人;他明知对她的背弃是有违其本心的。

这篇小说暗用了来自中国传统小说的鬼魂报复的套路,这也是奇幻笔法的匠心独具之处。振保初见娇蕊时,即意识到自己受了诱惑,"他心里着实烦恼。才同玫瑰永诀了,她又借尸还魂,而且做了人家的妻"。后来毕竟堕入爱河,热恋了一场。和孟烟鹂结婚后,他没有爱情,越来越觉得感情空虚,于是常常外出嫖妓。嫖妓的时候仍是玫瑰附体,他"喜欢黑一点胖一点的,他所要的是丰肥的辱屈。这对于从前的玫瑰与王娇蕊是一种报复"。某天他回家,发觉烟鹂与别的男人偷情,潜意识里觉得这是对他从前勾引娇蕊的报复,"他心里怦的一跳,仿佛十年前的事又重新活了过来。……有一种奇异的命里注定的感觉"。① 此后振保每况愈下,喝得醉醺醺

---

① 《张爱玲小说集》,页102。

回家,无非是生气,砸东西。在外胡搞,甚至"不拿钱回来养家,女儿上学没有学费"。① 他自己一手建造的"对"的世界崩陷了。

佟振保的情感悲剧起因于真情的失落,在热情和道德的冲突夹攻中,他甘作后者的牺牲品,却始终摆脱不了前者梦魇的追迫。但在张爱玲笔下,振保表现为一个"无可理喻"的现代性主体,表现为理性与欲望之间的分裂,无论他真情的悔恨或骚动,都在他的潜意识层面上展开。这篇小说里几个奇幻的插曲极其精彩,都涉及振保理性世界的质疑或倾覆。

刚搬进他朋友王士洪家那一天,见到王娇蕊在浴室里洗头发,这点燃了振保内心的情欲,如一团乱麻;在"屋子里水气蒸腾"的氛围里,从振保看去,"地下的头发成团飘逐如同鬼影"。"看她的头发! 到处都是——到处都是她,牵牵绊绊的。"小说继续窥视那种男子"狂想"的情状,十分传神:

> 振保洗完了澡,蹲下地去,把磁砖上的乱头发一团团捡了起来,集成一股儿。烫过的头发,梢子

---

① 《张爱玲小说集》,页107。

《红玫瑰与白玫瑰》玫瑰(张爱玲插图)

《红玫瑰与白玫瑰》佟振保、
王娇蕊、艾许太太与艾许小姐
(张爱玲插图)

上发黄,相当的硬,像传电的细钢丝。他把它塞进裤袋里去,他的手停留在口袋里,只觉得浑身热燥。①

振保不能忘情,像是传统小说里的"情种",但并非那种多情伤感的类型,他对于爱情并没有什么理解,不像《倾城之恋》中范柳原还能背诵"执子之手,与子偕老"之类的经典。振保多半出自"肉"的生理本能,他喜欢娇蕊,因为她"是一个痴心爱着他的天真热情的女孩子,没有头脑,没有一点使他不安的地方"。其实在《红与白》里,振保的描写是被客体化的,他的深层心理被置于女性的窥视中。对他的报复更多于怜悯,即使怜悯,也充满讽嘲。

八年后在车中与娇蕊邂逅,是小说中关键一刻。娇蕊过得并不好,与王士洪离婚后,又结婚,生了孩子,人也变得憔悴了,但她坦然夷然,天真如故。这更挫伤了振保,更使他自责自怜。这触动了他回忆里的"神圣而感伤的一角",当初"为了崇高的理智的制裁,以超人的铁一般的决定,舍弃了她"。② 虽然这篇小说对娇蕊着

① 《张爱玲小说集》,页66。
② 同上,页94。

《红玫瑰与白玫瑰》红玫瑰王娇蕊

（张爱玲插图）

《红玫瑰与白玫瑰》孟烟鹂（张爱玲

插图）

墨不多,她却是个带有"妇人性"的人物,是全局的主脑;事实上"红玫瑰"始终像幽灵一般威胁、操纵着振保的情感生活,象征着他的精神世界永远的缺失。这时他从车中的一面小镜子里看到了自己。这面镜子作为奇幻手法的绝妙例证,近乎恶作剧的尖刻讽刺,却不着痕迹。读者从镜子里看到振保的"眼泪滔滔流下来,为什么,他也不知道"[1],其情绪的反常发泄隔着一层距离,似乎是更为酣畅的;然而振保的内心危机走向高潮,他当众流露久遭压抑的莫名哀伤,意味着自信力的彻底幻灭。由此窥见主人公的精神病态,为接下来一段超现实奇幻描写做了铺垫。振保下了车,走到他的家门前:

　　　　他家是小小的洋式石库门弄堂房子,可是临街,一长排都是一样,浅灰水门汀的墙,棺材板一般的滑泽的长方块,墙头露出夹竹桃,正开着花。……蓝天上飘着小白云,街上卖笛子的人在那里吹笛子,尖柔扭捏的东方的歌,一扭一扭出来了,像绣像小说插图里画的梦,一缕白气,从帐子里出来,涨大了,内中有种种

----

① 《张爱玲小说集》,页97。

幻境，像懒蛇一般地舒展开来，后来因为太瞌睡，终于连梦也睡着了。

这一段"诡异"效果的美学呈现直接处理"家"的母题。据弗洛伊德对"诡异"的解说，生活经验中最为熟悉之物，莫过于"家"或"居屋"。① 此刻在振保眼中，他的家在恍惚间变成鬼窟，其惊恐无可言喻，更具"乡愁"典型。这也体现了张爱玲的奇幻叙事学的基本特征：写实与奇幻手法相交织，使都市日常生活与白日梦、呓语、幻境或潜意识之间的界限模糊，而读者在迷楼式幻美的沉溺中直面启悟。这一奇诡也隐喻振保的"盲目"，家的幻灭引起他新的恐惧与怨恨，如今他"砸不掉他自造的家"，这一切意味着现代主体的盲目，做不了自己的"主人"。

这"白蛇"的意象，在小说的符号系统里，则非孟烟鹂莫属。《红与白》通篇充斥白色意象，与玫瑰红相映照，而"参差的对照"地织入振保的空虚世界。烟鹂"给人的第一个印象是笼统的白"，"像病院里的白屏风"。她缺乏个性，脸上总是罩着"白色的膜"，"白蚕似的身

① Sigmund Freud, "The 'Uncanny'", in *On Creativity and the Unconscious: Papers on the Psychology of Art, Literature, Love, Religion*, pp. 123-124.

躯"也缺乏女性的风致,连"最好的户内运动也不喜欢"。"她爱他,不为别的,就因为在许多人之中指定了这一个男人是她的。"①她本来就是既成社会规范的牺牲品,在振保的空虚世界里徒增其苍白。小说里凡有关烟鹂的描写,白色的意象比比皆是,总共不下二十处,事实上成为一种"过分"(excessive)的修辞策略,影射出作者构思这一角色及其与整体的寓意。这白色的使用至少起两种功能:在制作更为精巧的奇幻文本的同时,诉诸一般读者的欣赏心理。在中国,红白两色与婚丧喜庆的情感结构是深入大众骨髓的。

最后有关烟鹂的白色意象,在振保眼中产生疑惑和恐怖,他对妻子不贞的怀疑本身也"疑疑惑惑起来":

> 仿佛她根本没有任何秘密。像两扇紧闭的白门,两边阴阴点着灯,在旷野的夜晚,拼命的拍门,断定了门背后发生了谋杀案。然而把门打开了走进去,没有谋杀案。连房屋都没有,只看见稀星下的一片荒烟蔓草——那真是可怕的。②

---

① 《张爱玲小说集》,页93-94。
② 同上,页105。

这一段奇幻文字将振保的心理悲剧推进至高潮，也进一步深化了对于"家"的"诡异效果"的处理。其中所含的讽刺，不仅是针对振保的，从更普遍意义上亦是针对现代家庭的。小说将结束时，"可怕"在延续，振保经常处于"自我"（ego）和"本能"（id）激烈冲突的精神状态中：

> 砸不掉他自造的家，他的妻，他的女儿，至少他可以砸碎他自己……但同时，另有一个意志坚强的自己站在恋人的对面，和她拉着，扯着，挣扎着——非砸碎他不可，非砸碎他不可！①

"非砸碎他不可！"传达出冲突的紧张性，但最后两句不用引号，第三人称的叙事口吻转换成第一人称口吻，意味着叙事者对主人公由讽刺转换成同情，给自身投下疑窦的阴影，使我们难以窥测作者的真正意图。事实上，至上述的"白门"意象为止，小说一直依循既定的调子，即表现了振保一心营造的理性世界的脆弱及其自我的崩溃，但诡谲万端的是，这白门没有带来一种封闭

---

① 《张爱玲小说集》，页107。

性结局,反而门被打开,却一无所有。比那种给予主人公悲剧性结论更具启示性的是,振保被置于将信将疑的精神状态中,忍受日常的折磨,与黑白分明的认识相比,这当然更为"可怕"。

可怕的是现代人的日常生活形态,而奇幻手法在模糊现实于虚幻之间的界限时,将叙述自身"问题化",这更明显而充分地体现在小说最后两页,其叙述紧张而浓缩,充满吊诡和反讽,在男女主人公身上分别出现转折或颠覆。突然,一百八十度地,"烟鹂现在一下子有了自尊心,有了社会地位,有了同情与友谊"。她变得主动起来,躯壳里注入了魂灵,她的世界全变了。最后描写"她穿着一身黑",轻轻一笔便倾覆了她的"白屏风"形象,也模糊了红白玫瑰之间的界线,不惜打碎作者辛苦经营的白色世界。再看小说结语:"第二天起床,振保改过自新,又变了个好人。"①意含揶揄与讥讽,固然也是张氏一贯的不作斩钉截铁结局的风格,但包含更深一层的意思。尽管已陷于疯狂,振保作为理性世界的一个机件,仍在照常运作,最终"砸不掉自造的家"。这里的"家"既指具体的社会机制,也指抽象意义上的观念存在。这

① 《张爱玲小说集》,页108。

里也体现了张氏与"五四"激进主义的根本区别：并不简单地将现代社会斥为罪恶，也不制造英雄式的自我毁灭或被毁灭的幻象。

3. 吴翠远："世界上的好人比真人多"

《封锁》呈现了奇幻修辞的复杂创意，不仅趁"阳光里眍着"时制造了一个醒者的梦境，更在于创造幻境于主人公的神思恍惚之间，遂奇迹般地为都市平民开拓想象空间，叩击生命的普世意义，发掘日常主体与现存秩序的离异。小说里所暗示的封锁，不光是空间的切断，且诉诸时间意识，暗示被封锁的世界成为另一种时空。由此封锁被转化为一种技术手段，帮助作者清出场地，从中将营造一个三度空间的舞台并据此摄制为虚幻的艺术。在摄镜般的描述之前，作者首先不得不运用语言修辞，将读者导向另一种时空的意识，而这一段修辞精妙无比：

> 封锁了。摇铃了。"叮玲玲玲玲玲"，每一个"玲"字是冷冷的一小点，一点一点连成一条虚线，切断了时间与空间。[1]

---

[1] 《张爱玲小说集》，页486。

在文学迎受现代视像艺术——尤其是电影——的挑战方面，张爱玲所具的自觉及其所达到的成就，当时作家无出其右。如果说《封锁》多方运用电影原理和技术，如三度空间、镜框和特写等，而创造了一幕幻中之幻的悲喜剧，那么它充分发挥了文学语言的特性，也补充了视觉艺术传媒的不足。[①] 如这一段魔幻文字巧妙利用了汉字，由"摇铃"的行为转到"叮玲"的铃声，再转到"冷"的感觉，再诉诸视觉，"一点一点连成一条虚线"；一系列意象的转换，由具象到抽象，复杂地运作于读者的感知系统，仿佛置身于影戏院里，目的在于使之构成一个特定"时间与空间"的幻觉，亦可谓苦心经营，行文却天籁自成。

在蒙太奇式地描绘封锁开始时的慌乱情景之后，镜头移至电车里。生活仍以真实的语言照常进行，只是无聊，为了打发时间。张氏对头等车厢乘客的描写，琐碎的片言只语，折射出稍为体面的小市民的众生相，然而各种物象如给报纸粘住的包子、怕弄脏裤子的熏鱼、代

---

① 李欧梵先生指出，张爱玲的"小说形式和技巧，已经融会了通俗电影的手法"，但她的描写往往"是无法用电影的视觉手法来表现的"。见《不了情——张爱玲和电影》，收入杨泽编：《阅读张爱玲》（桂林：广西师范大学出版社，2003），页258–259。

替思想的核桃和核桃般的面孔,亦最契合张氏那种"雾数"风格。随着镜头不紧不慢的推移,我们的主人公出现了,男的叫吕宗桢,女的叫吴翠远。叙事者将他们打量了片刻,介绍了他们的形象和身份,我们的视线又被引向别人。然而在这漫不经心的描述中,在吴翠远那里掠过一丝不真实的感觉。在她的邻座,"孩子的脚底心紧紧抵在翠远的腿上。小小的老虎头红鞋包着柔软而坚硬的脚……这至少是真的"。①

一个突如其来的戏剧性安排使男女主人公坐到了一起。为了躲避他所不喜欢的表侄,吕宗桢飞速奔到对面一排座位上,且将手臂搁在吴翠远背后的窗台上。两人搭起腔来,很快,误会冰释了,很快,他们恋爱了。在宗桢眼中,翠远始终是虚濛濛欠真实的。"她的脸像一朵淡淡几笔的白描牡丹花,额角上两三根吹乱的短发便是风中的花蕊。"②写他最初看到她正在上车的一段,是不可多得的妙文:

　　他低声道:"你知道么?我看见你上车,车前头

---

① 《张爱玲小说集》,页491。
② 同上,页496。

的玻璃上贴的广告,撕破了一块,从这破的地方我看见你的侧面,就只一点下巴。"是乃络维奶粉的广告,画着一个胖孩子,孩子的耳朵底下突然出现了这女人的下巴,仔细想起来是有点吓人的。"后来你低下头去从皮包里拿钱,我才看见你的眼睛、眉毛、头发。"拆开来一部份一部份的看,她未尝没有她的一种风韵。①

听宗桢这么"花言巧语","翠远笑了"。张氏游戏于真真幻幻之间,更错之以虚虚实实的笔法,妙的是通过宗桢视角的自白,暗示女性的被"恋物化"(fetishism),隐含着女性角度的批判话语。② 这一段的连续画面极具电影感,但真正用电影手段却很难表现这么微妙的意蕴。

恋爱使他们发现了真我,照见了各自生活的空虚与自我的缺失。宗桢向她倾吐"秘密的悲哀"——他的不幸的婚姻、负累的家庭、当年的志向……"平时,他是会计师,他是孩子的父亲,他是家长,他是车上的搭客,他是店里的主顾,他是市民。可是对于这个不知道他的底

---

① 《张爱玲小说集》,页493。

② 关于张爱玲小说中"恋物"的复杂表现,参张小虹:《恋物张爱玲——性、商品与殖民迷魅》,《阅读张爱玲》,页108-135。

细的女人,他只是一个单纯的男子。"此刻的宗桢仿佛回到了伊甸园,脱略了社会和伦理的羁绊而成为一个"能够使一个女人脸红,使她微笑"的"单纯的男子"。[1] 这也是他唯一认同的真实,其他种种身份都意味着累赘,丧失了价值。

在翠远那方面也是同病相怜。在生命旅程中,她一向被贴上"好"的身份标签。在家里她是一个好女儿,在学校里她是一个好学生。大学毕业后,就留在母校教书。出身于一个"新式的,带着宗教背景的模范家庭",家长盼望她"找一个有钱的女婿"。这样的世界好是好,可是对她来说毫无生趣——"翠远不快乐"。刚碰上宗桢,听到他的花言巧语,便觉得他"不很诚实,也不很聪明,但是一个真的人!她突然觉得炽热、快乐"。一想起她家里的人就生气:"那些一尘不染的好人——她恨他们!他们哄够了她。他们要她找个有钱的女婿,宗桢没有钱而有太太——气气他们也好!气!活该气!"[2]

这出罗曼史既幻又奇,但我们看到,张氏的奇幻空间最终落实在人之平常心,那种复杂的心理图像交织在

---

① 《张爱玲小说集》,页496。
② 同上,页497。

她所精心营建的白日梦式的抽象时空里,更显得风云诡秘。奇幻修辞最终成为传达真理的载体,旨在照亮人的内在真实——对爱情、快乐和自由的渴望,同时将现代都市生活的机械和平庸贬入虚幻。这里的"好"即代表中产阶级的社会理念和价值标准,如对翠远的家庭刻板模仿西式生活方式的讽刺,意含一种文化批评:

> 她家里都是好人,天天洗澡,看报,听无线电向来不听申曲滑稽京剧什么的,而专听贝多芬、瓦格涅的交响乐,听不懂也要听。世界上的好人比真人多……翠远不快乐。
>
> 生命像圣经,从希伯来文译成希腊文,从希腊文译成拉丁文,从拉丁文译成英文,从英文译成国语。翠远读它的时候,国语又在她脑子里译成了上海话。那未免有点隔膜。[①]

封锁结束了,一切恢复正常。理性重新统辖世界,那摄影棚似的车厢不复存在,翠远和宗桢之间的浪漫邂逅也恍如春梦。最后两段写翠远的所感所见,意味深

---

① 《张爱玲小说集》,页490。

长,也显出张氏始终未偏离女性的立场。翠远原以为宗桢已经下车,想象他会打电话给她,"她一定管不住她自己的声音,对他分外的热烈,因为他是一个死去了又活过来的人"。但她最后发现他并没有下车,回到他自己的座位,"她明白他的意思了:封锁期间的一切,等于没有发生"。虽然小说没有往下写,但读者不难体会翠远的感受:她是动真格的,但此刻她领悟到"整个的上海打了个盹,做了个不近情理的梦"。[①] 在她心里,他也真的死了。

四、雅俗共赏:"五四"抑是"鸳蝴"?

这三篇小说都以都市的普通知识男女为主体,揭示出现代的生存窘状,即日常生活的惰性及平庸掩盖下的荒诞、疯狂、失落和疏离。张爱玲以奇幻手法作为女性的书写策略,出色地营构了"他者"的空间,其中跃动着难以扑灭的欲望,为冲破牢笼作无奈的挣扎、胜利的颠覆。这些作品不约而同、不同程度地叩问什么是"真"的问题;处于"诡异"核心的"疑虑"成为一种与现实世界的疏离机制,蕴含着对理性的质询、对文明的异议。她所

---

① 《张爱玲小说集》,页499。

使用的奇幻语言所具的"启示"功能，首先诉诸美感经验，所引起的无论是轻微的骚动还是强烈的震撼，都在于唤醒读者而使之进入潜藏于日常生活中的"他者"的世界。而在张氏那里，奇幻手法作为引渡真理之舟，既未构筑超自然的乌托邦之乡，更不惮打乱自己的话语秩序。

上述三篇与唐传奇具有或明或晦的联系，或许令人不无惊讶的是，这种联系隐蔽而深刻，涉及叙述结构的层面。如果说《第一炉香》中的梁宅是清末"长三堂子"的变种，其原型可追溯到唐传奇，由白行简（776-826）作的《李娃传》。在这一"倡伎文学"的杰作中，已具备该文类的要角，如不负情义的风尘女子、失足欢场的贵胄公子及堪称脚色的鸨母。在这篇最早以都市为背景的小说中，一开头描写那个妓院"门庭不甚广，而室宇严邃"①，足以诱动窥视的欲望。另外像李娃反过来"倒贴"爱人的情节，在《第一炉香》中也可找到依稀的影子。再看《红玫瑰与白玫瑰》，如果以蒋防（792-835）的《霍小玉传》为参照，可发现在某些情节上有相似处。男主人公抛弃出身低微的霍小玉，而遵从母命，与门当户对的女

---

① 白行简：《李娃传》，汪辟疆校录：《唐人小说》（上海：上海古籍出版社，1978），页119。

子结亲。结果薄幸郎遭到报复,美满家庭被毁。甚至在故事的结尾,都有将东西掷向自己妻子的细节。[①] 至于《封锁》所写的白日梦,沈既济(750-800)的《枕中记》与李公佐的《南柯太守传》这两篇最具典型性。[②]

不见得张氏故意在运用传统方面别出奇招,即使她的故事里某些情节与唐传奇有相似处,或属表面或偶然。在唐传奇之后的文学长流里,这类因果报应、浮生若梦或青楼传奇的叙事几成俗套,延绵不绝,为中国读者所喜闻乐见,其实已成为民族"情感结构"的有机组成部分。张氏自小便喜爱鬼怪传奇之类的古典小说,作为民族共同体的一员,分享了这份精神遗产,本不足为奇,然而与众不同的是,作为一个现代作家,对传统的浸润如此之深,自然流之于笔端,成为她的"传奇"的隐形结构。由此在她奇幻叙事的织毯上,其色调斑斓、古色古香的,不仅是金瓶红楼,光影绰绰,其间更有一层传奇文化的"底子",经由那类"俗套"的移花接木或深层渗透,却使"古老的记忆"死灰复燃,隐隐跳跃着不死的欲望。

在古典传奇的映衬中,也凸显出张氏的奇幻小说的

---

① 蒋防:《霍小玉》,汪辟疆校录:《唐人小说》,页100。

② 沈既济:《枕中记》,汪辟疆校录:《唐人小说》,页45-51。李公佐:《南柯太守传》,同前书,页101-110。

现代性。李娃报答为她散尽千金的落拓公子，最后助他高中科举，她也因此得到皇家的晋封。这样一个"节行瑰奇"的妓女，既升华为完善社会和伦理秩序的典范，也充分满足以男子为中心的窥视和文化狂想。葛薇龙沦为人尽可夫，且倒贴她的丈夫乔琪，但张氏所表达的不止对于女性不幸命运的同情，而更质疑"真"作为现世价值的哲理层面，以"不可理喻的妇人心"的特有视角，更具普世性地揭示了欲望与真实之间错综纠缠的现代性境遇，而对于人性的脆弱表现出一种慈悲。《红玫瑰与白玫瑰》异常巧妙地将因果报应作为奇幻手段，颠覆了脆弱的工具理性和苍白的现存秩序，从另一角度显示了张氏对现代性的批判。其中红与白的象征运用使文本的织毯更踵事增华而具有深层的文化意蕴。《封锁》的叙事结构渊源于"枕中乾坤"或"南柯一梦"，而将这种"第二真实"的奇幻原型转化为介乎真幻之间的都市白日梦，一个芸芸众生的日常悲喜世界，其写意的笔墨，惆怅的基调，令人低回无已。细思之，这故事发生在战时封锁的街头实景，张爱玲却就地搭起了一个摄影棚，在一个电车车厢里真真幻幻地导演了一出哀婉的现代罗曼史；对于战争作如此反讽，当然这在《倾城之恋》中得到体现，其鬼才诡异，只有用一句《海上花列传》里苏白的赞叹："实在亏俚想得出！"

一个有趣的问题是，平时我们说张爱玲的小说雅俗共赏，那么如本文所揭示的，她的作品触及现代都市生活的复杂与吊诡，具有质疑理性、反思文明的深刻内涵，在表现技巧上尽现代主义之能事，但另一方面她不惮以一个说"传奇"故事人的扮相取悦"大众读者"，且在语言与叙述结构方面浸润于本土的文学传统，诉诸大众的文化心理。这样的奇幻现代性，使得她的小说赢得广泛的读者。

最后顺便涉及另一个聚讼未决的问题，即张爱玲到底归属"五四"抑是"鸳蝴"？虽然这个问题没有多大意义，她早已明言自己是不新不旧，硬把她归入某一派对于理解她的作品预设期待，并无好处。再者什么是"五四"什么是"鸳蝴"，或许问题更大。这里就奇幻文类略作点区别，或可进一别解。我想张爱玲与"鸳蝴"渊源颇深，不仅是因为她的成名作首见于周瘦鹃（1895-1968）的《紫罗兰》杂志①，不拒绝传统文化，不落入高调的"主义"或"宏伟叙事"的言筌，在这些方面与"鸳蝴派"同调。且在

---

① 水晶认为张爱玲最初在周瘦鹃的《紫罗兰》杂志上发表《第一炉香》是"投错了门"，其实包含着对于"礼拜六派"的成见。见《关于〈沉香屑——第一炉香〉》，收入《张爱玲的小说艺术》，页105。稍作考察，可知周瘦鹃于1917年出版《欧美名家短篇小说丛刊》，收入包括英美法德等十数国的五十篇译作；1914年译安特列夫的短篇《红笑》，1928年译许泥紫勒（今译施尼茨勒）的《花》等。都是相当"高调"且得风气之先的。

四十年代，当文化领域愈为党派政治及意识形态所左右，文学公共空间变得愈益狭窄之时，张爱玲的小说却眷注个人与家庭的命运，对于已成往迹的"私人空间"明眸回顾，抒写其怀旧的哀曲，从这一意义上说她是"鸳鸯蝴蝶派殿军大师"①，亦不为过。然而在对待文学传统方面，一般鸳蝴作家沉溺"套路"而缺乏形式革新的自觉，而在张氏那里，传统被用作背景，占据前台的是在现代主义的潮流中推陈出新，由是与鸳蝴派分道扬镳。另一种说法："张爱玲实际上正是一个地道的'五四'意义上的新文学作家。"②的确，张氏的人文关怀臻至形而上的境地，固然与"五四"重合，但如果一般意义上"五四"与"革命""进化"或抽象的"大众"话语难分难解，那么张氏不光与之绝缘，且就根本上她对理性乃至文明的质疑而言，更非"五四"诸公能望其项背。

原刊《中外文学》，第 35 卷第 3 期

（2006 年 8 月）

---

① 杨照：《在惘惘的威胁中——张爱玲与上海殖民都会》，收入蔡凤仪编：《华丽与苍凉：张爱玲纪念文集》（台北：皇冠出版社，1996），页 254–266。

② 范智红：《世变缘常——四十年代小说论》（北京：人民文学出版社，2002），页 54。

张爱玲与塞尚

——一九四〇年代的"写实"与"超写实"主义

一

张爱玲的散文集《流言》向来与其小说集《传奇》并列，均出版于一九四四年，代表她早期创作的成就。《流言》收入二十九篇文章，并配有大量插图，其中《自己的文章》《烬余录》《更衣记》《私语》等篇向为张迷所乐道，比读小说更有一番近距离看张的乐趣；内容涉及张爱玲的生平、文学主张、都市观察及艺术品位等，也是张学的不竭矿藏。其中《忘不了的画》和《谈画》两篇是关于绘画的，尚少受注意。后一篇的主题集中，几乎全在谈塞尚（Paul Cézanne，1839-1906）——法国后期印象派代表之一，像在观赏这位大师的回顾展，对他的精品逐一点评，竟达三十幅之多。①

我们知道，张爱玲出自没落贵族名门，自小接受"淑女"教育，不喜音乐而喜绘画。后来写小说声名鹊起，经常自作插图或封面，也别具一格，与她的文学相映成趣。对于这两篇谈画的文章稍加关注，或能从侧面揭示某些跨界地带，如艺术与文学、欧洲现代主义运动与张爱玲的艺术趣味、文学见解及风格等，在一九四〇年代的文坛别见一种"前卫"的姿态。

我们也知道，与《谈画》一同收入《流言》的《自己的文章》是探讨张爱玲写作宗旨最重要的文章，其中反复申述"苍凉""参差的对照"的美学信条，我们耳熟能详。令人好奇的是，她在谈画时为何对塞尚青睐有加？他的画怎会唤醒她的"苍凉"之感，与她"参差的对照"的写作方式有何关联？再进一步，在西方现代主义的中国接受变得眼花缭乱、吊诡变幻的一九四〇年代，凸现了张氏怎样一种独特的取舍？

---

① 张爱玲：《谈画》，收入《流言》(台北：皇冠出版社,1968)，页199–210。

二

正值"乱世",且伴随破碎家庭的创伤记忆,在描写都市的日常传奇时,张爱玲深感历史无常与人生脆弱,因而充满怀疑、恐惧与反讽,这些构成《自己的文章》一文的"苍凉"基调。[①] 然而她不甘悲观,遑言虚无,声称在"影子似地沉没下去"的"时代"里,要"证实自己的存在",并求助"人类在一切时代之中生活过的记忆"。为了表现"回忆与现实之间""尴尬的不和谐"、"郑重而轻微的骚动、认真而未有名目的斗争",她采取"参差的对照的写法"。在她看来,这种"写法"是更接近"真实"的,且免于落入"新派"或"旧派"的窠臼。这些都表明她对于当日现实与文坛的反思和批评。尤其是张爱玲提到"妇人性"或"神性",带一点神秘,那是与"破坏"相对的,代表人生的"安稳"和"永恒",其文学表现能给人带来"启示",如果蕴含某种"女性本位"的话,那似乎在指责男人专搞"破坏",对于历史和人生不负责任了。

如其一贯的散文风格,《谈画》的行文如珠落玉盘,

---

① 《自己的文章》,《流言》,页17–24。

凝练圆润,情思婉转,机锋四出。既然是谈画,同她在其他文章里谈天说地、街闻巷见或淑女私语就有区别,起码要受到画家及作品内容的限制。文章一开头却不谈塞尚,而是谈《蒙娜丽莎》,相当于一个引子,借这幅经典的传世之作来交代"谈画"怎么个谈法。

她说:"好的艺术原该唤起观众各个人的创造性,给人的不应当是纯粹被动的欣赏。"不喜欢"先读了说明书再去看图画",这样"其实是减少了图画的意义"。在视觉文化研究中有反对为图作注的一派,认为图画的意涵比文字更来得丰富。罗兰·巴特(Roland Barthes,1915-1980)说好的图像中有"第三意义"(the third meaning)的细节部分,不是指黑为白的文字所能解释。张爱玲这番说法并不新奇,却也深谙图像学三昧。她反对观者"纯粹被动的欣赏",而诉诸"创造性";当然,既是"好的艺术",无论是出发点还是目的地,也无非归结为"创造性"而已。

自觉写这篇文章在"知法犯法","很难避免那种说明的态度",但她跟着自己的感觉和想象走,由是从塞尚的画中读出了许多故事,闪烁着乱世的苍凉之感。多半是怀着一份平常心,常在小人物那里发现了尴尬或悲苦。在谈到《翁波埃尔》这幅画时她说:"里面也有一种奇异的,不安于现实的感觉……人体的比例整个地错误了,腿太短,臂膊太短,而两只悠悠下垂的手却又是很长,那白削的骨节与背后的花布椅套相衬下,产生一种微妙的、文明的恐怖。"我们熟悉"奇异""恐怖"等字眼,在《自己的文章》中:"这时代,旧的东西在崩坏,新的在滋长中。……人们只是感觉日常的一切都有点儿不对,不对到恐怖的程度。""他对周围的现实发生了一种奇异的感觉,疑心这是荒唐的,古代的世界,阴暗而明亮的。"

张爱玲所谈的画,都收在一本日文版题为《塞尚与他的时代》的画册中。《翁波埃尔》是他的早期名作,对于画中人物及绘画背景,画册应当有所解说,但张爱玲说"连每幅画的标题也弄不清楚",其实她对于"说明"本来无甚兴趣。这个畸形人物于她所"唤起"的"奇异"和"恐怖"之感,不啻她自己对于"时代"的反应了。

"唤起"之中蕴含一种奇妙的通灵术,她与画中之物将心比心,虽然不必与画家心有灵犀,然而经过她那种万花筒般直觉的筛滤,转化为"创造性"文字。画中景物、色彩、风格也无不使张氏迷醉,但最令她关心的是画中人;她在那些男女老少身上,捕捉闪烁的人性、生命的意义。即使是风度翩翩的绅士,西装革履、穿长筒皮靴、手扶司的克,可是在张爱玲眼中却"显得非常之楚楚

塞尚《翁波埃尔》

可怜"，甚至能闻到他的"衬衫里焖着一重重新的旧的汗味"。或对一个"小朋友"的描绘："一个光致致的小文明人，粥似地温柔，那凝视着你的大眼睛，于好意之中未尝没有些小奸小坏。"塞尚的绘画世界无非是日常生活的悲喜剧，那些人物好像出现在她的小说里，充满了她的同情的理解。

《谈画》的收官段落谈到风景画，却是一个例外：

　　风景画里我最喜爱那张《破屋》，是中午太阳下的一座白房子，有一只独眼样的黑洞洞的窗；从屋顶上往下裂开一条大缝，房子像在那里笑，一震一震，笑得要倒了。通到屋子的小路，已经看不大见了，四下里生着高高下下的草，在日光中极淡极淡，一片模糊。那哽咽的日色，使人想起"长安古道音尘绝，音尘绝——西风残照，汉家陵阙"。可是这里并没有巍峨的过去，有的只是中产阶级的荒凉，更空虚的空虚。

塞尚画了不少风景画，有两幅属于另类，带点现实阴暗面的意味。一幅是《缢死人之屋》，另一幅就是这《破屋》，不及前者有名，但那条中央垂直的裂缝极为触目。

塞尚《破屋》

按理说,对于塞尚的画,张爱玲始终在作一种随心写意的小说家解读,不管画家及其作品的历史背景,但有趣的是这里对"中产阶级"的微词,浮动着一种历史感。其实十九世纪后半期法国印象派兴起之时,工业革命高奏凯歌,印象派绘画注重表现户外的光色,当然与科学观察与物质技术密不可分,其灿烂明亮的整体风格也未始不投合中产阶级的世俗趣味。塞尚等人的画作在巴黎沙龙中展出,中产阶级取代贵族阶级成为他们的艺术赞助人。

这幅画被置于文章之末,似为整篇文章的苍凉基调作一总结。但在画中的"裂缝"中,张爱玲却看出了"中产阶级的荒凉,空虚中的空虚"。

三

这本塞尚画册是胡兰成(1906-1981)借自一个日本朋友而带给张爱玲的,《今生今世》中提到:"我和她同看西洋画册子,拉斐尔与达文西的作品,她只一页一页的翻翻过……塞尚的画却有好几幅她给我讲说,画里人物的那种小奸小坏使她笑起来。"[1]刚披露于世的《小

---

① 胡兰成:《今生今世》(台北:远景出版公司,1997),页187、189。

团圆》也提及："他送了她几本日本版画,坐在她旁边一块看画册,看完了又拉着她的手看。"①虽有小说笔法,但对照《今生今世》,可见热恋中的张与胡,人面桃花相映红,画册在做传媒。其实《谈画》正写于张爱玲爱心充盈之时,也给文章涂上了一层玫瑰色,为"苍凉"的脉络另增一道风景。一开头她对蒙娜丽莎"神秘的微笑"这么解释:

> 一个女人蓦地想到恋人的任何一个小动作,使他显得异常稚气,可爱又可怜,她突然充满了宽容,无限制地生长到自身之外去,荫庇了他的过去和将来,眼睛里就许有这样的苍茫的微笑。

这个"恋人"有胡兰成的影子?这不重要,即便含有私语成分,而"无限制地生长到自身之外去"的"宽容"却含有某种普世的涵义。另外在谈到塞尚《却凯》一画时她说:"这张画一笔一笔里都有爱,对于这人的,这人对于人生的留恋。"也表达了那种博大的爱。

"张爱玲是民国世界的临水照花人",凡读过《今生今世》的,无不惊叹这一美丽而经典的表述,却造成误

---

① 《小团圆》(香港:皇冠出版社,2009),页170。

导，"自恋"甚或"自私"几乎成为张氏的刻板印象。然而像《谈画》中所表达的"宽容"的爱，透过塞尚诠释艺术家的使命，也是张氏"妇人性"或"神性"的自我投影，这"临水照花人"抬起了她的头，看得更远更广阔，张氏的普世观照这一层迄今为张学所忽视。

塞尚为他的妻子画了不少肖像，对于收在画册里的六七幅，张爱玲说"主题就是画家本人的恋爱"，可根据创作年份顺序来解读她"有意义的心理变迁"。最初的一幅，她是个单纯的少女，怀着理想的憧憬，然后作为一个穷画家太太，整日为家务操劳，吃尽了苦。在一张画上张爱玲看出她手中握着一块抹布，在厨房里做事，却被画家叫去做模特儿。终于画家功成名就，熬出了头，然而她早已失去青春，变得麻木。最后一张画上，虽然她穿着考究的衣服坐在阳光里，然而"背后的春天与她无关"，"她脸上的愉快是没有内容的愉快。去掉那鲜丽的背景，人脸上的愉快就变得出奇地空洞，简直近于痴骏"。换一个观者或许会称赞塞尚太太的"妇德"，但在张氏眼中，"她还是微笑着，眼睛里有惨淡的勇敢——应当是悲壮的，但是悲壮是英雄的事，她只做得到惨淡"。张爱玲不屑这样"贤妻"的角色，即使为大画家做出牺牲也不值，这仍是她的女性立场的体现。

怀着理想的憧憬

为穷画家吃尽了苦

背后的春天与她无关

张爱玲在给胡兰成讲塞尚的画,即使当时没讲这些,既许为"知己",胡兰成应当读到《谈画》的文章,但在《今生今世》里,只说"小奸小坏",达文西的画只是"翻翻过"。而《小团圆》也只说到"几本日本版画",根本未提塞尚,更遑论写过塞尚的文章。时隔多年之后,虽然两人已是山河邈隔,恩怨难泯,仍回忆起那段画册的情缘,正所谓"此情可待成追忆",只是在"惘然"中不无记忆的错位。

四

在西洋绘画史中,塞尚与梵高(Vincent van Gough,1853-1890)、高更(Paul Gauguin,1848-1903)并列为后印象主义三巨擘,而塞尚的荣光无与伦比,因为他承先启后,启迪了后来的抽象画风,现代主义美术运动为之一变。塞尚特别注重表现人与物的质地,放弃了印象主义对光影的捕捉,用厚重的块面突出体积感,实际上放弃了自文艺复兴时代以来主宰画界的透视学,如学者指出"抽去任何主观视角而在二维画面上包容进多维视角"。① 改变了绘画与外界再现关系的认识。虽然一般公

---

① 参王才勇:《印象派与东亚美术》(南京:江苏人民出版社,(转下页)

认塞尚直接影响了立体主义，事实上他的影响无远弗届，至二十世纪初各种现代画派都无不向他致敬。

张爱玲早就知道塞尚，印象不深，而对于高更、梵高、马蒂斯（Henri Matisse，1869–1954）、毕加索（Pablo Picasso，1881–1973）"较感兴趣"，但把这本画册"看个仔细"之后，认识到一个"充满了多方面的可能性的，广大的含蓄的塞尚"，领悟到这位"现代画派第一个宗师"名不虚传，高更等人只是他的"徒子徒孙"而已。在谈到《水浴的女人们》一画时说："人体的表现逐渐抽象化了，开了后世立体派的风气。"这是当时画界的公论，大约也是《塞尚与他的时代》里表述的，她不怎么通日文，但应当有不少汉字可以认猜的。

对于塞尚如此心领神会，与其说是出于对一代"宗师"的特别尊崇，毋宁说在"充满了多方面的可能性的，广大的含蓄的塞尚"的理解之中，乃与她自己的写作风格及策略之间具有一种内在、微妙的默契。之所以具有"多方面的可能性"，首先在于塞尚的画根植于具象世

（接上页）2008），页178。另参"对平面性效果的追求，不看重光，不看重线条，唯独看重色彩"（页158），其用色策略，"蕴含的创作法却是与东亚美术原则一脉相承的"（页168）。

塞尚《水浴的女人们》

界，以写实为根柢，所谓"广大"而又"含蓄"，即具内在的复杂性，这不是一般能达到的境界。谈到两张小孩肖像的画时，张爱玲说：

在笔法方面，前一张似乎已经是简无可简了，但是因为要表示那小孩的错杂的灵光，于大块着色中还是有错杂的笔触，到了七年后的那张孩子的肖像，那几乎全是大块的平面了，但是多么充实的平面！

她击赏"充实的平面"，包含对塞尚趋向体积表现的理解，是在前期"错杂"基础上的发展，其"充实"也含有对象自身的"实在"之意。同样的，有关她的创作，张爱玲一向强调"真实"，在《〈赤地之恋〉自序》中说：

我有时候告诉别人一个故事的轮廓，人家听不出好处来，我总是辩护地加上一句："这是真事。"仿佛就立刻使它身价十倍。其实一个故事的真假当然与它的好坏毫无关系。不过我确是爱好真实到了迷信的程度。我相信任何人的真实地经验永远是意味深长的,而且永远是新鲜的,永不会成为滥调。①

"真实"或"真事"指日常所见所感的大千世界,张氏的"迷信"意味着她觉得"真实"本身是无比繁富复杂的。正如她在《烬余录》一文中所说:"现实这样东西是没有系统的,像七八个话匣子同时开唱,各唱各的,打成一片混沌。"②对于"现实"的这番理解事实上已经通过她的"真实地经验",这个"经验"方式却取决于张氏独特的为"苍凉"视角所主宰的"情感结构"。

她借用西谚"真事比小说还要奇怪"加以发挥,所谓"真实"有其"内情",包含"无穷的因果网,一团乱丝,但是牵一发而动全身,可以隐隐听见许多弦外之音齐鸣,觉得里面有深度阔度,觉得实在……许多因素虽然不知道,可以依稀觉得它们的存在"。③ 按照流行的"写实主义"的理论,小说应如镜子般反映真实,或者如"社会主义现实主义"要求"源于真实,高于真实"。这句西谚意谓小说及不上"真事",颇有点柏拉图(Plato,公元

① 《赤地之恋》(台北:皇冠出版社,2004),页3。

② 《流言》,页41。

③ 《谈看书》,《张看》(台北:皇冠出版社,1976),页189。

前427-前347）的味道。张爱玲把"真实"看得这么绝对，却不像柏拉图把"真实"看作神旨的体现，因而鄙视艺术模仿。她认识到真实的无比繁富复杂，给文学表现带来挑战，但基于独特的"真实地经验"，她采取"参差的对照的写法，因为它是较近事实的"。所谓"较近"还没有达到"真实"本体，这么说略有无奈的悲哀，"参差的对照"也有其局限。

塞尚能开启"多方面的可能性"，潜藏在他的"错杂的笔触"中，那在张爱玲方面，就得施展语言的点金术。就真实和文字再现的关系而言，中国文学早就有"言不及意""意在象外"的传统，某种意义上张氏回到了自家古典的源头。

五

在《自己的文章》中张爱玲一再表示："我只求自己能写得真实些。"什么是"真实"？除了她的内心感受，具体地说，还包含现在与过去两个向度。她说：

> 我写作的题材便是这么一个时代，我以为用参差的对照的手法是比较适宜的。我用这手法描写

人类在一切时代之中生活下来的记忆。而以此给予周围的现实一个启示。

所谓这"时代",当时第二次世界大战已是强弩之末,但"乱世"之感未尝稍杀,战争带来破坏,给人心带来重创,世人为死亡的威胁所笼罩,感到生命的脆弱、世道的残酷,于是人们生活在日常的"恐怖"之中,张爱玲的"苍凉"感即根植于此,借以表现人的生死莫名的"存在"状态。人们在日常生活中游移于真幻之间,不外乎"人生如梦""电光泡影"之类的老生常谈,但那种"疑心这是个荒唐的,古代的世界",是由战争所造成的一种心理创伤,按照心理分析的术语,处于某种"精神分裂"的心态。所谓"荒唐"和"古代",人类从荒原始,却回到荒原,不由对天经地义的文明进步发生质疑。至于"人觉得自己是被抛弃了",那么是被谁"抛弃"的?当然是被战争,归根到底是操纵战争的强权。从这意义上说,那些描写"革命"与"战争",鼓吹"超人"的"力"的文学作品无非是为强权代言,鼓吹以一种秩序代替另一种秩序,并未对文明本身表示"异议"。

从这样的"真实"出发,"恐怖"感不仅仅属于"这个时代",而是属于"一切时代"的。纵观历史,"这种安稳常是不安全的,而且每隔多少时候就要破坏一次",这里就有本雅明(Walter Benjamin, 1892-1940)说的"文明与野蛮"情同手足之意。张氏关注的不是那些一向被尊崇为缔造历史与文明的"英雄",而是作为实际受害者的"凡人",在承受灾难方面具有普世性,因此她相信,"他们虽然不过是软弱的凡人,不及英雄的有力,但正是这些凡人比英雄更能代表着时代的总量"。

要表现人们日常的"恐怖",由于记忆与现实之间"不和谐"的存在状态,其实是一种现实与非现实之间断裂和越界的心理体验,其间"记忆"扮演关键角色。"为要证实自己的存在,抓住一点真实的,最基本的东西,不能不求助于古老的记忆,人类在一切时代之中生活过的记忆,这比瞭望将来要更明晰、亲切。"换言之,美好将来的许诺并不可靠,正如她举米开朗琪罗(Michelangelo Buonarroti, 1475-1564)的《黎明》一画"象征一个将要到来的新时代。倘若现在也有那样的作品,自然是使人神往的,可是没有,也不能有,因为人们还不能挣脱时代的梦魇"。而从"古老的记忆",从"人类在一切时代之中生活下来的记忆"汲取人生的经验与智慧,此即为"永恒":"它存在于一切时代。它是人的神性,也许说是妇人性。"以这样的"真实"为"底子",包含多重时空超越的层面，即所谓"神性"，最终归结为"妇人性"，点出张爱玲俯瞰一切的主体，归结为性别的视角。她作为"凡人"之一，与他们分享"一切时代之中生活下来的记忆"，而她作为一个"妇人"，更作为一个"他者"，负荷着男人的罪孽。《自己的文章》里至少五次出现"启示"，作为她的创作的终极目标，表达出强烈的干预"现实"的初衷。

六

与上面所引"题材"相映照，《自己的文章》谈到"主题"，那是进一步阐述"参差的对照的写法"的：

> 因为我用的是参差的对照的写法，不喜欢采取善与恶，灵与肉的斩钉截铁的冲突那样古典的写法，所以我的作品有时候主题欠分明。

这样"欠分明"的"主题"事实上是"反主题"。写小说应当"让故事自身去说明，比拟定了主题去编故事要好些"，反对主题先行，使创造过程变得更为自由，更具随机性，向感觉、想象及潜意识的空间开放。另外她觉得归根结底所谓"主题"取决于读者的接受，把作品的意义交到读者手里，这里也牵涉通俗与启示之间的张力。如其初版《传奇》题词："在传奇里面寻找普通人，在普通人里寻找传奇。"同时期《论写作》一文中说："要低级趣味，非得从里面打出来。"一面要讲"温婉，感伤，小市民道德的爱情故事"，要"越软性越好"，一面要"非得从里面打出来"，通过多重超越的层面，以"参差的对照"臻至"苍凉"的美学境界，使人在"回味"中得到"启示"。①

在《谈画》中可发现"主题"的连接，其画法与张爱玲的"写法"相通，却与"超写实派"不期而遇：

> 《野外风景》里的两个时髦男子的背影也给人同样的渺小可悲的感觉。……主题却是两个时装妇女。……是绝对写实的。……把这样的两个女人放在落荒的地方，风吹着远远的一面大旗，是奇怪的，使人想起近几时的超写实派，画一棵树，树顶上嵌着一只沙发椅，野外的日光照在碎花椅套上，梦一般的荒凉。塞尚没有把这种意境发展到它的尽头，因此更为醇厚可爱。

① 《张看》，页235–236。

落荒中的现代妇女,在张的心头引起颤动,由此联想到"超写实派"中"梦一般的荒凉",但最后一句对塞尚的画风另添一重富于回味的理解,之所以觉得它"更为醇厚可爱",可说是因为介乎"绝对写实"与"超写实"之间,这也为她自己的"参差的对照的写法"带来某种观照,如在《忘不了的画》中谈到:

> 超写实派的梦一样的画,给我印象最深的是一张无名的作品,一个女人睡倒在沙漠里,有着埃及人的宽黄脸,细瘦玲珑的手与脚;穿着最简单的麻袋样的袍子,白地红条,四周是无垠的沙;沙上的天,虽然夜深了还是淡淡的蓝,闪着金的沙质。一只黄狮子走来闻闻她,她头边搁着乳白的瓶,想是汲水去,中途累倒了。一层沙,一层天,人身上压着大自然的重量,一点梦也不做,而狮子咻咻地来嗅了。①

这幅画题为《睡着的吉卜赛人》,是法国画家亨利·卢梭(Henri Rousseau,1844-1910)的名作。对

---

① 《忘不了的画》,《流言》,页174。

亨利·卢梭《睡着的吉卜赛人》

张爱玲来说，"超写实"几乎是"梦"的代名词，也总带着荒凉。接下来她又描述了题名为《夜的处女》的一张，画一个男人做了个"也有同样的清新的恐怖气息"的梦。梦中有"四个巨人，上半身是犹太脸的少女，披着长发，四人面对面站立，突出的大眼睛静静地互相看着，在商量一些什么"。所举的"超写实"的画，充盈着恐怖、荒凉、梦、幻想和女人的意象，在她心头萦回不去。

所谓"超写实派"是综合的文艺运动，最初是个文学运动。一九二四年布勒东（André Breton，1896-1966）发表《超写实主义宣言》标志着它的发轫，虽然其人文思潮的酝酿可追溯到更早些。

七

超写实主义（surrealism，或"超现实主义"）运动兴起于一九二〇年代的法国，以布勒东、阿拉贡（Louis Aragon，1897-1982）、苏波（Philippe Soupault，1897-1990）、艾吕雅（Paul Eluard，1895-1952）等为领军人物，其影响遍及欧美等世界各地，浪潮席卷绘画、音乐、戏剧、电影等领域，对人文精神的重塑贡献至巨，成为西方影响最大的现代主义文艺运动，至二十世纪六十年代其流风余韵未尝消歇。①

　　这一运动发轫且兴盛于两次世界大战之间,并非偶然。战争把传统价值夷为废墟,引起信心的危机、文明的反动。在布勒东周围聚集了反叛的年轻人,他们甚至在政治上对苏俄社会主义产生向往之情。但超写实主义留下的精神遗产却在于丰富、深刻的美学理论与实践。与以往浪漫主义、象征主义等文艺运动不同的是,它并非鼓吹与世界的"疏离"或"超越",而主张"穿透现实",即布勒东所说:"对于乱麻般的世界达到一种更为精确、更富于激情的理解。"②换言之,通过美学的途径重整精神的旗鼓,来兑现马克思的宏愿——"改变世界"。

　　一般认为超写实主义深受弗洛伊德精神分析的影响,钟意于梦幻、潜意识的自由表现,似乎回到某种童真和原始的感知状态,即布勒东说:"在这里生与死、真实与想象、过去与未来,可沟通与不可沟通、雅与俗,都不再被

---

① 参葛雷:《布勒东:强力性的精神解放》,收入叶廷芳、黄卓越主编:《从颠覆到经典——现代主义文学大家群像》(北京:商务印书馆,2007),页359。张大明编著:《西方文学思潮在中国的传播史》(成都:四川教育出版社,2001),页761–765。

② Maurice Nadeau, *The History of Surrealism* (Cambridge, Mass. : Belknap Press of Harvard University Press, 1989), p.35.

安德列·布勒东(André Breton, 1896-1966)

视为斩钉截铁的冲突状态。"①然而这并非迷醉于纯真或梦幻,而借此感知状态来摆脱逻辑或理性的桎梏。他这样激情地表述:

……如果我们不能发现足以把卑下的西方思想钉在耻辱柱上的语词,如果我们毫无畏惧地反抗逻辑,如果我们拒绝见证梦中的经验不比醒时的经验来得更有意义,如果我们甚至无法确定我们将征服**时间**——那些阴险陈旧的笑剧、老是脱轨的火车、狂跳的脉搏、堆积如山的被撕裂的残骸的群兽,你怎能期盼我们对于社会保守的机制——无论其是何种形式——表现出温情脉脉甚或容忍姑息呢?②

"事实上是从充满无意义精神图像的令人作呕的大锅里产生并坚持那种欲望:超越美与丑、真与伪、善与恶的荒诞无稽的区分。"破除现存的观念和知识秩序,目的在于捕捉生命与外物之间的偶然机遇,由此激发奇妙的语言与革新的形式,而日常生活成为语言点金术的

---

① André Breton, *Manifestoes of Surrealism*, trans. Richard Seaver and Helen R. Lane (Ann Arbor: The University of Michigan Press, 1972), pp. 123-125.

② 同上,页128。

实验场域。布勒东声称超写实主义的基本伦理是扎根于当下的生活,正如"这天空、这手表的嘀嗒声、寒冷、身体不适等,我开始用一种世俗的口吻来谈论它们"。[①]他提倡那种"自动写作":"忘掉你的天才、你的才能以及所有他人的才能。不断提醒你自己文学是一条通向所有事物的最为痛苦的道路。快速地写,没有预先设定的主题,如此快速,以至你不记得在写什么或不想在写完后再看一遍。"[②]

且不说对于自动写作可见仁见智,布勒东的《娜嘉》(*Nadja*)无疑是一部杰作。那是一种流言般无因果逻辑的叙事,糅合了真实与虚构、蒙太奇的并置与毕加索式的拼贴,扑朔迷离地塑造了女主人公娜嘉,意含作者"另一半"的暧昧身份,实际上表达了布勒东的形而上追求:爱与美的形神俱足的境界,只能在女人身上得到终极的体现。在一次访谈中他谈到《娜嘉》:"我们对于所有领域的冒险趣味从未消失过——我说的冒险在语言之中,和在街上、在梦里是一样的。"该书"给这一精神氛围赋予美妙的构思,把我们对于游荡的喜好

① André Breton, *Manifestoes of Surrealism*, trans. Richard Seaver and Helen R. Lane, pp. 124-125.

② 同上,页 30-31。

布勒东《娜嘉》(*Nadja*),1928

推向极致,使不间断的探索得以自由驰骋:其目的在于看到并揭示潜藏于表象之下的东西。意外的邂逅,无论若显若晦,总是倾向于追踪女人的形迹,为这种探索画下句点"。①

仅从布勒东的言论略举数点,便于和张爱玲做某种对照。我们可看到,在现实与文学再现的根本问题上,两人都背离了传统,同样要求摆脱理性和观念的束缚而面对复杂的日常世界,在创作中同样反对主题先行。不像布勒东明确提倡"潜意识"并形诸激烈反叛的哲学话语,张爱玲不声称任何主义,然而诡异的是她对"真实"的尊崇与"写实主义"看上去并无二致,但经过她"苍凉""记忆"及其他心理的重重透镜,"真实"变了形。

两人在文学的基本取向上殊途同归,一个在巴黎,一个在"东方巴黎"的上海,同样出自对战争和文明的反思。张爱玲在《诗与胡说》中说:

> 所以活在中国就有这样可爱:脏与乱与忧伤之中,到处会发现珍贵的东西,使人高兴一上午,一

---

① André Breton, *Conversations: The Autobiography of Surrealism*, trans. Mark Pollizzotti (New York: Marlowe & Company, 1993), p.106.

天,一生一世。听说德国的马路光可鉴人,宽敞,笔直,整整齐齐,一路种着参天大树,然而我疑心那种路走多了要发疯的。①

太平洋战争爆发时,张爱玲正在香港,亲身经历了战争的可怕和人性的无可理喻,不禁自问:"人类的文明努力要想跳出单纯的兽性生活的圈子,几千年来的努力竟是枉费精神么? 事实正是如此。"②人们仿佛回到了荒原时代,凭着生存本能坚韧而犬儒地活下去。文中"德国"不幸变成"理性"的代名词,当然那是战争的发源地,而"中国"其实是上海,浮华中仍带着"惘惘的威胁",那种自得其乐,她大约也会自觉其可怜的。

八

耿德华在《被冷落的缪斯》一书中认为一九四〇年代张爱玲等人的文学风格呈现"反浪漫主义"的共同趋向,颇具卓见。值得讨论的一点是,与布勒东破除"生与

---

① 《诗与胡说》,《流言》,页149。
② 《烬余录》,《流言》,页63。

死、真实与想象"等二元对立的界域异曲同工的是,张爱玲不满"善与恶,灵与肉的斩钉截铁的冲突那样古典的写法",而提出"参差的对照的写法"。与"古典"相对,这"写法"应当是"现代"的,虽然这"现代"未有任何解释,却在"超写实"语境里可加以体认。就文学的社会功能而言,如果不仅仅提供美妙的想象、高尚的思想和精湛的风格,而更意识到思维模式的局限并致力于改变它,那么文学无疑更臻至升华的境界。在"参差的对照"的"现代"蕴含中,意味着有关思维模式的更为深刻的"范式转型"。

如她所言,她的作品"主题欠分明",而这篇《自己的文章》所谈的"主题"也是"欠分明"的。在明确声明拒绝"斩钉截铁"的二元模式时,也在挣扎着摆脱二元化的表述方式。起首在检讨当时的文学在创作与理论上都"贫乏"时,指出"弄文学的人向来是注重人生飞扬的一面,而忽略人生安稳的一面"。张氏表示她不写"飞扬"的一面,即不写革命或战争,当然也不写与之相关的"超人"式"英雄";在她的作品里无非都是渴望"安稳""和谐"的日常男女或芸芸众生。但她避免把"飞扬"和"安稳"两极化,"其实,后者正是前者的底子",两者即含有辩证的关系。

"安稳"和"飞扬"属于题材方面,张氏对此作进一步阐发,将其和"壮烈""悲壮"和"苍凉"的美学范畴搅在一起,又声言:"我不喜欢壮烈。我是喜欢悲壮,更喜欢苍凉。"这样使二元变成了三元,未尝不是"参差的对照"书写策略的运用。为何在"安稳""和谐"中看出"苍凉",这涉及张氏独特的"乱世"情怀,对当时文学现状的评估牵涉"新""旧"文学,也与让自己从二元思维中解套有关:

> 我的作品,旧派的人看了觉得还轻松,可是嫌它不够舒服。新派的人看了觉得还有些意思,可是嫌它不够严肃。但我只能做到这样,而且自信也并非折衷派,我只求自己能够写得真实些。

文坛上非"新"即"旧"的对峙由来已久,前者指"五四"以来的"新文学",后者指"鸳蝴派",张爱玲说自己"并非折衷",意谓超越两者?是否新旧两派也各有其二元思维的局限?显然张氏拒绝了与"飞扬"或"斗争"等同的"壮烈"的一路,她承认"我甚至只是写些男女间的小事情,我的作品里没有战争,也没有革命"。这里是针对"新文学"旨在民族救亡的"宏伟叙事",似乎是攻其一端,就其意识形态主流而言。我们知道,所谓"五四"有多端源流,其复杂如鲁迅,他的"横站"立场正是跳出二元怪圈的最佳例证。①

二十世纪中国贯穿着"救亡图存"的主旋律,像鲁迅、张爱玲那样意识到个人在历史夹缝里的窘境的,毕竟属少数。"九叶派"诗人郑敏在一九九三年写了一篇有影响的检讨汉语新诗得失的文章,把文学上所有病症归因于五四以来的"二元思维"模式。② 这样的说法还须探讨,不过,自五十年代始"不是东风压倒西风,就是西风压倒东风"之类的"矛盾论"被当作人类智慧的最终结晶,由是你死我活、刺刀见红成为日常的戏码。那是在冷战时代,似无足为怪。有意思的是,郑敏追溯到胡适的"活文学"与"死文学"的著名论断。不无吊诡的是,照现下一般的理解,胡适代表了五四的自由主义传统,说他是二元思维的始作俑者,似难以接受。不过当初在提倡"文学改良"之始,胡适对于白话和文言的立场可谓斩钉截铁,民国政府也三令五申推行"国语运

---

① 参王晓明:《无法直面的人生——鲁迅传》(上海:上海文艺出版社,2001),页201-218。

② 郑敏:《世纪末的回顾:汉语语言变革与中国新创作》,《文学评论》,1993年第3期,页5-20。

动"，白话方定于一尊，对此后中国文学与文化的走向影响至巨。一九三五年胡适在《中国新文学大系》中自诩当年提倡"活文学""死文学"的坚决态度，这方面的二元立场并未改变。他以"逼上梁山"作譬方，简直等于说"造反有理"了。

九

在《自己的文章》里，"参差的对照"还有一层色彩上的考虑：

> 壮烈只有力，没有美，似乎缺少人性。悲壮则如大红大绿的配色，是一种强烈的对照。但它的刺激性还是大于启发性。苍凉之所以有更深长的回味，就因为它像葱绿配桃红，是一种参差的对照。

在解释"悲壮"和"苍凉"的美学之区别时，用"配色"来作比喻，与《童言无忌》一文有互文指涉之处：

> 色泽的调和，中国人新从西洋学到了"对照"与"和谐"两条规矩——用粗浅的看法，对照便是红与

绿,和谐便是绿与绿。殊不知两种不同的绿,其冲突倾轧是非常显著的;两种绿越是只推板一点点,看了越使人不安。红绿对照,有一种可喜的刺激性。可是太直率的对照,大红大绿,就像圣诞树似的,缺少回味。……

现代的中国人往往说从前的人不懂得配颜色。古人的对照不是绝对的,而是参差的对照,譬如说:宝蓝配苹果绿,松花色配大红,葱绿配桃红。我们已经忘记了从前所知道的。①

所谓"对照""和谐"与我们曾熟悉的"对立""统一"的"矛盾论"公式非常相似。且不说是否来自西洋,有趣的是在张看中,"两种绿越是只推板一点点,看了越使人不安"。可见她对于色彩的敏感,两种绿色之间稍有差别,就会引起她的"不安",或由于强烈的创伤心理所致。而"参差的对照"不仅与文学创作相联系,似乎还涉及中西思维模式的源流,确实超乎寻常。

我们的"情感结构"由声色香味等要素组成,在张爱玲那里也非常特别。胡兰成说她"喜闻气味,油漆与

① 《童言无忌》,《流言》,页11。

汽油的气味她亦喜欢闻闻"。[1] 她自己也说："我不大喜欢音乐。不知为什么，颜色与气味常常使我快乐。"[2]的确，她"对色彩永远感到饥渴"[3]，正是色彩上追求那种"婉妙复杂的调和"，使她的小说镶金嵌红，七宝楼台般令人炫目。

与张爱玲的色彩学有关联的，是印度女孩炎樱。两人同在香港大学读书，后来一同在上海，甚为莫逆，张爱玲去美国之后与赖雅（Ferdinand Reyher, 1891–1967）结婚时，炎樱充当他们的证婚人。两人声气相投，比方说炎樱认为"身边的事比世界大事要紧，因为画图远近大小的比例。窗台上的瓶花比窗外的群众场面大"。[4] 这番话颇有趣，其中有绘画透视法，或在电影里聚焦于近景，景深处就显得模糊。但这里把"小我"放大、把"大我"缩小，和张氏怀疑"历史"、不喜欢"壮烈"的态度如出一辙。

炎樱颇有艺术的灵气。在上海期间，为张的小说集《传奇》设计封面，借用晚清画报上的一张少妇闺中消夜

---

[1] 《今生今世》，页178。

[2] 《谈音乐》，《流言》，页211。

[3] 《小团圆》，页162。

[4] 同上，页51。

图,经过一番剪裁拼贴,而在右边加添一个比例超大的人形,似是张爱玲自己的剪影,在栏杆外朝房里窥视。然而她的脸庞一片空白,"像鬼魂出现似的,那是现代人"。古今对照的效果却打破了平衡,造成"不安"的"气氛"。①这样处理"现代"还另有意蕴,在风格上则体现了张爱玲与炎樱的共同艺术趣尚,更体现了那种游移于写实与超写实之间的"张"力。

两人还打算开一家时装店。在张爱玲《炎樱语录》一文中可读到这位印裔女孩平日间片言只语,诙谐而放诞,给人意外之喜。另在《双声》中两人谈东西方艺术、谈饮食男女,海阔天空,精英色彩颇为浓厚。炎樱也写过《女装、女色》《浪子与善女》《生命的颜色》等文章,经由张爱玲的翻译,刊登在文艺杂志上,因此在小圈子里有点名气。

诗人路易士(纪弦,1913-2013)读到《生命的颜色》,觉得"句句都是警句",于是写了《记炎樱》一文,记述在某咖啡店和炎樱的交谈,张爱玲也在。路易士以诗鸣于当时,原先是学油画的。他说:

① 张爱玲:《有几句话同读者说》,《沉香》,页22。关于封面及诠释参收入本书的《质疑理性,反讽自我》一文。

炎樱(Fatima Mohideen，1920-1997)

纪弦(路易士,1913-2013)自画像

我们曾经谈到绘画,她的见解是很对的。我喜欢塞尚,马蒂斯和毕卡索这些人,她也喜欢。我喜欢新派是因为他们是真正的绘画,本格的绘画。这个意思,炎樱全懂。她说,绘画总不如摄影那么"毕肖"吧,一定要"像真的一样",可以不必做画了,拿照相机去拍照片吧,——这话就对极了。①

他们都喜欢塞尚、马蒂斯和毕加索。艺术史家当中有一派认为,绘画发展到抽象表现才算得上"现代主义"②,路易士也持这种观点,把自己称作"现代",因为他认同马蒂斯和毕加索。他对炎樱赞不绝口,甚至说:"那些写了论文恶意地攻击现代新兴绘画的人们,应该听听炎樱说的话!"把她引为同道,其实也在借她的口来反对"毕肖"的"写实主义",而宣扬他自己的"现代"艺术理念。不过从

---

① 路易士:《记炎樱》,《语林》,第1卷第5期(1945年6月),页13。文中毕卡索今译毕加索。

② 参 Ralph Croizier, "Modernism Versus Realism In Twentieth Century Chinese Art"一文,载于李丰楙主编:《文学、文化与事变》(台北:中研院中国文哲研究所,2002),页651-683。该文沿用西方学界对"现代主义"的界定,来解释中国现代美术运动中"现实主义"与"现代主义"的对立,由是把1932年出现的"决澜社"看作"第一个现代主义"画派,这与现下中国学者的理解几乎是一致的。

中可见二十世纪四十年代的中国对于西方现代主义绘画，尤其是对于抽象派，存在激烈的争议。

路易士文章中抄录了炎樱对于颜色的见解："每一种情调，每一件事都可以用一个颜色来翻译。……各个人也都是颜色的跳舞，色调的舞剧。"并说："听说她给废名，开元合著的诗集'水边'每一首都画上了一种颜色，那是恰巧象征着诗的情绪的。这可真有趣呢。"的确，和张爱玲一样，炎樱对于色彩也异常敏感，如《生命的颜色》一文中的许多小标题"毒粉红，埃及的蓝，权威的紫，牢监的灰，春雨绿，土地的绿，处女的粉红，风暴的蓝，Van Gogh 的向日葵的黄"等。像"土地的绿"还容易理解，但"权威的紫"就含有一种象征性的抽象的对应，色彩更被视作一种语言，可用来"翻译""每一件事"。

钱钟书（1910-1998）先生在著名的《通感》一文中说，中国古典诗中早就有感觉之间自由交错的现象，并指出"十九世纪末叶象征主义诗人大用特用，滥用乱用，几乎使通感成为象征派诗歌的风格标志"。[①] 炎樱对色彩的运用正与象征主义在中国的传播有关，如一九三

---

① 钱钟书：《通感》，收入《七缀集》（上海：上海古籍出版社，1988），页62。

亨利·马蒂斯（Henri Matisse，1869-1954）

五年穆木天（1900-1971）的《法国文学史》所介绍的，先是波德莱尔（Charles Baudelaire，1821-1867）在《感应》（Correspondances）一诗中表达，在大自然的"象征之林"中，"声音、颜色和熏香在互相交响"，这"象征之林"本身即为诗人内在感知结构的象征。把这意念发挥得最为惊世骇俗的是兰波（Arthur Rimbaud，1854-1891）的《元音》（Voyelles）一诗："A 黑，E 白，I 红，U 绿，O 蓝：元音们 / 有一天，我将说出你们潜在的生命。"[1]这些对应极其奇特，简直匪夷所思，却重要地昭示了诗人内在的感觉机体，神秘而复杂。

兰波属于"象征派"诗人，但超写实主义者尊之为他们的先驱。与其说是兰波的"地狱"之旅，毋宁说是他的"我是另一个"的声称、确认美的创造、坚持通灵之眼的启示及改变人生的信念等，在布勒东等人那里发扬光大。[2]

---

① 穆木天编译：《法国文学史》（上海：世界书局，1935）。转引自张大明：《中国象征主义百年史》（郑州：河南大学出版社，2007），页277。这里参照原文对译文略作改动。

② Anna Balakian, *Surrealism: The Road to the Absolute*（New York：Dutton Paperback，1970），p. 41. 葛雷认为："超现实主义集团的成员们把马克思主义的'改造世界'和象征主义诗人兰波'改变生活'这两个口号结合起来形成了他们的基本纲领。"见叶廷芳、黄卓越主编：《从颠覆到经典》，页359-360。

二十世纪三十年代以来波德莱尔、兰波和超写实主义在中国不断传播,但是如果翻开代表"现代"诗派"成熟"的《九叶集》,如穆旦(1918–1977)的《春》:"呵,光,影,声,色,都已经赤裸, / 痛苦着,等待伸入新的组合"①,可视作波德莱尔《感应》的回响,所谓"新的组合"则在呼唤感知系统的范式转型。然而在整本诗集中,天还是蓝的,夜还是黑的,几乎还没有色彩的象征或抽象的表现。当然不能凭这一点来看"现代",但像炎樱那样将"现代"体现在日常生活之中,标示出色彩观念的现代性,是很可喜的。

张爱玲的小说里,色彩之于生命的象征意义,典型体现在《红玫瑰与白玫瑰》之中,她把"节烈"的传统词义分拆开来,以红与白分别象征"圣洁"与"热烈"两种女人的世界。通过大量的红、白两色的意象,在繁复编织的文本中衍生出爱情和背叛、理性和死亡的意义。但或许跟她植根于"真实"的观念有关,抽象的表现仍是有限的。反而她在"参差的对照"上做文章,为颜色开拓广阔的中间地带,发现无量的搭配,与塞尚"错杂的笔触"作微妙的呼应。但她一面说用"参差的对照"来表现现代人的主题,与"古典的写法"相区别,一面又说这

---

① 辛笛等:《九叶集》(北京:作家出版社,2000),页263。

是受之于"古人"的启发，又不那么"现代"，由此可见张氏的"诡异"的一斑。

十

张爱玲说塞尚在《野外风景》一画中"没有把这种［超写实］意境发展到它的尽头，因此更为醇厚可爱"。这句话很有回味，可用来看她的小说。关于她作品的诸般艺术特征，如心理刻画、神话原型、电影蒙太奇、布莱希特式的间离效果等，学者们论述甚丰。照张爱玲的说法，塞尚游离于"绝对写实"与"超写实"之间，而她把"真实"奉为至尊，以雅俗共赏的故事打底，但从来不说她是"写实"的；另一方面她不喜欢描写纯粹梦幻或极端病态，却常有神来之笔，使人物或情节描写突然闪现"心酸眼亮"的一刻，似真似幻、虚实难辨，给读者带来启悟。

最具超写实寓言的莫过于《封锁》。① 街道遭封锁，一辆停驶的车厢被幻化为忘却战争现实的空间，上演了

---

① 张爱玲：《封锁》，《张爱玲小说集》（台北：皇冠出版社，1968），页486–499。

一段温馨惆怅、具有小资情调的罗曼史。男女主人公之间的乏味调情,却如爱的火花,点亮空虚的心灵,各自发现超脱日常社会羁绊的快乐。然而故事结束时,封锁解除了,那个男的下了车,回到日常世界:"她明白他的意思了:封锁期间的一切,等于没有发生;整个的上海打了个盹,做了个不近情理的梦。"①她的失落在回荡,被唤醒的欲望在作苍凉的呻吟。

《倾城之恋》中浅水湾桥边的一幕,在白流苏和范柳原如好莱坞通俗剧般谈情说爱之际,出现了"一堵墙":

> 一眼看上去,那堵墙极高极高,望不见边。墙是冷而粗糙,死的颜色。她的脸,托在墙上,反衬着,也变了样——红嘴唇、水眼睛、有血、有肉、有思想的一张脸。……②

这一段特写出自叙述者的超写实透镜,富于幽邃恐怖的色彩。而从范柳原口中我们听到"文明整个的毁掉""天荒地老"这一类话,像他能背诵"死生契阔"的

---

① 《封锁》,《张爱玲小说集》,页499。

② 张爱玲:《倾城之恋》,《张爱玲小说集》,页226。

《倾城之恋》白流苏(张爱玲插图)

《倾城之恋》萨黑荑妮(张爱玲插图)

经典诗句一样,对于这个花花公子的形象来说,总觉得有点突兀。这堵墙也是如此,然而它一再出现,最终在战争炮火底下见证了两人的"真爱",似是崩颓中文明得以支撑的吊诡隐喻。小说结构也靠这堵墙撑起了骨架,由是超出了一般的肥皂剧,这大约也反映了张爱玲创作中既讲求"软性"又要从中"打出来"的张力。

张爱玲擅长刻画人物心理,并非"意识流"的那种,她精心刻画了一种内外交融的"视域",幻觉般呈现周围现实,蕴含着现代人格的分裂。如《第一炉香》的开始段落,香港山头的豪宅,她姑母家的花园在葛薇龙眼中"仿佛是乱山中凭空擎出的一只金漆托盘",遂"造成一种奇幻的境界"。小说讲一个少女的成长故事,她沉浮在欲望世界里,堕入欺骗性的爱情。最后部分同样描写了她似真似幻的视域,和乔治一起在湾仔,"她在人堆里挤着,有一种奇异的感觉……然而在这灯与人与货之外,还有那凄清的天与海——无边的荒凉,无边的恐怖。她的未来,也是如此——不能想,想起来只有无边的恐怖"。[①]

相似的有《红玫瑰与白玫瑰》中的佟振保。在他的理性世界崩颓之后,由于爱的失落,他心中一片空虚。

---

① 张爱玲:《沉香屑——第一炉香》,《张爱玲小说集》,页337。

小说写到他星期六下班回家，来到家门口。那个石库门弄堂房子"墙头露出夹竹桃，正开着花"，突然他觉得"像绣像小说插图里画的梦，一缕白气，从帐子里出来，涨大了，内中有种种幻境，像懒蛇一般舒展开来，后来因为太瞌睡，终于连梦也睡着了"。[①] 在营构这一段虚虚实实的幻觉时，张氏巧妙运用红杏出墙的典故和有关白蛇的民间传奇，暗示他对于妻子与人偷情的怀疑及联想到女妖时的恐惧。小说进一步描写他的怀疑与恐惧，在妻子那里看不出什么"秘密"：

> 像两扇紧闭的白门，两边阴阴点着灯，在旷野的夜晚，拼命的拍门，断定了门背后发生了谋杀案。然而把门打开了走进去，没有谋杀案，连房屋都没有，只看见稀星下的一片荒烟蔓草——那真是可怕的。

张氏不直接写梦，却依仗一种催眠的语言，让读者踏在梦的边缘，被恐惧抓住，体验某种精神分裂的状态。其实她的小说经常让读者不自觉地离开现实，一瞬间被悬空，在

---

① 张爱玲：《红玫瑰与白玫瑰》，《张爱玲小说集》，页97。

这意义上"超写实"本身意味着荒凉和恐惧。不光在人物、结构上,甚至在字里行间,现实生活突然出现裂隙,如《鸿鸾禧》写喜气洋洋的婚礼当中:

> 半闭着眼睛的白色的新娘像复活的清晨还没有醒过来的尸首,有一种收敛的光。[①]

这里"尸首"的意象突兀地刺激读者的眼球,开启了通往死亡的门缝。或者如《阿小悲秋》一篇,现实风较强,然而写到大雨滂沱之际:

> 天忽然回过脸来,漆黑的大脸,尘世上的一切都惊恐遁逃,黑暗里拼铃碰隆,电雷急走。痛楚的青、白、紫,一亮一亮,照进小厨里。玻璃窗被迫得往里凹进去。[②]

然后大段描写阿小突然为"癫狂的自由所惊吓",揭示了现代人孤独的恐惧。所谓"真实"如脆纸,突然

---

① 张爱玲:《鸿鸾禧》,《张爱玲小说集》,页52。
② 张爱玲:《桂花蒸 阿小悲秋》,《张爱玲小说集》,页146。

被戳破而深入内心的真实,却常常显露出恐怖和荒凉的主题。这也是张爱玲从超写实画中读出的主题。

十一

近代欧洲各种文艺运动或思潮,无论浪漫主义、象征主义,还是未来主义、表现主义等,在二十世纪中国舞台上纷纷登场。现代主义在西方本土是一波又一波地推进,而在中国则呈现为时空漩涡,往往是集体亮相,众声喧哗。外来文化在旅行和翻译之中切入带有本土情怀的议题,误读或挪用不足为奇。不消说,在中国文艺的现代性追求中不光贯穿着"革命"主旋律,那种"感时忧国"所含的传统伦理价值也成为美学评判的尺度。大致来说,"现代主义"的中国之旅波澜壮阔,却也争论迭起,不乏阻力,特别在二十世纪三四十年代战争期间,现代主义饱受挫折,像梁实秋(1903-1987)那样的西学之士也大张挞伐法国象征派,指斥波德莱尔和兰波"着力于感官享乐",乃是"堕落文学之最高级的典范"。① 此后直至七十年代末,现代主义更濒于

① 梁实秋:《文学的堕落》,《中央周报》,第 4 卷第 24 期(1942 年 1 月)。

干涸枯竭的境地。

欧美学界对于"现代主义"的界定众说纷纭,一种较具影响的说法是把它的范围定在一八九〇至一九三〇年间,其间巨匠辈出,体现了共同的美学探险以及"极难以某种公式来概括的那种风格的抽象"。① 现代主义的源头之一无疑是法国,如尼古尔斯(Peter Nicholls)在《现代主义》一书中认为现代主义萌始于象征主义,尤其在波德莱尔和兰波那里奠定了根基,即他们的理论和创作蕴含着传统的艺术与社会生活之间关系的突破。如波德莱尔的《感应》一诗所示,人在象征之林中为声色香味所包围,感受到"自然"及内在世界的无限性。而兰波更打破形式上的限制,自由发展那种奇幻而随机的陌生化写作。② 沿着这条路径,文艺再现方面造成从具象到抽象的转折。在中国,这一转折成为争论的焦点,突出地体现在对于超写实主义的接受上。

一九三〇年徐霞村(1907–1986)翻译苏波的小说《尼克·加特的死》,也使用了"超写实派"一词。戴望舒

① *Modernism: A Guide to European Literature*, *1890-1930*, eds., Malcolm Bradbury and James McFarlane (New York: Penguin Books, 1991), p.52.

② Peter Nocholls, *Modernisms: A Literary Guide* (Berkeley: University of Californian Press, 1995), pp.24-41.

（1905-1950）翻译了阿波里奈尔（Guillaume Apollinaire，1880-1918）、核佛尔第（Pierre Reverdy，1889-1960，今译皮埃尔·勒弗迪）、艾吕亚（今译艾吕雅）等人的十余首诗作。这出于他自己的喜好，虽然也提到布勒东和阿拉贡，但不提"超写实主义"，对此似乎无多大兴趣。[①] 此后对于超写实主义陆续有所介绍，而一般把它同达达主义相联系，如黎烈文（1904-1972）认为它属于"反理智、反知识、反日常意识"，甚至说该派的作品"不是流入晦涩难懂，便是弄到淫猥下流，因为没有伦理的顾忌，于是手淫、男色、露阴狂等等，也成了研究的对象"。显然带有偏见，并错误断言到一九二九年超写实主义运动就将成为"过去的名词了"。[②] 的确，和浪漫主义、象征主义等作比较，对于超写实主义的理解与接受更为困难，原因之一在于其非理性的特质与被尊奉为金科玉律的"写实主义"南辕北辙，遂引起强烈反弹。如茅盾（1896-1981）热情引进西洋各种现代流派，但对于达达主义便不能接受。[③] 或如罗大

---

① 见梁仁编：《戴望舒诗全编》（杭州：浙江文艺出版社，1989），页571-177，页595-619。

② 转引自张大明编著：《西方思潮在现代中国的传播史》，页764-765。

③ 参陈建华：《革命与形式——茅盾早期小说的现代性展开》（上海：复旦大学出版社，2007），页48。

冈(1909-1998)对于法国的马拉美(Stéphane Mallarmé, 1842-1898)、瓦莱里(Paul Valéry, 1871-1945)等人推崇备至,然而对于第一次世界大战之后出现的未来主义、立体主义、达达主义、超写实主义等就持保留态度,称之为"一大堆畸形物,一篇烂账"。[①]

有人认为"超现实主义在我国一直没有得到真正的介绍"[②],在文学方面似可这么说,在美术上则不然。一九三二年庞熏琹(1906-1985)、倪贻德(1901-1970)等人成立被称为中国第一现代主义画派的"决澜社",在宣言中声称:"二十世纪以来,欧洲的艺坛实现新兴的气象:野兽群的叫喊,立体派的变形,Dadaism(即达达主义)的猛烈,超现实主义的憧憬……"[③]一九三四年决澜社成员李东平和梁锡鸿(1912-1982)、赵兽(1912-2003)等在东京成立"中华独立美术协会"。次年他们在《艺术》杂志上明确鼓吹超现实主义,刊登了七篇文章,包括由赵兽翻译的布勒东的《超现实主义宣言》、李东平的

① 罗大冈:《战后法国文艺思潮·译者后记》。转引自张大明:《中国象征主义百年史》,页228。

② 安德烈·布勒东著,董强译:《娜嘉》(上海:上海人民出版社,2009),页21。

③ 见李超主编:《狂飙激情——决澜社及现代主义艺术先声》(上海:锦绣文章出版社,2008),页8。

《什么叫做超现实主义》等，可说是一次较为认真的移植。不过这些只是短暂的，到三十年代后期就偃旗息鼓了。

现代主义的文学与美术之间是如何互动的？这方面还很少受到关注，路易士是个有趣的交点。因为认同塞尚、马蒂斯和毕加索的非具象传统，遂自许为"现代"派。在中国语境里，"现代"相对于"写实主义"而言，这得追溯到徐悲鸿（1895-1953）和刘海粟（1896-1994）等人的争论，塞尚被视作分水岭。路易士在七十年代的台湾掀起"现代诗"运动，明确标举"超写实主义"，产生一些影响。对他来说，这是很自然的，只是他的"现代"认同的逻辑展开而已。

在这样的语境中来看张爱玲对于现代主义的取舍，显然是个特例。在她批评"新派"和"旧派""斩钉截铁的冲突那样古典的写法"时，已隐然标举自己的"现代"取向，但她从来不认同某一主义或某一派，却不乏说"不"之处，如"我不喜欢罗曼蒂克主义的传统"[1]，"我以为唯美派的缺点不在于它的美，而在于它的没有底子"[2]。

---

① 《谈画》，《流言》，页201。

② 《自己的文章》，《流言》，页21。

"罗曼蒂克主义"(即浪漫主义)或许已不够新潮,而"唯美派"当然是指"为艺术而艺术"的王尔德(Oscar Wilde, 1854–1900),其作品如《少奶奶的扇子》《莎乐美》等在一九二〇年代末风靡一时。张爱玲认为"没有底子"即没有生活的底子。我们不妨再来看一段她和炎樱的对话,在一九四五年发表的《双声》一文中:

张:现在的中国和印度实在不太好。至于外国,像我们都是在英美的思想空气里面长大的,由很多的机会看出他们的破绽。就连我所喜欢的赫克斯莱,现在也渐渐的不喜欢了。

貘:是的,他并没有我们所想的伟大。

张:初看是那么的深而狭,其实还是比较头脑简单的。

…………

貘:(笑)我自己也害怕,这样的没常性,喜欢了又丢掉,一来就粉碎了幻想。

张:我想是应当这样的,才有个比较同进步。有些人甚至就停留在王尔德上——真是![1]

———

[1] 张爱玲:《双声》,收入《余韵》(台北:皇冠出版社,1987),页59-60。

两人狂言不止，却有"大气"；不仅对衣饰时尚有同好，对于当代思潮也分享兴趣。这里比王尔德更具新潮的是赫克斯莱（Aldous Huxley，1894–1963，今译阿道斯·赫胥黎），他才学卓著，三十年代初发表科幻小说《美丽新世界》（*Brave New World*），名震一时，成为思想界的骄子。张氏对他"渐渐的不喜欢"，说明自己有个沉迷和脱魅的过程，然而不止于赫克斯莱，所谓"在英美的思想空气里面长大"，则另有一层自我反思。我们知道，她年轻时毕业于上海圣玛利亚女校，后来又去香港大学读书，英美式教育给她的思想和文学刻上烙印；事实上她对英语作家萧伯纳（George Bernard Shaw，1856–1950）、赫克斯莱、毛姆（William Somerset Maugham，1874–1965）、劳伦斯（D. H. Lawrence，1885–1930）等了如指掌，可是总觉得"他们的好处到底有限制"[1]，也都有她自己的判断和批评。

既说赫克斯莱"头脑简单"，又说"应当"有"比较同进步"，我们不禁要问：张爱玲自己是怎么个复杂？怎么个进步？这里不拟详论，仅就本文所讨论的来作个小结。在她批评"新派"和"旧派"不外乎"善与恶，灵与肉的斩

---

① 《今生今世》，页186。

钉截铁的冲突那样古典的写法"时，无疑隐含自己是"现代"的，但在绝对尊崇"真实"方面，则抱有古典的柏拉图式的热诚，同样在写作上反复强调"写实"，以"写实功夫深浅"作为衡量标准。其出发点是非常传统甚至守旧的，但她又不认同"写实主义"。像托尔斯泰（Leo Tolstoy，1828-1910）那样讲究小说主题及结构的完整，在卢卡奇（Georg Lukacs，1885-1971）看来，这有别于自然主义的"叙述"而体现为精湛"描写"，因此为"写实主义"提供了完美的形式。① 而恰恰是这一点，在张爱玲看来是应当放弃的，她主张应当让故事自己来说话，让主题向"无厘头"叙事开放。

事实上张爱玲采取"参差的对照的写法"来描写她"真实的经验"，加之"古老的记忆"，遂构成其独特的内心世界，造成繁富而复杂的文本。这种对于一己内心体验的强调，却应合了二十世纪欧洲现代主义的潮流。这

① Georg Lukacs, "Narrate Or Describe?", in *Writing and Critic and Other Essays*, trans. Arthur D. Kahn（New York：Grosset & Dunlap, 1970），pp.110-148. 卢卡奇主张一种更具活力的"现实主义"小说，应当有别于所谓客观叙述的"自然主义"。他以托尔斯泰的《安娜·卡列尼娜》为例，小说通过男女主人公的心理开展及情节的戏剧性安排，将读者带到高潮，从而认同作者预设的主题。从这个意义上说，自然主义仅仅做到"叙述"，而"现实主义"应当做到的是"描写"。

方面她没做多少表示，但她对绘画的一些见解给我们带来启示。她赞赏塞尚、马蒂斯、毕加索一路所代表的非具象画派，自然对于"超写实主义"也产生心灵感应，而在称赞塞尚没有把超写实"意境发展到它的尽头，因此更为醇厚可爱"时，无意间露出玄机，提供了一把理解她创作奥秘的锁匙。但我们须小心提防，不要就此把张爱玲简单地归类于"现代"。她在"写实"和"超写实"之间徘徊，诉诸"参差的对照的写法"来表现其广袤无垠、复杂细腻的记忆与感受，以无量的色彩组合法编织回旋往复的巴洛克图纹，而这——如她所声言——乃源自"古人"的"配色"经验！并铮铮告诫现代人："我们已经忘记了从前所知道的。"

亦中亦西，而超乎其上，制定适合自己的书写范式，这也是张爱玲的特立独行之处，彗星般惊艳于一九四〇年代的中国文坛。《谈画》一文谈到塞尚晚年的一幅自画像：

他的末一张自画像，戴着花花公子式歪在一边的"打鸟帽"，养着白胡须，高挑的细眉毛，脸上也有一种世事洞明的奸猾，但是那眼睛里的微笑非常可爱，仿佛说：看开了，这世界没有我也会有春天来

塞尚《自画像》

到。——老年不可爱，但是老年人有许多可爱的。

犹如置身于向大师致敬的行列，俏皮而豁达，其温馨的爱心不仅光披于塞尚，也遍及所有可爱的老年人。

原刊《中国图书评论》，第 224 期

（2009 年 10 月）

张爱玲"晚期风格"初探

一、"华丽"掩不住"苍凉"

关于张爱玲的晚年,所谓"绝世凄凉""自我封闭"的说法,我们耳熟能详。在她最后十余年里,离群索居洛杉矶,根据林式同——这期间唯一能同她直接联系的友人——在她死后所透露的:她屡次搬家,流浪于汽车旅馆,又为病痛困扰,终于孑然一身撒手尘寰,死后三四天方被人发现。她的骨灰撒在太平洋中,也可说是遵从其回归荒凉的遗愿。[①] 一代才女,如此陨落,能不慨叹!尽管她的文学光焰万丈,但有人遗憾地认为,自二十世纪

---

① 林式同:《有缘得识张爱玲》,见《华丽与苍凉:张爱玲纪念文集》,页9-88。

四十年代一举成名，即有《传奇》和《流言》面世，收入的数十篇小说和散文，却代表其创作的巅峰。此后半世纪的漫长生涯中，却不断书写自己的"过去"，未有惊世之作。有人认为她晚年与世隔绝，仅生活在文学中，以"文本"为归宿。其实，根本上说来，悲凉源于张氏自身。她的文字一向悲金悼玉，凭《传奇》和《流言》确立了"华丽与苍凉"的风格，作为其临终绝响的《对照记》也是这一风格的回光返照，然而令人迷惑的是，与轰轰烈烈的"张爱玲传奇"相对照，所凸显的则是她本人的"白茫茫大地"般的清坚决绝——"华丽"终究为"苍凉"所掩盖！

对张爱玲之死举世震悼，那种虽死犹荣的景况，在二十世纪中国作家中，大约只有鲁迅差可比拟，虽然风水轮转，九十年代的全球华语想象共同体所表达的哀思，其意义大非昔比。五十年代中夏志清先生（1921-2013）在《张爱玲的短篇小说》一文中断言"张爱玲该是今日中国最优秀最重要的作家"。九十年代末郑树森先生指出："这篇文章的重要性主要有两点：第一是对张爱玲的评鉴定位，第二是分析方法。这两方面都左右了'张学'以后的发展。"①就"评鉴定位"而言，张氏作古之

---

① 郑树森：《夏公与"张学"》，见刘绍铭、梁秉钧、许子东编：（转第 132 页）

華麗與蒼涼。

張愛玲紀念文集

《华丽与苍凉：张爱玲纪念文集》，皇冠出版社，1996

后,夏先生在悼文中说:"到了今天,我们公认她为名列前三四名的现代中国小说家就够了,不必坚持她为'最优秀最重要的作家'。"这一"盖棺论定"或许更能为人接受,其实与他当初在《中国现代小说史》中把张爱玲同鲁迅、沈从文(1902-1988)相提并论的立场并无二致。从"张学"层面上说,至今还是"说不尽的张爱玲"。我们大约也不会否认,过去的二三十年里在对"中国文学现代性"的反思中,"张学"所提供的精神资源,似乎鲁迅和沈从文都难以比拟。如果说这种"反思"某种意义上意味着二十世纪中国文学的自我"救赎"的话,那么恰恰是张氏为数不多的早期作品产生了"奇里斯马"的功效。从这一角度看,如果书写"过去"成为张氏晚年传奇"主心骨"的话,似乎值得作一番探究。

二〇〇四年《伦敦书评》发表萨义德(Edward Said,1935-2003)的遗文《思考晚期风格》,纵论莎士比亚(William Shakespeare, 1564-1616)、贝多芬(Ludwig van Beethoven, 1770-1827)、瓦格纳(Richard Wagner, 1813-1883)、易卜生(Henrik Ibsen, 1828-1906)等文艺巨匠的晚

(接第 130 页)《再读张爱玲》,页 3-6。

年与创作①，所谓"萧条异代不同时"，莫非是夫子自道、哲人临终前的某种昭示？萨义德自一九七八年《东方主义》一书面世后，开创"后殖民"批评风潮，与福柯（Michel Foucault, 1926–1984）、德里达、詹明信等并驾齐驱，对于当代西方文化的走向扮演举足轻重的角色。显得特别的是，萨义德原为阿拉伯人，一向受英美教育，自一九六三年起，一边在美国的学术重镇哥伦比亚大学执教，一边为巴勒斯坦解放运动仗义执言，抗议强权政治，被视为知识分子良知的表征。他活跃在学术、政治之交界处，言行不断引起争议，也不断反思其"放逐"身份与文化批评之间的吊诡关系。他在挑战英美主流文化的同时，超越狭隘的民族主义而诉诸普世的人道立场，由是声称："批评必须把自己设想成为提升生命，本质上就反对一切形式的暴政、宰制、虐待；批评的社会目标是为了促进人类自由而产生的非强制性的知识。"②不幸的是，九十年代后期他患上白血病，自知来日无多，却斗志弥坚，加紧写作，关于艺术家晚期风格一书，是他晚期论著

---

① Edward Said, "Thoughts on Late Style", *London Review of Books*, Vol. 26, No. 15（August 2004）.

② 参单德兴：《绪论》，见萨义德著，单德兴译：《知识分子论》（台北：麦田出版公司，2004），页13。

米歇尔·福柯（Michel Foucault，1926-1984）

之一。其实萨义德在艺术上也是天生贵胄，尤精音乐鉴赏与评论，所以此书虽体现了他对"再现"的一贯重视，却更以美学批评形式表达其"批评"的信念。

萨义德关于"晚期风格"的讨论乃由阿多诺（Theodor Adorno, 1903-1969）对贝多芬的批评而引起。他把大师式晚期风格分为两类：一类如伦勃朗（Rembrandt van Rijn, 1606-1669）、巴赫（Johann Bach, 1685-1750）、瓦格纳等，晚期作品去芜存菁、炉火纯青而臻至明澈如洗、人天浑一的境界；另一类即如阿多诺所关注的贝多芬。贝多芬晚年不仅衰听失聪，且遗世独立，与周围失去沟通，所产生的作品如《第九交响曲》等，与中期的《第五交响曲》相比，显然不按理出牌，未能使形式更臻至纯粹与完美，却显出松弛、随意、破碎的症状。据阿多诺的分析，贝多芬深感死亡的压迫，以致不惜践踏成规而渗入其个人传记的因素，使艺术朝"现实"滑坡。然而在法兰克福"新马"中，阿多诺素来以"否定辩证法"（dialectic of negation）哲学著称，使他着迷的正是贝多芬这种逾规越矩的晚年风格。死亡语言意味着"否定"，却向新的可能性开放，事实上他极力赞赏的勋伯格（Arnold Schoenberg, 1874-1951），即受到贝多芬晚年风格的影响。

萨义德当然推崇后一种晚期风格，而让他情有独钟

爱德华·萨义德(Edward Wadie Said, 1935-2003)

的是二十世纪上半叶的意大利小说家兰佩杜萨(Guiseppe di Lampedusa, 1896-1957)。兰佩杜萨出身西西里贵族,晚年仅写了一部长篇小说《豹》(*The Leopard*),后来维斯康蒂(Luchino Visconti, 1906-1967)把它拍成电影。小说带有自传色彩,描写在加里波第(Giuseppe Garibaldi, 1807-1882)所领导的统一意大利运动期间西西里一个贵族家庭的衰亡过程,展示了"一个宏伟——甚至奢华——然而业已随风而逝的世界,它的特权——连接着,或更确切地说催生了那种与颓败、崩溃及死亡相联系的特别忧郁气氛的特权——也一去不返"。显然,兰佩杜萨具有"最后的贵族"的自我意识,借小说见证历史的巨变,但他不下结论,不抱希望,也不给光明,既不像普鲁斯特(Marcel Proust, 1871-1922)在回忆逝水年华之余,最终诉诸艺术的升华,也不像葛兰西对历史进步抱有乐观的前瞻,为意大利南部劳苦大众开出解放的药方。因此萨义德认为,这种晚期风格并非表现贝多芬式的个体的衰老,所流露的是"日益增强的疏离、流放与反历史的感受"。

萨义德所勾画的兰佩杜萨及其小说世界,对于我来说,简直是唤醒了张爱玲,贵族之家的衰败与颓废处处见诸她的早期小说,虽然不乏诡异与反讽,而萨氏所倾心的那种"疏离、流放与反历史"的精神表现,与张爱玲式的"苍凉的手势"不无神似之处。有意思的是,萨义德指出《豹》的叙事织毯相当精致,在情节方面并不连贯,而让记忆在空隙中自由浮现。因此这种"晚期风格否定性"不像贝多芬或阿多诺那样艰涩而难以卒读,却是行云流水,给阅读带来愉快,无怪乎《豹》在一九五八年出版后即成为畅销书。这一"再现"风格与张爱玲也颇为相似。其实张爱玲和兰佩杜萨,两者可说是异曲而同工,处于二十世纪"世界革命"的历史洪流中,却不失黍离之思。只是兰佩杜萨在小说发表的前一年即已谢世,而张爱玲在此后数十年逶迤浪迹于大洋彼岸,其"苍凉的手势"欲罢不能,在"反历史"的层面上更增其"疏离、流放"的色彩,我想这正是《对照记》所体现的主要特征吧。

要讨论张爱玲的晚期风格,显得尤为棘手,重重谜团和吊诡摆脱不了早期的阴影,这却是理解她晚年传奇的一把钥匙。萨义德把"晚期风格"看作自具价值的现象,认为不必以发展的观点作为衡量的尺度,像兰佩杜萨仅写了一部《豹》即为显例。所谓张氏的"反历史",即其早年《自己的文章》所宣示的那种浓重的"苍凉"的美学与历史意识。她置身于为"革命""斗争"所充斥的文学潮流之外,对于举世企望的"将要到的新时代"下了"没有,也不能有"的判词。在她眼中,"这时代却在影子似的沉没下去","因为人们还不能挣脱时代的梦魇"①,此即构成她早期小说的基调。自二十世纪五十年代中远赴新大陆,踏上她自我"放逐"的不归路,尽管世道沧桑,瞬息万变,但她"苍凉"的立场不变,依旧自觉地坚持"在一切潮流与运动之外"。② 这种"苍凉"意识,固然造成她文学上不属"五四"或"鸳蝴",或政治上不共不国,归根到底拒绝了十九世纪以来滔滔洪流的黑格尔(Georg Wilhelm Friedrich Hegel, 1770–1831)式的"革命""进步"的线性史观。否则,如果不是把张爱玲放到二十世纪后期"去中心"的全球环境中,就很难理解她的"出土文物"何以能引起如此阵阵震荡。

文学批评中论及作家的分期,常含有某种观念前设,难免见仁见智。张爱玲旅美五十年的写作,从《半生缘》和《怨女》的改写,至《海上花》《红楼梦》的翻译或诠释,一直到最后的《对照记》,似乎展示了一条通向"过去"的心理轨迹。确切地说,她回不到过去,也一再

---

① 《自己的文章》,《流言》,页 17–24。
② 殷允芃:《访张爱玲女士》,《华丽与苍凉》,页 155。

抗拒回到过去。这些作品在过去与过去、过去与现在之间不断构成"诠释循环"及"视境交融"。然而她必须回到过去，别无选择。《对照记》并非一种简单的回归，而与早期的小说世界形成某种"参差的对照"，在历史与文化中叶落归根，觅得最终的"安稳"。

所谓张氏的"晚期风格"，本文着重剖析她移居洛杉矶之后的二十余年里那种极其复杂而困难的书写：在与二十世纪中国文学现代性的双重"传奇"中，她扮演了多重角色，所谓"文本"也产生多重含义——不仅包括她的作品，也包括她的行事，或许尤为奇特的——包括她的沉默。

二、现身说"法"

一九九一年秋，在洛杉矶加州大学李欧梵老师的现代文学讨论班上，张爱玲是研读重点。正巧周蕾的《女性与中国现代性》一书刚面世，书中有讨论张爱玲的专章，被列为参考材料。其时"张学"如日中天，但有趣的是，张爱玲就住在洛杉矶城西，就在大学近旁，对于这一事实我们几乎没有兴趣。倒不仅是因为她离群索居，那时北美学院里文学研究的风气，沿着"新批评"和"形式主义"的路向，专注于文本的解读，不怎么注重作家的本事。选读文本当然出自《传奇》和《流言》，大家不是不知道她还活着，但好像让历史定了格，最美的烟花已经放过，几篇早作已搞得我们晕头转向，黔驴技穷，或许在潜意识里我们更沉浸在那个鸦片般的怀旧气息里，宁肯把作者送进"坟墓"。

在另一端，在出版和市场方面，张爱玲活色生香，有关她的传奇在历史和现实之间越滚越大。她还活着，这一事实足具意义。"张迷"们盼望她的新作，像盼望奇迹发生；她也偶尔现身在文本里，惊鸿一瞥地向读者遥遥招手，表示许诺，虽然不时"出土"的是她的旧作，也一样带来惊喜，煽起阵阵狂热。至今为研究者所忽视的是她的"身体文本"，倒是应了"风格即人格"的老生常谈，却是构成她晚期风格的重要部分。

二十世纪五十年代到了新大陆之后，张爱玲的文学便与家园渐离渐远。她和赖雅的婚姻并不美满，英语写作也不顺利，文学伴随着生计无着，颠沛流离，归不了宗。然而另一方面，自从夏志清教授断言张爱玲"是今日中国最优秀最重要的作家"之后，在汉语的家园，首先是台湾，却开始寻找"作家之神"。不过真正形成气候、具有数典认宗意义的，也要到七十年代初。一九七四年

张爱玲给夏志清的两封信中说：

那两篇旧作小说《连环套》《创世纪》未完，是因为写得太坏写不下去，自动腰斩的，与另一篇"殷宝滟送花楼会"都是在"红白玫瑰"之后，是前一个时期多产的后果。这次给拿去发表，我踌躇了半个月之后没有反对，因为不"出门不认货"，除了《十八春》也从来没用笔名写过东西。这三篇一直不预备收到小说集里，所以没带出大陆，现在也不想收入集子出书，不过隔得年数太久，觉得应当等再看一遍再回掉大地出版社，所以耽搁了几星期，等幼狮寄来"连环套"清样，一看实在太糟，记得其余两篇还更坏，赶紧给姚宜瑛女士去信回绝。没想到她等得着急，四下托人，刚赶着这大考其间让你在百忙中写信来，我实在感到抱歉。她收到我的信，又来信叫我改这几篇小说，但是这不是改的事。……

出书的事需要再考虑一下，我本来也确定会有人盗印。我知道王敬义，登在他的杂志上恐怕以后有麻烦，更公然盗印。只好请代回绝，也许就说预备出书，不能再转印。《创世纪》是写我祖母的妹妹——我没有，《文季》没寄来，我写过一封信给编者王拓,请他在末尾加上个一九四四,也没有回音。①

信中还谈到要研究丁玲,是因为宋淇(1919-1996)的建议,有可能参与香港中文大学的丁玲研究计划而获得资助。一个天才作家为生计奔波,不能安心继续创作,使夏先生为之惋惜,却也无可如何。不过此时使张爱玲困恼的是她的旧作不断被发现和盗印。夏先生在解释信件时提到,台湾的左翼作家唐文标(1936-1985)"未征求原作者的同意,先把有些尚未在台港重刊的作品,投寄杂志去发表……张对他一点办法都没有,只好在给朋友信上发发牢骚"。② 这里主要指的是《连环套》和《创世纪》这两篇小说,当年张氏没写完,自己也觉得不满意,别人要发表,征求她的同意,尽管"踌躇"了一番,她还是同意了。《创世纪》于一九七三年在唐文标主编的《文季季刊》上发表,《连环套》次年在痖弦主编的《幼狮文艺》上刊出。

虽然是"在给朋友信上发发牢骚",但张爱玲是个明

---

① 夏志清:《张爱玲给我的信件(八)》,《联合文学》,第14卷第6期(1998年4月),页142、150。

② 同上,页143。

白人，其实不光是唐文标，或如《幼狮》的姚宜瑛女士，对她的旧作如获至宝，要发表是势在必行。她首先不"出门不认货"，承认这些旧作并加以授权，比起那种"公然盗印"的情况当然性质不同。既然同意重新发表，她却要求存真，从文字及原刊日期，保持它们的原来面目。这些做法表现出强烈的作者意识，而说这几篇小说"太坏""太糟"，其所坚持的美学标准，既是重新肯定从前的"小说集"，也是对她的写作将来的许诺。

两年后皇冠出版了《张看》，收入《忆胡适之》《谈看书》和《谈看书后记》三篇来美后的"近作"，也收入了《连环套》和《创世纪》，包括其他数篇，旧作占全书一半还多。张爱玲为之写了《自序》，主要解释这些旧作"出土"的来龙去脉，当然涉及唐文标：

那两篇小说三十年不见，也都不记得了，只知道坏。非常头痛，踌躇了几星期后，与唐教授通了几次信，听口气绝对不可能先寄这些影印的材料给我过目一下。明知这等于古墓里掘出的东西，一经出土，迟早会面世，我最关心的是那两个半截小说被当作完整的近著发表，不如表示同意，还可以有机会解释一下。因此我同意唐教授将这些材料寄出去，刊物

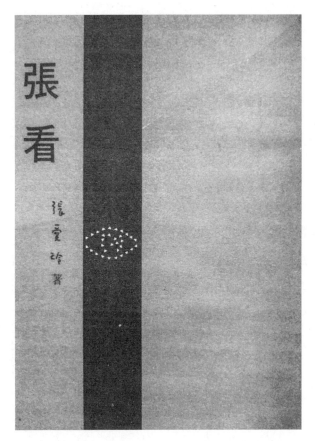

张爱玲《张看》，香港·文化生活出版社1976年初版

由他决定。一方面我写了一段简短的前言,说明这两篇小说未完的原因,《幼狮文艺》登在《连环套》前面。《文季》刊出《创世纪》后也没有寄一本给我,最近才看到,前面也有删节了的这篇前言。①

其态度立场,与她给夏先生信中的措词并无不同,但《自序》作为张氏"自我"的公共表演,与私下"牢骚"不一样。她往溯旧事,娓娓私语,一如三十年前"流言"的风格。不同的是,如书名《张看》所调皮隐含的,心目中有了"张迷",她从里面看出来,也让他们"看张",重现在记忆画屏上的仍是那个民国时代的上海"淑女",幽默中不失犀利。对于唐教授的"捧角",她毫不领情,寥寥几句的抱怨和数落,勾画出他的鲁莽,不知如何尊重作者,她生气,也是受委屈的、低调的。最后说:

> 这两篇东西重新出现后,本来绝对不想收入集子,听见说盗印在即,不得已还是自己出书,至少可以写篇序说明这两篇小说未完,是怎么回事。抢救下两件破烂,也实在啼笑皆非。

---

① 《自序》,见《张看》(台北:皇冠出版社,1991),页9–10。

一面说"两件破烂",一面把它们比作"古墓里掘出的东西",看到曾被埋葬的时代浮出历史的断层,不无得意地自嘲,而唐教授似乎也让人联想到盗窃古墓者——一种令人恶心的行当。

《张看》及其《自序》的面世另有不寻常的意义。自二十世纪六十年代中期由皇冠出版《怨女》以来,张爱玲同皇冠开始了长达三十年的合作关系。而《张看》意味着作者开始现身说"法",抓住这个"解释一下"的"机会",向读者表明她"最关心"的是她作为作者的存在与自主,她一贯的文学信念,要求在新旧作品之间保持历史的"真实",然而对她的艺术标准而言,三十年只是弹指一挥间,甚至早已由她的"过去"所昭示。《张看》也标志着她和皇冠之间的一种操作模式,即不断将发现的旧作"收编",新旧混杂。此后十余年,《惘然记》《余韵》和《续集》几个集子的编辑和出版都依循这一模式,直到九十年代的"典藏版全集"的问世。

"古墓"发掘只是开了个头,最具反讽意味的莫过于唐文标。二十世纪七十年代初他回台湾,发觉他的"朋友们对'张派小说'的赞美和崇拜",整个文坛已为张而迷狂,他不以为然,一九七六年出版《张爱玲杂碎》,所谓"杂碎",既是自谦,也是对张的讽嘲。他秉持文学应当反映人生及社会功能的观点，认为张沉溺于"趣味主义"，"宣传的是失败主义，颓废哲学，和死世界的描写"，"这个世界是不值得再化力气去描写的"。[①]但有趣的是唐文标一面给"张迷"们"泼冷水"，自己却不惜"一级一级走进没有光的所在"，为张氏小说画出一幅三代同堂的家族谱牒。他一头扎进故纸堆，从事张爱玲的资料发掘，在北美各大学图书馆发现她四十年代的"断烂朝报"，视若珍宝。一九八四年《张爱玲杂碎》出增订版，改题《张爱玲研究》，显得庄重得多，提升同样是双重的，为张也为自己。一词之差，好像开了个口子，略可窥见十年间"张学"的气候、"张迷"的声势已大张旗鼓。《张爱玲研究》收入几篇新作，声称"张爱玲未完"，又称"张爱玲新案"，意味着唐的观点也与时俱进。他觉得张不那么"阴湿"或"悲观"了，而说"张爱玲的书文与其说是叹息，不如说她在巧笑"，说她"是可口的，也是可乐"。[②] 以前说她的小说只表现了"旧家庭"的"死世界"，现在把她看作是"中国的小市民"的代言人了。

---

① 唐文标：《张爱玲杂碎》(台北：联经出版公司，1976)，页64。

② 唐文标：《张爱玲研究》(台北：联经出版公司，1984)，页196。

此时"张学"的殿堂已美轮美奂，无论唐怎样修正观点，都跟不上时代，而他急于跻身功臣之列，唯一的王牌是他十年中辛苦积累的一批资料。他在新著中一而再，再而三地自述其十年间如何云游世界，踏破铁鞋，终于一编在握。的确，不光是唐文标在争做功臣，还卷入几个有头面的出版社。两年前，唐氏编了《张爱玲卷》，由远景出版，书背的广告文字为："远景为飨万千张迷之企盼，隆重推出张爱玲的未结集的小说及散文。"其实这本资料集里，张的旧小说仅为《多少恨》《殷宝滟送花楼会》和《华丽缘》三篇，其他大都是胡兰成和苏青（1914-1982）的东西。紧接着次年皇冠推出《惘然记》，收入《多少恨》和《殷宝滟送花楼会》，张氏在前言中说：

> 最近有人也同样从图书馆里的旧期刊上影印下来，擅自出书，称为"古物出土"，作为他的发现；就拿我当北宋时代的人一样，著作权可以径自据为己有。口气中还对我有本书里收编了几篇旧作表示不满，好像我侵犯了他的权利，身为事主的我反而犯了盗窃罪似的。

虽然没点名，这些话全冲着唐文标及其《张爱玲卷》而来。所谓"口气中还对我有本书里收编了几篇旧作表示不满"，即唐在《张爱玲卷》跋语中提起十年前他所发掘的张氏"破烂"，如《创世纪》《连环套》《姑姑语录》和《谈写作》等"都给收入《张看》一书了"。① 的确，唐文标竭力表功，标榜其"发现权"，谈不上将"著作权""据为己有"，但张爱玲的激烈反应，事实上涉及当时围绕她的旧作所进行的商业战，当然她对于"著作权"的强调，是完全站在皇冠一边的。在《张爱玲卷》出版之后，张极其生气，要求皇冠代她交涉，甚至宁愿自己出资诉诸法律，于是皇冠立即出面向远景交涉，"说侵犯到他们的版权"②，于是远景不再重印。失宠于张，唐文标心有不甘，很快他又得到时报出版公司的支持，于一九八四年出版了《张爱玲资料大全集》，将他手上所有的图片与文章以十六开本全部影印，面世后皇冠也随即出面交涉，因此此书也仅止于初刷。

《张爱玲卷》和《张爱玲资料大全集》的刊行，使学界受益匪浅，也使十年盗宝的唐文标吐了一口霉气。前

① 唐文标编：《张爱玲卷》(台北：远景出版公司,1982)，页347-348。

② 唐文标：《后记》，见《张爱玲资料大全集》(台北：时报出版,1984)，页382。另参彭树君：《瑰美的传奇，永恒的停格》，《华丽与苍凉》，页179。

者只印了四千册，对远景来说，谈不上赢利；后者对时报来说，大约连血本也难保。相比之下，皇冠是"挟天子以令诸侯"，招降纳叛，不费吹灰之力。事实上在时报接手《张爱玲资料大全集》之前，唐文标同皇冠联系，且将原稿都交去，但半年多不见动静。显然在出版张爱玲著作方面，皇冠专注于她的文本——由她授权的钦定文本，并代她收回著作权。[1] 也正是由于皇冠的踏实作风与其长程计划，自八十年代之后，皇冠独家经营了张氏著作，不仅保证了她的收入来源，也使其作品渐趋齐全，终于在九十年代造成"典藏版"问世，功德完满地打造了张氏文本的一统天下。

在《张爱玲卷》的跋语中，唐文标禁不住自诩说："我必将冠这本书为始卷，来比美历史上那个大一统中国，拟开万世基业的始皇帝。"有趣的是，在这"狂得可以"的宣称中，这个"始皇帝"指的是张爱玲的文本，事实上他在"地窟"中十年匍匐，最终未见"皇恩浩荡"，其志也可悯也已。这个比方如果用到皇冠终于打造了张氏著作的一统王国，似乎也适用。事实上在与皇冠长达

---

[1]　据平鑫涛："幸而经过交涉之后，那家出版社愿意回收那两本书，免了一场诉讼之争。"见《华丽与苍凉》，页179。这里的"两本书"，应当包括时报出版的《张爱玲资料大全集》。

三十年的合作过程中,张氏表现得极有理性、机智和耐心,也懂得妥协。一个例子是一九八七年大陆学者陈子善发现中篇小说《小艾》,不仅在海峡两岸及港澳地区,也给张爱玲本人带来震撼。这篇写于离开大陆前夕的作品,由于某种心理上的原因,大家忘了它的存在。张爱玲当初告诉水晶她用"梁京"的笔名发表过《十八春》时,压根儿没想到《小艾》。的确张爱玲对于这些旧作感到"头痛"或"反感",犹如在锦袍上添加虱子,在无奈将它们"收养"之时,哪篇作改动,哪篇无法改的,颇费一番斟酌,对读者也都有所交代。尤其这篇《小艾》,她"非常不喜欢这篇小说,更不喜欢以《小艾》的名字单独出现"。她在给司马新的信中说:"我对旧作《小艾》非常不满,你喜欢这篇,我觉得十分侥幸"①,可见其战战兢兢。然而在《小艾》出土后,不到半年即由皇冠推出,被收入《余韵》,另从《张爱玲资料大全集》中选入若干篇,也是一本可观的旧作集。时间上如此紧凑,估计是皇冠方面主动。一面是商情紧迫,张爱玲说:"出版社认为对《小艾》心怀叵测者颇不乏人,劝我不要再蹉跎下

---

① 司马新:《与张爱玲先生的书信来往》,载金宏达主编:《昨夜月色》(北京:文化艺术出版社,2003),页332。

去，免得重蹈覆辙。事实上，我的确收到几位出版商寄来的预支版税和合约。"[①]一面大约是张懒得动笔，或等不及她的温吞水做派，这次例外地，《余韵》的序文由出版社代笔。该文在选目等方面传达了张爱玲的意思，也站在她和读者之间，说到她此次不得不"奉旨完婚"，却也风趣地道出张氏与皇冠之间某种程度上的主宾关系。

三十年里皇冠出了张的十六部著作，另外重新编排出《张爱玲全集》。皇冠发行人平鑫涛（1927-2019）回顾："从一九九一年七月动手，历时一年始告完成，每一部作品都经过张爱玲的亲自校对，稿件在台北与洛杉矶之间两地往返，费时费力，可谓工程浩大。"[②]恰巧在此时，据林式同回忆，张爱玲再次搬家，愿意多付租金找个更清静处，于是搬进她的旅居终点——罗契斯特街上的

---

① 张爱玲：《续集》（广州：花城出版社，1997），页1。按：此《续集自序》系宋淇代笔。见1987年3月22日宋淇致张爱玲信："《余韵》和《续集》二书的序，经我考虑后，由我毛遂自荐代为执笔，具名者是皇冠出版社编辑部。"见宋以朗编：《张爱玲私语录》（北京：十月文艺出版社，2011），页252。又1987年10月15日宋淇致张爱玲信："这是《续集》的序，首三行是你自己写的。"见前书，页256。又1987年11月9日张爱玲致邝文美、宋淇："《续集》序请无论如何要代写，不用寄来给我看了。"见前书，页258。

② 彭树君：《瑰美的传奇，永恒的停格》，《华丽与苍凉》，页181。

一座公寓里。此时她已过了七十，其间健康愈差以及发生如出门忘记带钥匙等诸般细故，而引起伊朗房东的抱怨，看来她也是拼足了精神校对全集，毕其功于一役。全集的意义在于造就了一个完整的"晚期风格"，与她的"身体文本"叠影重重。很难设想，如果没有她和皇冠一起有效运作，尤其是那些数量质量上极为重要的旧作，或盗版猖狂，或冒名顶替，以至真伪难辨、支离破碎，作者的面目也会变得漫漶不清，那么张爱玲就有可能不成其为现在的张爱玲。在著作权和版权问题上，她是个严厉的执法者，在这方面令人想起曹操说的，没有他的孤忠保皇，"不知当几人称帝，几人称王"。[①]

如平鑫涛所说，从张爱玲在他的堂伯平襟亚（1892-1978）所主持的《万象》上发表作品算起，她与皇冠的"愉快"合作前后横贯五十年，可说是"另一则传奇"。一向走"通俗"路线的皇冠不光与张爱玲，也与"后现代"风会所趋，产生奇妙的默契，从二十世纪的文化变迁来看，绝非偶然，其中起作用的却是"鸳蝴"式老派的"诚信"伦理准则。同样基于一种传统的文学伦理，尤

---

① 曹操：《让县自明本志令》，《曹操集》（北京：中华书局，1974），页41。

其在最初"才女""落难"之时，如夏志清、刘绍铭等为张爱玲申请经费、联系教职不遗余力，虽然此时只求保"驾"，不及其余，如果不是他们对于中国文学抱着一种皇党般的忠诚，张爱玲也未必有此幸运也。

三、"作者已死"

《续集》是张爱玲最后一本自选集，一九八八年出版。此集收入自五十至八十年代发表过的八篇散文、小说及电影剧本。《自序》写得不像以往那么圆兜圆转，语气如"繁弦急管"，此时她年近七旬了。文章一开头说："书名《续集》，是继续写下去的意思。虽然也没有停止过，近年来写得少，刊出后常有人没看见，以为我搁笔了。"自觉与读者久违而不无歉意地重申她的许诺。文中又重申自己的存在："本人还在好好过日子，只是写得较少，却先后有人将我的作品视为公产，随意发表出书，居然悻悻然责备我不应当发表自己的旧作，反而侵犯了他的权利。"这里重复了数年前指斥唐文标的话，听上去未免过气。在解释之所以结集出版时她说："免得将来再闹《红楼梦》中瞒赃的盗窃官司。"俏皮话也显得生硬。最后说："尤其高兴的是能借这个机会告诉读者：

我仍然继续写作。"贯穿始终的是一种强烈的存在意识,念念在兹的不外乎著作、出版和写作,蕴含着一种对自"身"的弃绝。

如果说这篇晚年序文有什么重要"自白"的话,即涉及对她的作品如何读的问题。因她新近发表了《谈吃与画饼充饥》一文,洋洋洒洒大谈"吃"经,历述在上海、香港及北美的饮食记忆,怀旧中糅杂着对各地风土人情的文化观察。此文大吊"张迷"胃口,"引起不少议论",所引起的也是——多半因她长期隐居——对她的私生活的兴趣,正如张氏所说"至少这篇文章可以满足一部分访问者和显微镜下《看张》的好奇心"。然而她接着说:

> 我是名演员嘉宝的信徒,几十年来她利用化装和演技在纽约隐居,很少为人识破,因为一生信奉"我要单独生活"的原则。记得一幅漫画以青草地来譬喻嘉宝,上面写明"私家重地,请勿践踏"。作者借用书刊和读者间接沟通,演员却非直接面对观众不可,为什么作家同样享受不到隐私权?

对张爱玲晚年的与世隔绝,外界一向怀有好奇与疑惑。正是在写这篇序文的同一年,发生了戴文采潜入她住的公寓并刺探其垃圾的事件。"为什么作家同样享受不到隐私权?"这样的发问颇似有感而发。但她这一番嘉宝(Greta Garbo, 1905–1990)式"隐私"的声明,既是生活信念,也是文学信念的表白。她不喜欢在作品中暴露她的隐私,也不主张读者从窥私的角度"看张"。其实众所周知,在她的小说里带自传性的文字比比皆是,读者对这方面的探究也不厌其详。似乎是针对这一点,张氏在这篇自序里进一步谈到外界对于《色,戒》这篇小说的反应,口气颇为直截:

> 不少读者硬是分不清作者和他作品中人物的关系,往往混为一谈。曹雪芹的《红楼梦》如果不是自传,就是他传,或是合传,偏偏没有人拿它当小说读。最近又有人说,《色,戒》的女主角确有其人,证明我必有所据,而他说的这篇报导是近年才以回忆录形式出现的。当年敌伪特务斗争的内幕哪里轮得到我们这种平常百姓知道底细?记得王尔德说过:"艺术并不模仿人生,只有人生模仿艺术。"我很高兴我在一九五三年开始构思的短篇小说终于在人生上有了着落。

事实上,她的存在本身对于张爱玲传奇的构成不可或缺:她不仅在印刷文化的生产中积极发挥着机制性功能,且作为读者所崇拜的偶像,她的私生活被系之以多少痴迷、好奇与狂想!然而张爱玲却蓄意要把她的传记同文本分开,把艺术再现同历史纪实分开,使她的文本成为一个自在自足的艺术想象的世界,那是比她一己的生命更为无限的。一般认为张爱玲为文学而生活,而她却想使她的文本不必寄生于她的存在,在这意义上无异于声称"作者死亡"——"张爱玲"也是一个作者的幻影,却是代表一个真正艺术家、语言炼金师的指符。这一点乃是造成她的晚期风格的困难之处,但她以斩钉截铁的方式做到这一点,不惜为之付出代价。

张爱玲的艺术真谛之一在于经营"距离",自她初涉文坛,就希望读者看她的小说,像"在窗口看月亮,看热闹"。① 对她来说,读者是无冕之王,她也一向把意义交给读者,而在这篇《自序》中如此谈论她的作品与其生平及现实世界的关系,却有其紧迫感。我们或可发觉,此前她一再强调自己作品的孰好孰坏,声言其美学的完整,与一个完美"过去"的心理重构相维系,但《小

---

① 《〈传奇〉再版自序》,《张爱玲小说集》,页5。

艾》的出土给她带来震撼，自己"过去"的记忆出现裂隙，然而另一方面读者对她的迷狂，到了片言只语弥足珍贵的地步。这种反差约略反映在出版社为《余韵》写的前言中，即希望读者"能以谅解的心情来看《小艾》"，如书名《余韵》所蕴含的，它"并非剩'余'物资，而是'喜出望外'的赢'余'，因为张爱玲的作品毕竟有自己的笔触和'韵'致，值得再度发现"。

张爱玲似乎意识到有必要放开。既然作品的好坏全取决于读者，她就不那么强调自己的美学信念，也不那么顾忌旧作的发表。据苏伟贞说，一九九三年询及一篇旧作的发表，她回信说"对于这些旧作反感甚深，但是无法禁绝，请尽管登"。[①] 林式同提到约在一九九一年间，张爱玲为牙病所困恼，听到林说"我舍得拔"时，她自言自语："身外之物还丢得不够彻底！"这条材料颇稀奇，让人直接听到她晚年的某些思想动向。的确她似乎什么都舍得"丢"，就是舍不得她的文学，但是她的文学是否"身外之物"？或许反过来可以说，她最终从文本抽"身"而去，将她的文本彻底交给读者，永远放逐于荒原？

---

① 苏伟贞：《张爱玲书信选读》，《昨夜月色》，页430。

这里所谓"作者死亡",是一个文学批评中流行的概念。一九六〇年代末巴特与福柯先后发表《作者死亡》与《什么是作者》的文章①,对于主体问题不断发起讨论,这里难述其详。这本是二十世纪西方现代主义主体消亡论的延伸,而导向人文学者对启蒙运动以来的"西方中心主义"的质疑。在文学批评领域里与形式主义、符号学、结构主义等学术潮流相呼应,重视语言的物质性与文化结构的关系而相对减弱作品对作家思想与生平的依赖,有的甚而张扬批评家的自我表现,凌越于作者之上,由此大致说来文学批评则出现从传统的作家论到作品分析、从模仿再现(mimetic)到寓言式(allegorical)解读的方法论转型。如果说"张学"起步于夏志清的研究,那么他所运用的"新批评"方法足具象征意义,其后水晶着重于神话原型的文本研究,到八十年代郑树森主编的《张爱玲的世界》,更引向跨学科多种文学理论的文本读解,所谓八仙过海,各显神通,也奠

---

① Roland Barthes, "The Death of the Author", in *Image-Music-Text*, trans. Stephen Heath (New York: Hill and Wang, 1977), pp. 142-148. Michel Foucault, "What Is the Author", in *Language, Counter-memory, Practice: Selected Essays and Interviews by Michel Foucault*, ed. Donald F. Bouchard (Ithaca: Cornell University Press, 1977), pp. 113-138.

定迄今依循的"张学"批评路径。

我们知道,张爱玲一向崇仰胡适,在美期间与他交往,留下一段佳话。她翻译《海上花列传》,一瓣心香也是献给胡适的。早在二十年代胡适提出《红楼梦》为曹雪芹"自传"说,成为"红学"的经典论述,但晚年张爱玲说"曹雪芹的《红楼梦》如果不是自传,就是他传,或是合传,偏偏没有人拿它当小说读"。这当然与胡适的说法大相径庭,在文本态度上可说是意味着从传记到寓言式阅读的转折。不消说,张爱玲自己的绝妙文心与世纪末的风气转移早已心有灵犀,而她在二十世纪六七十年代辗转于北美学界,与夏志清、刘绍铭、水晶、司马新、陈世骧(1912-1971)等学者多所往还,多少受到文学批评的风气感染,也是顺理成章;不光如此,对于六十年代之后西方人文思潮的际会感应,从她对"嬉皮"的反叛精神的首肯中可见一斑。① 所以她在晚年不仅身体力行,将文本与她的传记脱离,更形诸论述,良有以也。

作者不可能真正死亡,张爱玲的作品也无法与她的生存割断,所谓"本人还在好好过日子",似乎是一种反否定的否定,其身体的"在场"却重叠着那个代表文本世界

---

① 殷允芃:《访张爱玲女士》,《华丽与苍凉》,页166。

的作者幻影,犹如置身于阴阳生死的两界之交。从这一角度看,有什么比"出土文物"这个比喻更能传神地指涉她的文本世界的寓言性? 当她的旧作被发现,张爱玲先是在《张看》中把它们叫作"抢救下"的"破烂",又语含讽嘲地比作"古墓里掘出的东西"。但那是唐文标,稀格格接过话头,称之为"出土文物",也煞有介事地把他十年发掘的业绩比作"开万世基业的始皇帝",但有趣的是,后来张自己也频频使用"出土文物"时,她的旧作也果真掀起阵阵"国宝"般的热情。在"张学"中唐文标的研究并不讨巧,他那种把小说当作历史真实反映的读法显得笨拙,然而正如王德威所指出的,是唐文标最早把《金锁记》读作"鬼话",始料未及的是,到后来"张派鬼话"为一批女作家发扬光大,她们"娓娓述来,却别有一番自况其身的寓言怀抱"。王德威又说:"女作家可能将古屋古堡作为投射或转移对性、婚姻及死亡等欲望或恐惧的场合。它权充女性逃避外界旷场威胁的安身之地,但也同时是其身心遭受禁锢封锁的幽闭象征。"[1]或许通过这样一种"寓言"式读法,方能落实"张派鬼话"的意义。今天我们回过去看唐文标对张氏小说的"死世界"的论断:

---

[1]　王德威:《众声喧哗》,页224-228。

我们发现了这世界的内涵荒凉,充满了黑幕的烟灰,以及人物的灰色,到一个死的世界。……它先天地拒绝了历史时间,逃离了地理环境,限制了人物发展,甚至到了不是一个正常的、中国人的世界。我们开始怀疑这世界存在的可能性,或者,退一步算它是艺术世界吧,我们要考虑这世界的建立对我们有什么用处,带给我们什么启示。①

如此夸张而抽象地勾画出张爱玲小说的非现实特征时,唐文标无意中作了某种寓言式的解读,尤其揭示出这个"死世界""拒绝了历史时间"的特征,富于灼见,但他硬要"以史证文",把这一不可能存在的"死世界"塞进历史脉络,判定其是"不值得再化气力去描写的",就难免方凿圆枘。但与众不同的是,他相信张爱玲对于中国具有一种特殊的意义,要追问她在当下的"启示"。十年之后,他换了一个视角来看张爱玲,发现了一个"活"世界:

张爱玲的洁癖从不排它,而是包容,包容一切

① 《张爱玲杂碎》,页62。

小市民的纠缠、琐碎、近于吝惜的要慢慢长期享受的小快乐，同时又毫不留空把身体放到快乐中去。张爱玲文章并不勇于作乐，也不贪欢。她所有最好的文字表面在挖出苦楚，却在其中把小市民平淡自然的屈服，重新提到人的层面来，也许已是"时候"了。①

的确是"时候"了，唐文标把情境带到了二十世纪八十年代，看到"死世界"与"小市民"的现实的纽带。其时张爱玲之风已刮到内地，时光流转到目下的新千禧年，张迷方兴未艾，如最近金宏达提到，在"网上和吧里，新人类和新人类们'拥张而谈'，几乎是一种时尚"。我们不禁诧异，为何二十世纪的最后十年，在海峡两岸及港澳地区乃至全球华语圈，张爱玲能激起阵阵震荡，经久不息？这恐怕不光是"张迷"或"张学"所致。金宏达认为：

　　张爱玲并非一个时尚人物，她的文字意境甚至相当空漠苍老。这是一种非常奇特的文化现象。

---

① 《张爱玲研究》，页196–197。

有人把它归之于"炒作"的结果，我们不相信谁有如此的力量。……张爱玲就是一位在其文笔中显示才华的分量的作家，谈论张爱玲，涉及的问题很多，有文学的，也有文化的、社会的、历史的、人生的等等，它给人一种层层迭迭的悠邈隽永之感，总像没有到头，甚至——没有到位。①

在很大程度上是张爱玲的那个"死世界"，犹如一个巨大的意义的"黑洞"，为欲望的扮演提供了舞台；其中群鬼苏醒，犹如解放了的欲望，狂欢于嘉年华会，但不属那种张牙舞爪、群魔乱舞的狂欢，而属于小圈子"私语"的"要慢慢长期享受的小快乐"。不见得人人都会喜欢张爱玲，这个"新人类"或许是个小市民，带点品味的、矫饰的、怀旧的，一旦中招，受了她的语言的蛊惑，便欲仙欲死。她／他也戴上面具加入嘉年华会，在真实与虚幻、传统与现代、小说与自传、华丽与苍凉、差参与对照之间寻找"启示"，旋舞于不同的空间里，犹如在爱伦·坡（Edgar Allan Poe，1809-1849）笔下普罗斯佩洛王子的七间彩虹般的舞厅里，金碧辉煌，屏风重叠，多少

---

① 金宏达：《"张学"断想——代前言》，《昨夜月色》，页1。

千娇百媚，似曾相识。在日常的罗曼史里仿佛认出了自己，转瞬间如梦初醒，置身于"死世界"之外，留下自我身份的迷思，恍然若失。

从大环境来看，随着冷战时代的结束，后现代、全球化的新纪元接踵而来。尤其是海峡两岸，从二十世纪七十到八十年代，思想和文化环境的变换，影响到每一个人。本来张爱玲的"死世界"就是在"革命"和"斗争"的主流之外画出一块独立的地盘、一个自成一统的时间盒，与"同一、空洞的"历史时间相抗衡，而在半个世纪之后，当"历史必然"的"宏伟叙事"瓦解之时，这个"死世界"却如被打开的潘多拉之盒，迸现出万花筒般的七彩缤纷。走下国家意识形态的战车、告别"革命"后，人们疲惫而失落，陡感历史的沉重而要求一点自己的空间，日常生活的尊严走到了前台，于是张爱玲的"鬼话"带来了清凉，人们反而乐于听她的絮絮"私语"，水徐徐地涨起来了，浮出久被压抑的欲望。尤其在其故家上海，她成为一个怀旧的品牌，远逝的记忆同眼前奇迹的幻影交叠在一起，一时间不光有关张氏的传记，如《张爱玲的上海舞台》《张爱玲的广告世界》《张爱玲地图》等书籍层出不穷，所唤醒的是一个令人心醉目眩的沉埋的都市，归根到底是久遭失去的

"私人生活空间"。① 但这种失落是双重的,不仅失落于火红的革命年代,也失落于吞噬一切的全球化汹涌大潮,张爱玲被融入消费文化与大众传媒,怀旧的想象在华丽中糅杂着恋物、窥视与狂想,而纸醉金迷终究难掩她的"苍凉"手势。

相形之下,"张学"作为学院精英话语显得更为前卫。它与欧美人文思潮息息相通,成为理论与实践试法斗宝的竞技场。如陈子善说:"她的精妙著述在二十世纪中国文学史上的地位,再怎么评估也不会过分。"②那些"精妙著述"足以考验"后学"的"细读"策略,学者们也不得不使出浑身解数,讨论得更多的自然是她的早期作品。"鬼话"意味着"边缘"话语,形成女性主义、日常生活、反历史等"文化政治"。二十世纪八十年代后期大陆学界竖起"重写文学史"的标帜之后,最为醒目的是现代文学地图的变动,随着"正典"的地壳破裂,冒出一大批久遭封杀的作家和文学社团。文学幽灵们应声而出,犹如彼得·杰克逊(Peter Jackson)的《王者无敌》(*The Return of the King*,即《指环王》〔*The Lord of the Rings*〕三部曲终篇)中

---

① 参陈思和:《民间和现代都市文化——兼论张爱玲现象》,《阅读张爱玲》,页249。

② 陈子善编:《编后记》,《沉香》,页279。

特技再现的一片幽幽空灵的绿色，群鬼覆盖了地貌，煞是好看。然而在密切呼应"世纪末"现实生活而产生持续的效应方面，谁也比不上张爱玲。原因之一是她左右逢源，有人把她朝"五四"阵营拉，但更多的人让她认同于"鸳蝴"传统。不管怎么说，在过去二三十年中，"鸳蝴派"咸鱼翻身以至与"五四""双翼展翅"，这固然是一些学者努力的成果①，恐怕也是"新人类"欲望投射的反映吧。

张爱玲还活着，这对于"中国文学现代性"的反思来说意味深长："反思"不甘于诉诸亡灵，更需要历史救赎的见证。回望二十世纪中国文学，在巨大的空虚荒漠中，她的幸存不光是一种安慰。再也没有比柯灵（1909-2000）在八十年代中期发表的《遥寄张爱玲》一文更具象征意义的了，作为一个"五四"同路人，他的隔岸呼唤真挚而动人，凝聚着一代文学的失落、痛楚与悔悟。如果对于当时柯灵的言论稍作考察，可发现他对于"五四"新文学的反思归结到语言问题上，他曾振聋发聩地指出"白话文"大多患有"贫血病"，"面色苍白，四肢无力"。这

① 参范伯群：《绪论》，《中国近现代通俗文学史》（南京：江苏教育出版社，1999），页1-36。

种"后遗症"是由五四作家"把文言赶尽杀绝"而造成的。① 因此柯灵在回顾四十年代"趁热打铁"的张爱玲时感慨不已,他对于现代文学语言的反思背景是需要注意的。

对于这一切,张爱玲几乎不作什么反应,甚或视而不见。她说:"至于读者的观感,我对于无能为力的事不大关心。"②不止一次表示"最近看到不少关于我的话,不尽不实的地方自己不愿动笔澄清","对于讲我的话都一点好奇心都没有"。这与其说是自视清高,毋宁说是源自从

---

① 见柯灵:《促膝闲话钟书君》,《柯灵文集》第一卷(上海:文汇出版社,2001),页429-433。嗣后周汝昌对此作了热烈响应,见《白话与文言》,《文汇报》(1998年6月11日),第8版。柯灵的这番话是由钱钟书的文字风格而引起的,也未始不适于张爱玲。有趣的是周汝昌读了张氏《红楼梦魇》之后,盛赞其为"间世之奇才,尚不知文坛评界认为谁可与之比肩?"惊艳之余,写了《定是红楼梦里人》一书(北京:团结出版社,2005),探究张的红楼文心。关于1990年代大陆知识分子对于"五四"以来"白话"与"文言"等问题的检讨,参 Jianhua Chen, "The 'Linguistic Turn' in 1990s China and Globalization", in *Critical Zone: A Forum of Chinese and Western Knowledge*, eds. Q. S. Tong, Wang Shouren, and Douglas Kerr (Hong Kong:Hong Kong University Press, 2004), pp. 119-138.《九十年代中国"语言转向"和全球化》,林浩东译,载于王中忱、刘晓峰主编:《东亚人文》,第1辑(北京:生活·读书·新知三联书店,2008),页323-345。

② 《关于〈笑声泪痕〉》,《续集》,页5。

名馳瑞典美國之電影女明星葛萊泰賀寶近在瑞典都城斯託克霍姆集畫家數十人爲之寫照

The far-famed Swedish-American Film Greta Grab are recently in Stockholm for a crowd of artists sketching her rare model.

嘉宝在斯德哥尔摩给众多画家当模特，
《图画时报》(1929 年 5 月 10 日)

前"淑女"的家庭教养,所谓"我小时候受我母亲与姑姑的privacy cult影响,对熟人毫无好奇心,无论听见什么也从来不觉得奇怪,'总有他(或她)的理由'"。[①] 这种"独善其身"的古训,却蕴含着保护个人隐私的现代意识。换一个人,对于浮世风光或许求之不得,沾沾自喜,但张爱玲与一般作家最不同、最困难的一点是她杜绝了媒体的追踪。

自1972年移居洛杉矶之后便闭门谢客,在接待来访成为公共事件的情况下,谢客意味着谢绝传媒,避居闹市也与此有关。在偌大个洛杉矶长期流浪于山谷小镇之间,至1988年迁进城区公寓,不久即出现了台北《联合报》特派员戴文采,说明这些年来媒体对她的兴趣有增无减。无法得到面访的机会,戴伺机搬入张的公寓,做了邻居,并收集到她的垃圾,写了《华丽缘——我的邻居张爱玲》一文。[②] 虽然没被《联合报》刊用,但写这篇万字长文乃出自"下策",同时诉诸一种嚼舌"小报"(tabloid)的伎俩,对于垃圾的细节做了不厌其烦的观察,与"狗仔"的长

---

① 夏志清:《张爱玲给我的信件(二)》,《联合文学》第13卷第7期(1997年5月),页62。文中英文privacy cult意为隐私至上。

② 戴文采:《女人啊!女人》(台北:圆神出版社,1989),页164-188。

焦距镜头的偷窥并无二致。戴文采在阅读每一张购物单、食品袋、银行账单时，不时引用张的著作与胡兰成《今生今世》里的话，炫耀她是一个彻头彻尾的"张迷"，却渗透着一种强烈的欲望，即在剥落"真相"的借口下，要把"天才"还原成"地才"。事实上对于张的生活习惯或情感世界的臆想式描写，无非是渲染她的老境凄凉，孤芳自赏，难以掩饰作者的窃窃私笑。

戴文采的举止，正应了张爱玲的话："提起我也不一定与我有关。除了缠夹歪曲之外，往往反映作者自身的嘴脸与目的多于我。"她自视为嘉宝的同道，充分明白明星式人物与传媒、追星族之间的吊诡关系。大众传媒能造就一个明星，捧之于九天之上，或跌之于九地之下，这也是传媒炫耀其权力的不二法门。而像戴文采既振振有词地声称读者有"知的权利"，也确具"新闻"头脑和手法[1]，刺探窥视，无所不用其极。对于张爱玲来说，碰到这类张迷加狗仔，有被近身侵略的危险，更可怕的却是"张迷"的一种读法，把她的文本沦为一部个人传记的脚注。由此看来，她谆谆告诫读者要分清作品与作者的关系，

[1] 参季季：《我与张爱玲的垃圾》，见季季、关鸿编：《永远的张爱玲——弟弟、丈夫、亲友笔下的传奇》（上海：学林出版社，1996），页290。

似非空穴来风。

　　嘉宝息影之后,有人问到她为何要远避尘世,她微笑而俏皮地回答:"要使我的神秘永葆青春。"①被誉为"明星中的明星",嘉宝知道,为世人所崇拜的是她银幕上的国色天香,她也宁愿就此长驻在世人记忆中。为她写传记的,无不关注其晚年生活,蛛丝马迹,津津乐道,似乎存心要破除神秘。事实上,隐居的嘉宝偶尔也与亲朋好友出游访客,究竟防不胜防,仍有不少落入摄影快镜。从那些照片来看,风韵犹存,毕竟徐娘老去。有一幅照片是她忽然发现有人拍照,即用手来遮挡,一脸惊愕。照片解说道:"此照摄于嘉宝刚过五十岁生日。发现记者在旁,她即遮挡嘴部,因其眼睛尚炯炯有神,嘴部则难掩老态也。"②相比之下,张爱玲的隐居要比嘉宝彻底得多,确是做到真人不露相。所不同的是,她仍不时通过写作亮相,表明她仍未忘情于世界,仍在文坛上好好地活着。像嘉宝一样,她要保持她的神秘,而神秘存乎她的文本里,其中有倾国倾城,她也宁愿就此长驻在世人记忆中。

---

　　① Karen Swenson, *Greta Garbo: A Life Apart*（New York：Lisa Drew Book ／ Scribner, 1997）, p. 15.

　　② 同上,页385。

有人指出，"张爱玲并不喜欢以脸孔与人相亲"①，尤其在她的晚年，即便在文本中亮相，正像嘉宝本能地遮挡嘴部，也不愿以衰貌示人。在私下里与知己者一再提到她的真实状况，"近来我特别感到时间消逝之快，寒飕飕的"。② "想做的事来不及做，生活走不上轨道，很着急。"③但她从不对她的读者唱衰叹老，我想这一方面固然是她一向借写作生活在自己的心理时间里，至晚期增添了一道怀旧的面纱，但另一方面同她一贯反对"三底门答尔"（sentimental）的文学表现有关。不像一般旧式文人那么自我中心，这一点或正体现了她的"通俗"取向所含的基本伦理，即以写作给读者带来快乐。

她常常对司马新、林式同等提到她的牙齿给她许多痛苦和烦恼，而在 1988 年《谈吃与画饼充饥》一文中，海阔天空，谈笑风生，仿佛在回味那个饕餮世界。稍后在《续集》自序中说到"衣食住行我一向比较注重衣和食，然而现在连这一点偏嗜都成为奢侈了"。所谓"奢侈"应当不是指经济上的，而是指生理上的。这一表白优雅含蓄，

① 季季：《我与张爱玲的垃圾》，《永远的张爱玲》，页 281。

② 夏志清：《张爱玲给我的信件（一）》，《联合文学》，第 13 卷第 6 期（1997 年 4 月），页 51。

③ 司马新：《与张爱玲先生的书信来往》，《昨夜月色》，页 331。

对张氏而言颇不寻常，是否与戴文采的文章有关，尚难确定。在戴文中，"张爱玲的牙坏了"这一句是作为独立一行出现的，当然是一种强势的语式，有什么像这样更能表达一个"地才"比"天才"在时间竞赛中的优越感？就算是出于一种对于"祖师奶奶"的同情吧，大约也不为张爱玲所想要的。

四、小结：传奇未完

"人生的结局总是一个悲剧。老了，一切退化了，是个悲剧，壮年夭折，也是个悲剧。但人生下来，就要活下去。没有人愿意死的，生和死的选择，人当然是选择生。"[1]她是达观、实际的，然而爱美、爱真，也爱善。在文本与时间之间，她选择文本以对抗时间；在生死之间，她选择生。对于张爱玲的晚年，在生命与文学之间的选择是更为艰难复杂的。天才选择死亡作为一种爱美、爱文学、爱理想的终极表达形式，历史上不乏其例。当她听到三毛（1943-1991）的自杀，不以为然，其时张爱玲七十出头了。我们再看她的晚年生活，有一次对司马新

---

[1]　殷允芃：《访张爱玲女士》，《华丽与苍凉》，页166。

说："我这些麻烦太多,每天的 regimen(保身的功课)占去的时间太多。剩下的时日已经有限,又白糟蹋了四年功夫,在这阶段是惊人的浪费。"①的确由于种种生理心理的原因,她的写作出现了障碍甚或危机,但反过来看,她也不像有些人不要命地蛮干,她首先在打理她的生活,讲究养生之道,即所谓"本人还在好好过日子"。从这些方面来看,对于她为文学而生活的说法,似得有一定的保留。

张爱玲赞赏王尔德说的,"艺术并不模仿人生,只有人生模仿艺术"。不愿意把她的文学简约成她的传记,似乎不妨碍把她自己变成她小说里的角色,事实上她的生死态度不外乎她小说世界里的芸芸众生,在乱世中能坦然自若。或像《〈传奇〉再版自序》中那个"蛮荒世界里得势的女人":

> 将来的荒原下,断瓦颓垣里,只有蹦蹦戏花旦这样的女人,她能够夷然地活下去,在任何时代,任何社会里,到处是她的家。②

---

① 司马新:《与张爱玲先生的书信来往》,《昨夜月色》,页331。
② 《〈传奇〉再版自序》,《张爱玲小说集》,页7。

这段写于 1944 年的话，何尝不是她晚年形象的写真？1992 年将遗嘱寄与林式同，说明她对自己大归之后有了安排。对于死亡，她要自然地走，像佛家的"圆寂"，她曾想移居美国南部，自我放逐到更远、更荒凉之处。甚至想去赌城拉斯维加斯——一个更为浪漫疯狂的念头！在我看来这一电光泡影的虚拟世界，也是另一种荒原的隐喻。

横穿半个世纪，张爱玲传奇之上升起了光环，她的晚期风格也由此凸显。本文主要对晚年张氏与印刷传媒的关系作了考察，即她如何在文本生产与媒体传播这两方面作了近乎严酷的区别对待，正体现了她对于文学自主的追求与实践。至于其晚期风格更属内在因素方面，如她的书写与"过去"的心路历程及语言问题，乃至最后的《对照记》等，尚须进一步探讨。

就这样，在张爱玲晚年，她的文学在本土家园正展现出绝代风华，她自己却隐身于大洋彼岸，与现世荣耀保持着距离。她在四十年代说：

> 现实这样东西是没有系统的，像七八个话匣子同时开唱，各唱各的，打成一片混沌。在那不可解的喧嚣中偶然也有清澄的，使人心酸眼亮的一刹

那,听得出音乐的调子,但立刻又被重重黑暗上拥来,淹没了那点了解。画家、文人、作曲家将零星的和谐联系起来,造成艺术上的完整性。①

一部张爱玲传奇也可作如是观,她运斤其中,却大匠无形。她喜欢那种"混沌"和"喧嚣",首先要有这种"现实"作底子方称得上艺术。她尽力让文本、作者和读者各司其职,使文本向读者和未来开放,同时善于抓住那"使人心酸眼亮的一刹那",在"差参的对照"中赋予"和谐"的"调子"。

直至风烛残年,身世愈趋萧条,在不朽的光环中,悄悄扬起"苍凉的手势",作为她的文学的终极标帜,也是她对艺术一贯真诚的见证。

原刊陈子善编:《重读张爱玲》,

上海书店出版社,2009

---

① 《烬余录》,《流言》,页41。

《小团圆》与《恶之花》*

　　最后一场讨论"张爱玲的晚期风格",这次会也要完了,但是张爱玲不会完。我现在要走一点偏锋,过激一点,打一个比方——张爱玲的《小团圆》问世,就像一颗"人肉炸弹"。这个比方可能不恰当,只是从当时的读者和市场来看,写作出版这本书是一个自杀性的举动,如果当时没有宋淇先生的劝告,真的不可想象。如果当时皇冠真的出了《小团圆》,后面二十年就不知道会怎么个样子。还好她听从了劝告,这颗炸弹调整了一下,变成了一颗定时炸弹,结果比较良好,但张爱玲看不到了。为什么说是人肉炸弹? 因为《小团圆》的出现改

---

　　* 这是在"2010 年北京张爱玲诞辰九十周年纪念研讨会"上的发言,原题为"张爱玲的晚期风格"。

变了张爱玲长久以来的形象，也改变了"张学"的游戏规则，最明显的是媒体的介入，使得张爱玲在中国读者当中不像过去那样小众了。网站、媒体的信息铺天盖地，又有梁文道、马家辉这些媒体人对张爱玲的评价，使得像我这样在学院里研究张爱玲的人觉得冲击很大。不知道自己讲的话人家有没有讲过，要找出处也不容易。

要谈《小团圆》，不得不牵扯到前面的两部——《雷峰塔》和《易经》。这两部英语小说在美国找不到出版商，为什么会失败，大家也都谈了，这里面有比较复杂的原因。一方面是东方主义，在美国出英文小说，特别是中国人写中国的作品，取决于读者市场，实际上这个市场在美国是很小的。我的朋友钱锁桥，是研究亚美文学的，他说在美国最成功的是林语堂（1895-1976），他知道怎么调适中美语言文化上的差异，所以在美国非常成功。在二十世纪三四十年代，美国人对中国的兴趣，是要了解反封建、朝着现代走的中国的形象；到五六十年代冷战时期，则是在政治意识形态的情境中来接触中国。张爱玲就处在这样一个冷战的时期。她的前两部小说相对成功，因为描写了共产党的中国，和冷战意识形态比较吻合。到了六七十年代，美国人就对中国没有什么兴趣了，因为是在"文化大革命"当中，有关中国的

張愛玲《小团圆》,皇冠出版社,2009

报道多是政治的。那时候走红的是 Maxine Hong Kingston（汤亭亭），是他们自己培养出来的新移民，写在美国的中国人。到了"文革"之后八九十年代，他们对中国又感兴趣了，容易得到出版的是关于"文革"的叙事，如闵安琪的《红杜鹃》（*Red Azalea*）等，现在像哈金在美国就比较红。像张爱玲这些属于女性自传的小说，在美国要出版不光取决于当时西方对中国的兴趣，还有作为一个中国女性来表现自己，不光要有中国元素，还需要合乎想象中的中国妇女的形象。按这样的标准，像《易经》《雷峰塔》显然是属于比较另类的。

我想举一两个在美国比较成功的例子。比如说谢冰莹（1906-2000）的《女兵自传》，她的处女作《女兵日记》写在一九二六年，是她作为一个大家闺秀投身北伐的经历，先用中文在《中央日报》发表，林语堂发现后马上译成英文发表。第二部作品《女兵自传》曾分为两部分分别出版，到了四十年代初，由林语堂的两个女儿翻译成英文，在美国由 John Day 出版社——赛珍珠（Pearl S. Buck, 1892-1973）的第二个老公的出版社——出版。实际上出版以后销量也并不好。但是这部小说，在美国相对来说是成功的，一九四三年出了一个新版本，重印了好多次。一直到二〇〇一年又有一个新译本，在哥伦比亚大学出版社出版。可以说，《女兵自传》塑造的完全是争取中国解放的一个女性形象，有正面的意义。

像张爱玲这两部书，不光有语言的问题，这里还有意识形态的问题。举另外一个例子，另一本女性的自传——凌叔华(1900-1990)的《古韵》在伦敦出版。她跟著名小说家弗吉尼亚·伍尔芙(Virginia Woolf, 1882-1941)通信，很受鼓励，后来写成了《古韵》。这本书来头不小，但在伦敦出版也不容易，是通过伍尔芙跟她老公开的一个小出版社出版的。虽然当时的一些评论还不错，其实也谈不上畅销，因为一九五三年初版后一直到一九六九年才出了第二版。如果我把《古韵》和《雷峰塔》《易经》作比较的话，会看出《古韵》篇幅小得多，而且照当时英国人的评论——在这方面，英国人跟美国人相比还是比较有耐心的——书里也写到家族那些琐碎的事情，也有好几位姨太太，伍尔芙起先就说，里面有那么多人物，英国人可能很难搞懂。但后来的评价不错，说一个已经消失的、荒凉遥远的国度，得到细腻而富有诗意的体现。就是说凌叔华虽然也谈到了中国人怎么砍头这些可怕的事情，但是这些出自一个富有修养的大家闺秀的具有文学趣味的描述，英国人还是能够接受的。

张爱玲这三部小说，从《雷峰塔》《易经》到《小团圆》是不能分开的。两部英语自传体小说六十年代写好之后,她不断跟宋淇说,让麦卡锡(Richard McCarthy)帮她联系出版,可是卖不掉,她就很受挫折。这引出了一系列问题。张爱玲是不是知道她应该怎么写?既然要在英语世界圆她的"天才梦",前面已经有三部英语小说出版,应当有一定的经验——要取得进一步的成功,理应摸准西方读者的趣味和接受程度。另一种态度就是尽管挫败,还是一意孤行,自己想怎么写就怎么写。我想她自己的选择是后者。虽然《秧歌》《赤地之恋》出版了,但是她跟夏志清先生说,那不是她自己想写的东西,是奉命之作。也就是说,在之后写《雷峰塔》《易经》的时候,她有意追求自我,要回到文学自身。另外,我们已经看到很多现象,例如成语的应用,想要保持汉语的韵味。也就是说,她在写这两部英语小说的时候,内在动机可能已经出现了某种转变。甚至可以说,这两部小说失败之后,她似乎不再多想,完全投入了《小团圆》的写作。《小团圆》是为中国读者写的。前面几章写小时候的事情,一直写到香港求学,等于是《雷峰塔》和《易经》的浓缩版,然后写在上海与胡兰成的事情。我们也可以说,她要回到写作的自我,一心想要回家,用她自己的话说,等于在"还债"。

《小团圆》开始的时候大家的兴趣在于盛九莉和邵之雍,但渐渐地越来越发现,原先以为对她造成最大伤害的是两个男人——一个是她的父亲,一个是胡兰成——但《小团圆》里表现出来的对她伤害更大的却是她的母亲,于是受到了新的震撼,甚至对张爱玲有了很大的改观。《小团圆》跟她四十年代在上海发表的小说在语言风格上有很大不同。我想这个不同就是,那些作品在文类上属于"闺秀文学",老祖宗就是凌叔华,就是出身名门的闺秀来写小说,不管生活上怎么不尽如人意,总会诉诸诗意抒情的笔调、美丽优雅的风格。四十年代张爱玲在上海,和施济美(1920-1968)等人形成了新闺秀文学,但《小团圆》颠覆了闺秀类型,即她长期打造的自我镜像,那种维多利亚淑女式的、上海小资心目中的偶像,被她自己打破了。《小团圆》里她对自己周围的亲人,她的姑姑也好,母亲也好,对于整个家族都一一做了清算。照她自己的话说,就是"揭露",就是毫无顾忌地把家丑一一都抖了出来。

从现代文学来看,像这样的女性写作是非常少见的,这就牵扯到写作伦理的问题。对女性的伦理约束从前是"三从四德",到了五四的时候反掉了这些东西。但是像张爱玲那样出于女性自己的视角,对自己过去的生活、亲人和家庭作如此令人不堪的描写，一般作家都难以做到，对于女作家来说更是绝无仅有。张爱玲写了《小团圆》，有人说她这么无情地一一清算，看了之后觉得毛骨悚然。能不能接受这样的张爱玲，或者对于她的态度怎么评价，那是一回事。但是，从文学史的角度来看，中国现代文学从五四以来就是反传统的，最具代表性的就是鲁迅的《狂人日记》，对传统全盘否定。张爱玲的《小团圆》就挣脱中国女性身上的束缚，尤其就违背女作家的写作伦理来说，是反传统的，其彻底程度与鲁迅的《狂人日记》可说是中国现代文学的双璧。我这里说的"反传统"是指文学现代性的象征意义，而且与《狂人日记》的国族想象不同，《小团圆》则出自个人的反思立场，这涉及张爱玲对于自己写作超乎五四与通俗的定位问题。

怎么来评价这种倾向？可以说，张爱玲从两部英语小说一直到《小团圆》，越写越投入。她跟宋淇说，她的《小团圆》几乎是几个月里一气呵成的，非常忘我。从某种角度说，她的确就是把自己的人生——爬满虱子的华丽锦袍——一层一层抖落，还原她自己的真身，生不带来死不带去的赤裸真身。写《小团圆》越是投入，就越是走火入魔、"恶"性发作，她的确完成了这样一个自我探索之旅。那时她已是年过半百，却能在盛名之下挑战自己的极限、文学的极限，不惜颠覆华丽而苍凉的旧我，深入人性的底层，由是她的写作臻至一个新的境界、新的高度。

文学作品内容上出格者有的是，艺术质量是关键。关于《小团圆》是否超过她的早期作品，可见仁见智。就这样一个暴露家庭丑事的角度来说，或许可以说《小团圆》是中国的一部《恶之花》。司马新在《张爱玲的今生缘》这篇文章里说到，他从张爱玲的美国女友那里得知张喜欢波德莱尔和里尔克。这一点很有意思，且不说里尔克这位二十世纪"纯诗"的德语代表诗人，我在《张爱玲与塞尚》一文中曾谈到张爱玲的写作风格与波德莱尔以及"超现实主义"之间的关系，现在看到了《小团圆》，更可联系到《恶之花》。我们都知道《恶之花》是被称为"现代派鼻祖"的波德莱尔的诗集，十九世纪后半期在巴黎出版，被公认为伟大的法国诗作，不光在法国，对于世界文学都有影响。《恶之花》二十年代传入中国后，对许多作家都产生了非常深刻的影响，许多现代派诗人屡屡提到。我粗浅地研究了一下，发现二十世纪中国对于波德莱尔的《恶之花》的接受程度应该说不那么完全，带了许多颓废、腐朽的观念去看待，实际上对这部

夏尔·波德莱尔(Charles Baudelaire, 1821-1867)

波德莱尔《恶之花》

(*Les Fleurs du Mal*) , 1857

诗集的现代主义的意义,带着许多偏见。波德莱尔也出生于一个有教养的家庭,他自己是个"浪荡子"(dandy),在巴黎经常出入妓院、酒吧,他有自己亲身的体验——人性阴暗、黑暗的一面。当时的巴黎正处于资本主义工业革命时代,表面上异常辉煌夺目,但《恶之花》则表现了表面的繁荣底下人的疏离、异化与罪恶,包括吸毒、种种享乐等都市生活。《恶之花》之所以到现在仍然是经典,因为这是波德莱尔的现身说法,他把自己作为一个有罪的人的生活体验通过非常完美的艺术形式一一表现了出来。

我觉得在二十世纪的中国文学史上,最具有《恶之花》神髓的作家是鲁迅,像《狂人日记》的可贵之处在于,叙事者说他自己是吃人家族当中的一个成员。也就是说,鲁迅诅咒"铁屋子",但他发现自己身在其中,不容易掀翻,这是他一生的绝望和挣扎。在《小团圆》里,张爱玲一方面讲她的家族——她的父亲、母亲、姑姑——的种种不堪,同时也把她自己的真相显露出来。就像她跟宋淇的信里说的,与其由别人来揭发还不如自己来揭发,这并不是完全否定自己。她持的是这样一种态度:置身于可说是旧中国最具代表性的贵族之家,作为丑恶、没落与腐朽家族的成员,一面目击其无可挽救的衰亡,一面自述成长过程中种种难堪、挫伤、挣扎与自省——也属一种"铁屋子"中的精神状态,虽然没有要掀翻它的意思。

前几年我写过一篇关于张爱玲晚期风格的文章,名为"初探",讲了很多外围的事情,讲她为什么老是要重复写她过去的事情,还没有进入她的文本。文中提到萨义德所引的"晚期风格"的例子,即意大利西西里贵族兰佩杜萨的晚年作品《豹》,后来由维斯康蒂拍成电影。那部小说写贵族家庭与旧秩序的死亡,既不怀旧,也不滥情,却流露出强烈的放逐感与时代的疏离感。过去认为的张爱玲的晚期作品,当然是《对照记》,是她的绝唱。也已经有人把她的小说看作是家族寓言,某篇小说与某家某人有关,有很多猜想,现在《小团圆》出来也落实了一些猜想,但不同文本之间的时空穿梭与错置更为复杂。张爱玲说,《小团圆》与《对照记》差不多。其实不是。这里还牵扯到为什么她曾经表示要销毁《小团圆》,但又藕断丝连、非常暧昧,其中原委似乎更为复杂。《小团圆》改变了我们对于张爱玲的心理图谱,甚至会影响到对她早期作品的认识。

张爱玲始终离不开她个人的视角,与宏大叙事无关,却始终置于波澜壮阔的时代背景之中。《对照记》属于从《雷峰塔》到《小团圆》的系列,在这个脉络里可看得更清

彩插一
张爱玲母亲黄逸梵,《对照记》
图十三

彩插二
张爱玲与姑姑张茂渊,《对照记》
图二十一

彩插三 《对照记》图二,母亲把这件衣服
"改填最鲜艳的蓝绿色"

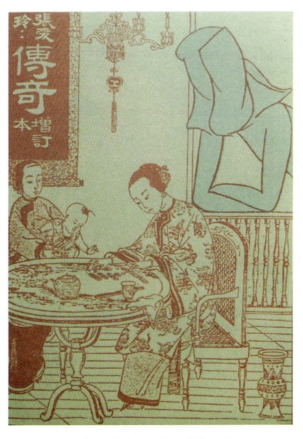

彩插四 《传奇》增订版封面，炎樱设计，1946

彩插五 《流言》封面,张爱玲设计,1944

楚,仍是贵族之家的传奇,但作为张爱玲向世界告别的最后的手势,却别具意涵。首先大家注意到两位男人,胡兰成和赖雅不见了,他们在《小团圆》里出现过,或许她已经写过,已经交代过了,这两个人对她的整个生命来说不愉快,可能最终也不重要。这固然是出自女性的视角,也含有"血浓于水"的意味,他们跟她的家属相比好像隔了一层。她最终要回到她的家族,我觉得那更是一种文化上的选择,也就是她对于自己的最后一个姿势,就像她最后一张照片,领奖的照片是跟金日成(1912-1994)之死联系在一起的。我们都知道,张爱玲是非常擅于表现的,把自己作为一个象征符号,她的作品、她的人生始终有一个日常的层面,也始终有一个寓言的层面。最后,对照《小团圆》,我想她对她父亲、母亲都宽恕了,都和解了。另外,我们还发现她反复说"再死一次",最后说"我爱他们",今天宋先生把这些文本一条一条根据时间列出来,看出在下笔的时候这些话对于张爱玲来说是非同小可的,是自我启示,也是对世人的启示。从她留下的文字,我们可以注意到,那个时候实际上是回到了非常浪漫的一代——她的祖父母张佩纶(1848-1903)与李菊耦(1866-1912),还有李鸿章(1823-1901)等家属成员。在他们那里,或许就是得到了她梦寐以求的

李菊耦,《对照记》图二十三

张佩纶,《对照记》图二十三

"安稳"。她最后要落实自己的灵魂，虽然骨灰撒向了大海。正如她说的，人留存在亲属的记忆里，如果亲人们不在了，这个人也就没有了。这样的说法似乎是"唯物"的，但她的灵魂似乎在寻找一个归宿，她最后为自己划了一块墓地，在她家属的坟园里，躺在她的祖父母的身旁。我想这是她在文化上最后的诉求，也就是她自己说的"看似无用，无效"，但他们给予她"一种沉默的无条件的支持"，因为这对她来说是古老的记忆，不像胡兰成和赖雅，亲人给她的身心造成真正的影响。

怎样来看整个的张爱玲？张爱玲去国之后，她的这些作品不断回到过去，实际上她要不断地回家，像她在一篇散文里说的，"还没离开家已经想家了"。她从小就是一个非常敏感、纤细的女孩子，在外处于离散、放逐、疏离的环境中，只能通过文字来疗伤，不断地重新找回自己，最后她的文化归宿是在《对照记》里表现的。她对于祖父母的婚姻，以及与李鸿章之间，一直有一种浪漫的幻想，包括《小团圆》里面谈到跟她弟弟从《孽海花》里怎么知道祖辈的事情，都永远留存在她的记忆里。这一点我觉得或许可以把陈寅恪（1890-1969）先生对他的家世政见与戊戌政变之关系的历史反思来加以对照，即感叹中国自甲午战争后"大局遂不可收拾矣"。而张爱玲对于其祖父母婚姻的浪漫幻想属于最后贵族的历史经验,从政治文化的角度也是某种怀旧的寄托。

原刊宋以朗、符立中编:《张爱玲的
文学世界》,新星出版社,2013

爱与真的启示

一、前　言

在近年的张爱玲研究中"晚期风格"几乎成为一个热词。我在《张爱玲"晚期风格"初探》一文中考察了她移居洛杉矶之后与印刷传媒的关系，主要是她与平鑫涛的皇冠出版公司之间的长期合作关系。① 从文本的角度看，二十多年里她的新旧作品所造成的持续"张热"乃至其"全集"的整理与出版，不啻成功打造了她与二十世纪中国文学现代性的双重"传奇"。而在背后运作层面，对于她的文本、版权与稿费等方面的处理，甚至对"张热"的操控策略，体现了她与其代理人、出版商之间

---

① 　见本书《张爱玲"晚期风格"初探》。

的默契配合,也可说是印刷资本主义与她的"业务"观念及其实践的出色结合。这其间饶有意味的是连她的"自我封闭"的嘉宝式怪癖也为她的作品"出土文物"般的经典化消费起到了奇妙的催化作用。

我的那篇文章不无针对有关她晚年"绝世凄凉"的流行看法,旨在揭示她一贯对生活的"实在"态度,颇如上海人说的"精怪",与"凄凉"之间形成某种对照。题为"初探"含有某种不确定,其实所处理的基本上属"社会文本",未涉及她的创作。如文中"小结"所言:"至于其晚期风格更属内在因素方面,如她的书写与'过去'的心路历程及语言问题,乃至最后的《对照记》等,尚须进一步探讨。"所幸在该文发表之后十余年间张爱玲的著作《小团圆》《雷峰塔》《易经》《少帅》乃至《同学少年都不贱》《异乡记》等先后面世。她与宋淇夫妇、夏志清、庄信正等人的来往信件也层出不穷,这些大大有助于对她的生平与创作,尤其是对她的"晚期风格"的研究。

本文讨论张爱玲的晚期著作。首先"晚期"是指一九七二年她移居洛杉矶到去世为止,即从五十二岁到七十六岁的二十多年间。本来为作家分期并无定规,如看作"后期"或更妥当,但所谓"晚期"则受到当时

张爱玲《雷峰塔》

(*The Fall of the Pagoda*），

香港大学出版社,2010

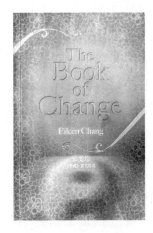

张爱玲《易经》

(*The Book of Change*），

香港大学出版社,2010

张爱玲《少帅》

(*The Young Marshal*），

香港皇冠丛书,2014

萨义德的论文的启发,在于凸显张爱玲与世界文学的一个精神上的链接,即指出其《对照记》与意大利小说家兰佩杜萨的《豹》异曲同工,在揭露没落阶级的衰败与幻灭方面均具"最后的贵族"的自传性质。这在稍后出土的《小团圆》中表现得极为震撼与深刻,恐怕不只是"日益增强的疏离、流放与反历史的感受"。

移居至洛杉矶之后,张爱玲的生活与写作翻开新的一页,不再用英语创作,也不必为谋生写电影剧本或向学术机构申请经费之类,她开始闭门独居,专注于中文世界,认真履行与皇冠几达三十年的合作。她的晚期写作也一波三折,除了少数短篇小说与散文外,一九七六年完成自传小说《小团圆》,一直在修改而未在生前出版。其《对照记》也属自传性图像文本,于一九九四年出版。另外她对《红楼梦》的研究与《海上花列传》的白话翻译花费了大量精力与时间,分别在皇冠杂志上连载,前者结集为《红楼梦魇》,于一九七七年出版,后者《国语〈海上花〉注释》于一九八三年出版。

关于张的"晚期风格"大家谈得较多的是《小团圆》与《对照记》,本文则把《红楼梦魇》与《国语〈海上花〉注释》放在一起讨论。这两部小说在她看来是中国小说的巅峰,与她自己的创作有密切联系,对它们花费如许心血不仅为了兴趣，也体现了她的"有情"的文学观念与文学史观，因此有必要在文学、思想、学术与图像的脉络中探讨张爱玲的历史意义。简言之，她的"晚期风格"最终表现为回归其自身，写她自己想写的东西，看似仍然为记忆所困，在"过去"的围炉边打转，或可说是从外部世界退缩，却修成正果，脱落了一切外在的繁华而显露一个赤裸裸的自我，既以"认识自己"的文学实践出色演绎了中国现代性，也是"最后的贵族"对文学与历史的自我救赎。

二、英文写作之旅

一九五五年十一月张爱玲前往美国，踌躇满志，满怀抱负。这一年她的第一部英文小说 *The Rice-Sprout Song*（《秧歌》）在纽约出版，一些主流媒体如《纽约时报》《星期六文学评论》和《先驱论坛报》等都刊登书评，颇为嘉许。然而好景不长，她的英文写作屡屡出现问题，迎合政治或市场的东西她不愿写，自己喜欢写的找不到出版方。此后近二十年里，她为生计四处奔走、搞翻译、写广播剧，等于替人打工，或申请高校研究经费，从事研究项目，这些都有碍于她的文学创作。到美国第二年她经历了一场"说不上明智，但充满热情"的爱情①，和穷愁潦倒、身无分文，年龄比她大得多的左派作家赖雅结婚。一九六一年张爱玲访问台湾，为写一部关于张学良（1901-2001）与赵四小姐爱情故事的小说收集材料，途中听说赖雅中风，于是终止访问。为了赚钱接着到香港为华懋电影公司写电影剧本。

中国现代作家当中，在海外最获成功的要数林语堂。张爱玲自言"从小妒忌林语堂"，且说他的英文不怎么高明而"觉得他不配"。② 一九四四年发表的散文《私语》说："有一个时期我想学卡通影片，尽量把中国画的作风介绍到美国去。我要比林语堂还出风头，我要穿最别致的衣服，周游世界。"③但是人比人气煞人。在一九三六年林语堂赴美前一年，其第一本英语著作 *My Country and My People*（《吾国与吾民》）已在美国出版，佳评如潮，一炮而红。据钱锁桥《林语堂传》，此书在写作与出版过程中得到诺奖得主赛珍珠与其丈夫华尔希的倾力支持，赛珍珠作了热情推介的序言，华尔希对内容、书题等

①　《张爱玲私语录》，页147。

②　同上，页60。

③　张爱玲：《私语》，《流言》，页162。

出了不少主意,林语堂也尽力配合,因此十分成功。① 张爱玲也有代理人,她在香港结识的麦卡锡是美国驻香港总领事馆新闻处处长,是个中国通,为她的《秧歌》从修改到出版都热心帮助。他的影响力或许不如赛珍珠他们,但问题不在这里。像林语堂那样因为"精彩诠释本国古老文化"而大受欢迎②,张爱玲却不以为然。她在给夏志清的信中说:"我一向有个感觉,对东方特别喜爱的人,他们所喜欢的往往正是我想拆穿的。"③这涉及有关东西方文化交流的不同取向。在她看来像《红楼梦》《海上花列传》最能代表中国文学的精粹,也是最值得向世界推广的。另一方面她始终信守文学基于"实际的人生"观念,认为作家应当表现其最熟悉的事物,这方面她坦承自己"拘泥","没亲眼看见的,写到就心虚"。④

---

① 钱锁桥:《林语堂传》(桂林:广西师范大学出版社,2019),页171–188。

② 同上,页180。

③ 夏志清编注:《张爱玲给我的信件》(台北:联合文学,2013),页27。编者为这封信的"按语"说:"其实我在哥大教书何尝不是如此,想尽可能多拆穿些传统中国的东洋镜。但我势孤力单,有什么用? 不仅新儒家是热门,到了二十世纪末年,好像任何宗教的势力都在膨胀,五四时期所提倡的那种批判精神倒反而算是过时的了。"

④ 《张爱玲私语录》,页133。

众所周知，张爱玲出身名门贵族，祖父张佩纶是清末"清流党"领袖，祖母李菊耦是一代名臣李鸿章之女，母亲黄逸梵（1896-1957）是清末水师名将黄翼升（1818-1894）之女，她的后母孙用蕃是北洋政府总理孙宝琦（1867-1931）之女。她从小生长在四大家族牵丝攀藤的家庭环境里，又早慧而敏感，所耳濡目染的没落家族的衰败腐朽及新旧观念的冲突远较《红楼梦》与《海上花》里所描写的更为真切与复杂。她的早期小说有的就是以家族故事为素材的，那些鬼影憧憧的"死世界"仿佛是她幼年幽暗心理的投影。其中《金锁记》深刻表现了人性的扭曲，夏志清称之为"中国自古以来最伟大的中篇小说"①，原先她在上海时把它改编为电影，结果没拍成。似乎很自然的，到美国不久张爱玲就把它改写为英文小说，名为 *Pink Tears*（《粉泪》），却遭到曾出版《秧歌》的公司的拒绝。

遭受挫折另有原因，正值中美冷战时期，为政治意识形态的阴影所笼罩。在《秧歌》之后她受香港美新处的"委任"写 *Naked Earth*，是用来作政治宣传的，内容大纲都

---

① 夏志清著，刘绍铭等译：《中国现代小说史》（香港：香港中文大学出版社，2001），页343。

《金锁记》曹七巧（张爱玲插图）

《金锁记》姜季泽（张爱玲插图）

《金锁记》芝寿（张爱玲插图）

《金锁记》长安（张爱玲插图）

有人规定怎么写。她写这部小说是为了谋生，因此写得"吃力"，觉得"冤枉"，挤牙膏似的，"犹如患了精神上的便秘"。[①] 写得勉强，质量打折扣，在美国没人要，只能在香港出版，也引不起注意。张爱玲在一九六四年十月六日给夏志清的信中谈到《粉泪》的出版情况：

> Knopf 我记得是这些退稿信里最愤激的一封，大意是："所有的人物都令人起反感……我们曾经出过几部日本小说，都是微妙的，不像这样 squalid。我倒觉得好奇，如果这小说有人出版，不知道批评家怎么说。"我忘了是谁具名，总之不是个副编辑。那是一九五七，这小说那时叫"Pink Tears"。虽然他们曾经改组，我想除非 Mr. Keene 感到兴趣，不必再拿去了……此间的大出版公司，原来的经纪人全都送去过。Grove 与 New Direction 也在内。Partisan, Kenyon Review 我非常重视，不过觉得他们不会要，如拣一章有地方色彩的试试，就叫"Shanghai"。中篇小说一次登不完，恐也难卖。[②]

---

① 夏志清著，刘绍铭等译：《中国现代小说史》，页 45–46。
② 《张爱玲给我的信件》，页 22。

信中所提到的克诺夫、诺顿、格罗夫与新方向都是老牌出版社,她的代理人给它们寄过《粉泪》,都遭到拒绝。其实这部小说完成近十年了,张爱玲还没有完全放弃,仍托夏志清问是否能在《肯尼恩评论》这类著名文学杂志上选刊部分章节,虽然信心缺缺。尽管如此,还是找不到买家,结果一九六七年改题为 *The Rouge of the North*(《北地胭脂》),由英国的一家公司出版,没引起什么反响。

但她不死心,继续写她自己愿写的东西,从一九五七年到一九六四年间完成 *The Fall of the Pagoda*(《雷峰塔》)和 *The Book of Change*(《易经》),是自传体小说。前者从幼年写起,到十七岁那年逃离父亲的家而回到母亲身边为止;后者描写在香港求学至二战中香港沦陷后回到上海。她陶醉于写作之中,虽然麦卡锡认为太多的人物和琐事,让人看不下去。他还是为这些小说四处找出路,都徒劳无功,有一回说"找到一个不怕蚀本的富翁,新加入一家出版公司"①,结果也没有下文。张爱玲还写了关于张学良与赵四小姐的爱情传奇——*Young Marshal*(《少帅》),由于种种原因没写完,被束之高阁。

---

① 宋以朗:《〈雷峰塔〉／〈易经〉引言》,见张爱玲著,赵丕慧译:《雷峰塔》(台北:皇冠出版社,2010),页5。

Eileen Chang has based *The Rouge of the North* on a novella she wrote in Chinese entitled *The Golden Cangue* and she is uniquely qualified to write about the periods of Chinese life she describes in her novel. Her grandmother's father was the Chinese statesman, Li Hung-chang, while her grandfather, Chang P'ei-lung, was the chief political casualty of the Sino-French War of 1884. Eileen Chang herself was born in Shanghai and spent all her life there until she left for Hong Kong in 1952. Since 1955 she has lived in the U.S.A. and was until recently writer in residence at Miami University, Oxford, Ohio. She is now an Associate Scholar at the Radcliffe Institute for Independent Study, Cambridge, Mass., where she holds a fellowship to translate an Old Chinese novel, *Hai Shang Hua*.

《北地胭脂》(*The Rouge of the North*),

书底页插图,1967

就这样,她在英语世界的发展饮恨而终,她自己与代理人都灰心丧气。但在另一头的中文世界她的名声却扶摇直上,这跟夏志清在一九六一年出版的《中国现代小说史》殊有关系,书中称她为"今日中国最优秀最重要的作家"。[①] 事实上她没有放松中文写作,像《秧歌》《赤地之恋》和《北地胭脂》(即《怨女》)都由她自己译成中文,她还把早期长篇小说《十八春》改写为《惘然记》(即《半生缘》),这些先在港台报刊上发表,然后出版。她为美新处翻译的美国文学以及在香港创作的电影剧本也有相当数量。有意思的是,最让张爱玲挂心的是《红楼梦》与《海上花》。1967 年她向美国剑桥赖氏女子学院研究所(Radcliffe Institute for Independent Study)申请的英译《海上花》项目获得资助,成为驻校作家。然而她在翻译时却一头栽入《红楼梦》研究。夏志清说:"那时候,爱玲一方面在翻译《海上花》,一方面也发傻劲在研究《红楼梦》。去哈佛燕京图书馆查看《红楼》新旧资料如此方便,对她来说实在是个无法抗拒的诱惑。"[②]确实,这两部小说对张爱玲来说犹如中国文学的

---

① 《中国现代小说史》,页 335。

② 《张爱玲给我的信件》,页 132。

葵花宝典,与她的写作计划融为一体。除了她的《海上花》英译本作为遗著出版,她的白话《注译海上花》和《红楼梦魇》都在她在世时出版。

在给夏志清的信中说她在赶写关于《红楼梦》的考证文章:"加上译书,实在来不及,忙得昏天黑地。Radcliffe Institute 是 women's club 式的,我又太不会做人,接触虽少,已经是非很多。"①"昏天黑地"一词也出现在她给宋淇与庄信正的信中。的确,她很努力,因为太投入自己的写作,不善于跟"妇女俱乐部"搞好关系②,以致"是非很多",同事们见她爱理不理的,情况比较糟糕。在赖氏研究所的工作完了之后她受聘于加州伯克利大学中国研究中心,收集和研究中国大陆的政治语汇。她对这项研究兴趣不大,把人际关系也弄僵了,结果有点不欢而散。

一九六九年在给夏志清的一封信里说她在申请某个研究基金:"万一像中彩票一样得奖,能多积些钱,就不必找事了。在家里写东西。"③她希望有稳定收入,能

---

① 《张爱玲给我的信件》,页138。

② 在1967年11月1日张爱玲致宋淇的信中:"我在这里没办法,要常到 Institute(学院)去陪这些太太们吃饭。"见《张爱玲私语录》,页181。

③ 见《张爱玲私语录》,页146-147。

夏志清与夏济安

安心写作。其实大学研究工作属临时雇用,她有过申请固定教职的念头,因缺少学位证书而作罢。信中提到:"本来在中西部与加州的事,都是济安的学生照应我,等于济安在遗嘱上添了一笔,给一个朋友一份遗产,完全是意想不到的。"的确,因为已故夏济安(1916-1965)的学生刘绍铭等人的推荐,她能申请到学院资助。她用"遗产"的比喻表达谢忱,幽默而优雅,却难掩其窘迫,一代才女流落在大洋彼岸,生计莫名,赖雅死后也没了家。差不多这时,通过夏志清和宋淇的帮助,她和平鑫涛签约,在皇冠出版全集,稿费特别从优,这为她晚期生活与文学解决了经济问题,照夏志清的说法"解决了张爱玲下半生的生活问题"。① 这种境况,如她当时与夏志清、宋淇、庄信正等人来往信件所示,颇如一出《儿女英雄

---

① 1966 年 10 月 3 日张给夏写信,夏的"按语"说张爱玲"显然心境大为好转……我们可以说,我同平鑫涛的初次会谈,解决了张爱玲下半生的生活问题"。见《张爱玲给我的信件》,页 67。1967 年 3 月 17 日张给夏写信:"平鑫涛的合同也签了。"(同上,页 86)这对于张爱玲晚期定居洛杉矶起了决定性作用,但在签约之后相当一段时间内她仍觉得不稳定。夏志清说:"到了 1974 年 6 月,爱玲虽因新旧作品推出较多而声誉更隆,她已经整整三年没有一份固定收入的工作,自不免恐慌,因之她'投稿都是为了实际的打算'——赚钱。"她甚至一度打算研究丁玲,为了加入香港中文大学的丁玲研究项目。(同上,页 215)1983 年 2 月 4 日张给夏写信:"这些年来皇冠每半年版税总有二千美元,有时候加倍,是我唯一的固定收入。"(同上,页 319)

传》的反转剧情,搭救"祖师奶奶"纯乎出自侠骨友情,不啻谱写了二十世纪华文世界的珍贵插曲,读来令人动容。

三、《小团圆》：欲望与记忆

关于她自己、她的家庭与家族,张爱玲确乎有讲不完的故事。这在她四十年代的作品中已有明晦不一的表现。她出国之后曾向宋淇夫妇披露,在完成《秧歌》《赤地之恋》和《粉泪》之后即写"我自己的故事"。[①] 确实如此,她写了《雷峰塔》与《易经》,与张爱玲从幼年到香港沦陷后回到上海的这一段历史相合。接下来写《少帅》,讲张学良与赵四小姐的罗曼史。经冯睎乾的考证,认为是张爱玲借以"影射"他与胡兰成的故事,因而把这三部小说看作"自传三部曲",并指出:"七〇年代她写《小团圆》,坦荡荡讲她与胡兰成的故事,已经豁出去了。"[②]这看法不乏灼见。张爱玲在《少帅》中大胆描写性爱,一变其淑女作风,大有"豁出去"之慨,而《少帅》是"历史小说",将一些性爱描写几乎原貌搬到《小团圆》,既然张

①　《张爱玲私语录》,页51。

②　冯睎乾:《〈少帅〉考证与评析》,收入张爱玲:《少帅》(台北:皇冠出版社,2014),页258。

爱玲自认《小团圆》为自传,这不啻验明正身,更非同小可,何况《小团圆》并非仅仅针对胡兰成而作。

《小团圆》以"自传三部曲"为基础,若稍作比较,《雷峰塔》与《易经》大致平铺直叙,如艺术性资料长编,被改写到《小团圆》前半部分,至少被缩至原来的四分之一,因此怎么写《小团圆》?对张爱玲来说,无论在内容与形式上她都遇到极大的挑战。她自言"酝酿得实在太久了"。从时间上看,《少帅》在六十年代中写得断断续续,由于种种问题未能杀青。她在一九七五年十月十六日致宋淇的信中说:"赶写《小团圆》的动机之一是朱西宁来信说他根据胡兰成的话动手写我的传记。"这说明《小团圆》的"酝酿"可谓旷日持久。又同年七月十八日信中说:"这两个月我一直在忙着写长篇小说《小团圆》,从前的稿子完全不能用。现在写了一半。这篇没有碍语。"①此前已有成稿,却觉得"完全不能用"而另起炉灶。所谓"没有碍语"是说原稿还有所顾忌,现在完全放开了,可见"酝酿"的曲折过程。我们不禁要问:是什么造成"碍语"?又何以自我突破?值得注意的是她在一九七一年六月即将移居洛杉矶之际与水晶的访谈

---

① 宋以朗:《〈小团圆〉前言》,见《小团圆》,页4-5。

中说:"我现在写东西,完全是还债——还我欠下自己的债,因为从前自己曾经许下心愿。我这个人是非常stubborn(顽强)的。"(引自水晶《蝉——夜访张爱玲》)陈子善认为:"这段话或可看作更全面地理解《小团圆》的一把钥匙。"①

"还债"意谓清算,通过写作还自己欠下的债,实即清算自己,文学上也银货两清。写作期间不断给宋淇写信,各封信虽是寥寥数语,却道及这部小说的形成过程。如谈到写《小团圆》起因于胡兰成,"但是这篇小说的内容有一半以上也都不相干"。又说:"《小团圆》情节复杂,很有戏剧性,full of shocks(按:充满震惊),是个爱情故事,不是打笔墨官司的白皮书,里面对胡兰成的憎笑也没有像后来那样。"说明她摆脱了与胡兰成之间的爱怨情仇,更多写到她和母亲及姑姑的关系,不啻她的感情成长史和家族史。所谓"爱情故事"不限于与胡兰成的恋情,而包括亲情、友情的普泛之"爱",充满复杂而令人惊悚的情节。又如:"我在《小团圆》里讲到自己也很不客气。这种地方总是自己来揭露的好。"事实上

----

① 陈子善:《〈小团圆〉的前世今生》,《文汇读书周报》,2009 年 4 月 26 日。

小说里对自己与他人的"揭露"的"不客气"程度完全超乎读者想象，彻底颠覆了她的既有形象。又谈到创作手法："看过《流言》，一望而知里面有《私语》《烬余录》（港战）的内容，尽管是《罗生门》那样的角度不同。"①《私语》和《烬余录》是张爱玲最早的自传性作品，《流言》里另有一篇《自己的文章》，说她所尊奉的写作方法是"差参的对照"②，借以表现复杂的人生。在《小团圆》中她用"罗生门那样的角度"来讲故事，以变幻无常的视点编缀记忆的碎片，这种新的叙事方式有时显得扑朔迷离，给阅读带来困难。

总之，在《小团圆》写作过程中，她不懈探寻内心的"真实"，不断突破自己，终于打通情关，通体透明，毕其功于一役。小说以一个新旧交杂时代的乱世佳人为主体，主要围绕她与母亲、恋人的关系，以敏锐观察与自我审视描绘了她在没落贵族之家的感情成长史。作者以反叛的姿态揭示了家族中不堪的污秽、腐朽与堕落以及给她带来的心灵创伤，甚至对母亲与自我的剖露均达到令人窒息的程度，而在她与风流才子的爱情遭遇中袒露

---

① "寥寥数语"摘自张爱玲从 1975 年 7 月到 1976 年 1 月致宋淇的信，见宋以朗：《〈小团圆〉前言》，页 4—6。

② 《自己的文章》，《流言》，页 17—24。

其热狂与幻灭,在对复杂人性与自身软弱的省察中最终走向现代女性的独立自主之途。这部索隐体自传小说介于真实与虚构、具象与抽象之间,在"差参的对照"中糅合心理分析与自由联想,穿插藏闪与蒙太奇并置等表现手法,相对于作者早期错金镂彩、镜花水月的抒情风格,创造出一种开阔而深邃、清彻而硬朗的晚期风格。这是一种记忆书写的超前实践,一个富于中国"含蓄"美学的现代主义先锋文本。

《小团圆》"写得非常快",可说是一气呵成。她已和《皇冠》与美国《世界日报》说好一俟完稿即同时连载,但在宋淇夫妇的劝告下未能兑现,被"雪藏"了三十三年之后方才面世。显然她在写作中不曾考虑小说的社会效应——诸如被胡兰成之流利用或自毁形象而遭到攻击等,当然会影响到皇冠与她的经济利益。然而为什么答应修改却始终未竟?为什么说要"销毁"却恋恋不舍且表示要和《对照记》一起面世?这些至今成谜,但有一点可确定:她当初如此专注于创作而未曾考虑到复杂的接受环境。或者说对她而言写《小团圆》含有回到自身与文学的双重意涵,它在"认识自己"的意义上臻至"白茫茫一片"的彻悟境界,替文学一次性清偿了债务。当然这个"文学"与经典传统是一体的,永远听到来自她内心的呼应。

回到自身，首先，也是最终——从身体出发。《小团圆》中的盛九莉是个有情有欲、灵肉合一的女人，小说人物同样富于七情六欲，在作者的记忆碎片中个个发出欲望的尖叫。这一点赋予这部传记小说永久的生命。"认识自己"的形而上探索必须回答"我是谁"的问题，正是在"真实"的拷问下张爱玲击碎重重心锁，还原一个货真价实的真身。其中情欲与性爱扮演了举足轻重的角色①，这对中国女作家而言已属稀有，更何况《小团圆》中"验明正身"的自我指涉，无疑具有文学史意义。比方说在鼓吹"存天理、灭人欲"的时代，李清照（1084－约1155）的《点绛唇》一词描画少女情态："见客入来，袜刬金钗溜。和羞走，倚门回首，却把青梅嗅。"这遭到士大夫的抨击，如王灼的《碧鸡漫志》说："自古缙绅之家能文妇女，未见如此无顾藉也。"②对于床笫之欢恣肆描写的以《金瓶梅词话》为最，时值晚明思想解放时代，在人的"自然之性"的新观念催生下，"人欲"从传统感情体系中

①　李欧梵先生指出："在她的英文小说里，性的描写一步比一步大胆，最大胆的是《少帅》……在中文小说里写得最大胆的是《小团圆》，也不过如此。"见《张爱玲的双语小说》，《文艺争鸣》，2019年第10期，页133。

②　参陈建华：《李清照：优雅的反叛》，《书城》，2019年第12号，页12－13。

分离出来而在文学前台作目眩心荡的表演。近现代以来中国文学为"民族寓言"所左右，从"鸳鸯蝴蝶派"到"五四"新文学皆遵循文明规训的典律，视《金瓶梅》式描写为禁脔。张爱玲在港大期间读过劳伦斯的《上流美妇人》，并摘取"他在美妇人的子宫里的时候一定很窘"这一句①，不论她是否知道劳伦斯的作品对于社会习俗与保守观念的逆袭性冲击，在她笔下的性爱描写绝非庸俗，而是人性表现的有机组成部分，在运用隐喻、象征意象等方面与劳伦斯有相通之处。

冯睎乾指出，张爱玲开始写《少帅》时，"女权运动开始席卷美国"，并认为受到其影响。② 其实不光是女权运动，以"要做爱，不要作战"（Make Love，Not War）为口号的反越战运动也风起云涌。张爱玲在《同学少年都不贱》中就写到有关"越战与反战"以及"现在学生性的革命"的情节。③ 六十年代末张爱玲在伯克利加大，那里更是反

---

① 《小团圆》，页35。按：编者把《上流美妇人》误认为《查特莱夫人的情人》。张爱玲明指"短篇小说"，即"The Lovely Lady"，收入 D. H. 劳伦斯短篇小说集 *The Woman Who Rode Away and Other Stories*（1928），见 Project_Gutenberg_Australia：a treasure-trove of literature. http：// gutenberg. net. au/ebooks04/0400301h. html#13。感谢陈抒提供这条材料。

② 冯睎乾：《〈少帅〉考证与评析》，《少帅》，页243。

③ 张爱玲：《同学少年都不贱》（台北：皇冠出版社，2004），页42-45。

主流学生运动的中心。尤其是从一九七八年发表的《对现代中文的一点小意见》一文可见她在美国通过各种纸媒和电视节目对"新女权运动"有相当密切的关注与深入的了解。① 在这样的文化环境里耳濡目染，自然加剧了她的个人主义与性别意识。这方面不容忽视弗洛伊德的重要作用。对她的早期作品，夏志清早就指出"受弗洛伊德的影响，也受西洋小说的影响，这是从她心理描写的细腻也运用暗喻以充实故事内涵的意义两点上看得出来的"。② 确实如《心经》描写女孩的恋父情结③，《沉香屑——第二炉香》表现中国家庭缺乏"性教育"而导致悲剧④。再如本书第一篇所分析的"奇幻"小说等。这方面学者作了不少研究。⑤ 张爱玲对于弗洛伊德的理论驾轻

---

① 见陈子善：《说不尽的张爱玲》（上海：上海三联书店，2004），页161-163。

② 《中国现代小说史》，页342。

③ 张爱玲：《张爱玲小说集》（台北：皇冠出版社，1991），页400-443。

④ 同上，页340-382。

⑤ 如陈辉扬：《历史的回廊——张爱玲是足音》，《张爱玲的世界》，页89-101。李焯雄：《临水自照的水仙——从〈心经〉和〈茉莉香片〉看张爱玲小说中人物的自我疏离特质》，同前书，页103-127。卢正珩：《张爱玲小说的时代感》（台北：麦田出版公司，2004），页36-42，页138-164。史书美：《张爱玲的欲望街车：重读〈传奇〉》，《二十一世纪》，第24期（1994年8月），页124-134。

劳伦斯(D. H. Lawrence, 1885-1930)

《心经》许小寒与
许太太（张爱玲
插图）

《心经》许小寒与许峰仪
（张爱玲插图）

就熟,但在那些故事里基本上是暗用的,《小团圆》里则一再明言"萉洛依德"①,意味着她的情欲也随之浮出水面。一个前后对比的例子是:《小团圆》第九章写盛九莉去乡下找邵之雍,在村里听唱戏一段是根据一九四七年发表的《华丽缘》改写的,原文写戏台上"但看两人调情到热烈之际,那不怀好意的床帐便涌上前来"②,在《小团圆》中变成"生旦只顾一唱一和,这床帐是个萉洛依德的象征,老在他们背后右方徘徊不去"③。这"萉洛依德"是性欲的代词。《小团圆》第七章写九莉怀疑之雍在汉中爱上了小康小姐,很郁闷。她心中想:"他是这么个人,有什么办法?如果真爱一个人,能砍掉他一个枝干?"于是做了一个梦:

她梦见手搁在一颗棕榈树上,突出一环一环淡灰色树干特别长。沿着欹斜的树身一路望过去,海天一色,在耀眼的阳光里白茫茫的,挣不开眼睛。

① 弗洛伊德于 1920 年代初被引进中国后,有佛洛伊特、佛罗以德、福鲁德等译名,张爱玲用"萉洛依德",只有 1930 年出版的章士钊译《萉罗乙德叙传》与"萉"字有关。见张京媛主编:《中国精神分析学史料》(台北:唐山出版社,2007),页 35。

② 张爱玲:《华丽缘》,收入《余韵》(台北:皇冠出版社,1995),页 107。

③ 《小团圆》,页 264。

这梦一望而知是弗洛依德式的,与性有关。她没想到也是一种愿望,棕榈没有树枝。[①]

"如果真爱一个人,能砍掉他一个枝干?"这"枝干"指邵之雍移情别恋,另生"枝干"。梦中的"棕榈树"指涉男子的生育器官,而棕榈树没有"树枝",合乎她的"砍掉他一个枝干"的"愿望"。弗洛伊德在其名著《梦的解析》中把梦境看作性欲的投影,张爱玲据此解读九莉的梦。《小团圆》中这类欲望语言比比皆是,第三章写九莉父亲从天津搬回上海,她母亲和姑姑也从欧洲回来了。有一段涉及家中的语言禁忌,跟性有关:

> 很不容易记得她父母都是过渡时代的人。她母亲这样新派,她不懂为什么不许说"碰"字,一定要说"遇见"某某人,不能说"碰见"。"快活"也不能说。为了新闻报副刊"快活林",不知道有过多少

---

① 《小团圆》,页226。有趣的是,张爱玲的遗物中有一本"神秘的笔记簿",她把李商隐的一首《无题》中"金蟾啮锁烧香入,玉虎牵丝汲井回"这二句称作"Freudian"。冯睎乾引用弗洛伊德《梦的解析》,认为"玉虎牵丝"与女性生殖器官有关。见《在加多利山寻找张爱玲》(香港:三联书店,2020),页146-148。

麻烦。九莉心里想"快活林"为什么不叫"快乐林"？她不肯说"快乐"，因为不自然，只好永远说"高兴"。稍后看了《水浒传》，才知道"快活"是性的代名词。"干"字当然也忌。此外还有"坏"字，有时候也忌，这倒不光是二婶，三姑也忌讳，不能说"气坏了""吓坏了"。也是多年后才猜到大概与处女"坏了身体"有关。①

《新闻报》是一张大报，副刊"快活林"具鸳鸯蝴蝶派色彩，九莉的母亲与姑姑都喜欢看。"快活"会让人联想到性行为，因此她母亲把副刊叫"高兴"。这个例子反映出心理上的扭曲，这是日常发生的，所以"不知道有过多少麻烦"。不光"快活"，如"碰""干""坏"等词都是禁忌。尽管进入民国已有二十年，这个贵族之家在日常语言方面仍讲究文雅与体面，当然也包括旧时代的纲常礼教与规矩。令人警醒的是，她母亲与姑姑出过国，已经是"新派"女性，但回到家里仍旧照老一套生活。张爱玲说"她父母都是过渡时代的人"，含有一种历史意识与现代批评的视角，揭示了这一陈腐而令人窒

---

① 《小团圆》，页97。

息的家庭空间和她们的忍受或顺从的精神形态。

此时的九莉大约八九岁，开始思索、怀疑，且具反叛倾向。父亲教她背唐诗，而"她总是乘他在烟铺上盹着了的时候蹑手蹑脚进去，把书桌上那一大叠悄悄抽一本出来，看完了再去换"，"父亲买的小说有点黄色，虽然没明说，不大愿意她看"。[1] 上面说她"稍后看了《水浒传》，才知道'快活'是性的代名词"。家中缺乏性教育，九莉通过犯禁而达到自我启蒙。她自言在四岁时便有一种"怀疑一切的目光"[2]，像个"小间谍""在旁边冷眼观察大人的动静。我小时候可以算很早熟，虽然样子老实，大人的事我全知道。后来我把那些话说出来，拿姑姑和母亲都吓坏了"。[3] 的确，日常而琐碎的细节描写触及感情成长中最为隐秘的角落，所体现的心灵禁锢、创伤与欢愉皆至为深刻，给记忆留下永久的痕迹，给读者别样的历史启迪。如九莉因在母亲处住了一晚[4]，回家后因后母的责问而引起冲突，遂遭到父亲毒打与长达半年差点死去的禁闭。在幽禁的房里九莉发现弟弟在

---

① 《小团圆》，页49-50。

② 张爱玲：《对照记》（台北：皇冠出版社，1996），页10。

③ 《张爱玲私语录》，页103。

④ 张爱玲在《私语》中说在母亲处住了两个礼拜，见《流言》，页164。

给他的从堂兄的信中写道:"家姐事想有所闻,家门之玷,殊觉痛心。"①她一夜未归,在弟弟眼中好似做了下流的事,认为有玷家风。弟弟的糊涂想法说明其深受旧礼教的毒害,给她带来不小的伤害。后母责问她是因为事先没告诉父母,罪名是"不敬"。他父亲歇斯底里式狂怒则因为她先前向他提出过要跟母亲一块儿住,知道她一心要逃离这个家,而与后母直接对抗更是大逆不道。

半年幽禁之后九莉逃了出来,与母亲、姑姑一起住。《小团圆》写到有一天九莉在浴室里洗澡,母亲与姑姑在旁边议论她的身体,姑姑"不由得噗嗤一笑道:'细高细高的——!'"母亲说:"也有一种,没成年的一种。"又说:"美术俱乐部也有这种模特儿。"九莉"是第一次听见她母亲卫护的口吻,竭力不露出喜色来"。② 母亲与姑姑的对白,眼神多于语言,九莉明白在两人眼中她已发育成人,母亲用"模特儿"作比方,她暗中高兴。这种日常偶然的细节被写进《小团圆》,对于九莉的成长史来说标志着一个象征性时刻。

---

① 张爱玲在《私语》中说在母亲处住了两个礼拜,见《流言》,页129。
② 见《流言》,页142。

"怀疑一切的目光",《对照记》图四

让情欲开口，直面性，是张爱玲晚期风格的主要特点之一，对于理解九莉与她母亲、邵之雍的关系也至关紧要。这一晚期风格的形成是跟她对文学现代性的反思联系在一起的。有趣的是夏志清在《中国现代小说史》中把张爱玲的短篇小说同"英美现代女文豪如曼殊菲尔"之流相比，认为"有些地方，她恐怕还要高明一筹"。① 张爱玲确实看不上曼斯菲尔德（Katherine Mansfield，1888-1923），说她"已过时"②，又说："曼斯菲尔德小说，闺阁气相当重，她很'清丽'——清得简直像水。"③这是在五十年代之后说的，口气中含有不屑。"闺阁气"应当指描写闺阁小姐与体现淑女仪态的风格，其实张爱玲的许多早期小说也可归入"闺阁"之类。在这样的批评中已经隐含着她的风格的前后转变。她在前期小说中暗用弗洛伊德，对性事三缄其口，直至她在创作《易经》时仍然如此，而《小团圆》则突破了禁区。如写到杨露（《小团圆》中蕊秋）为她的侄女们介绍外国男朋友时说："我听见她们说要嫁给高大的人，我自己倒是有点吃惊。"又挤眉弄眼地说："冯先生不够大。嗳，女孩子家的说什

① 夏志清：《中国现代小说史》，页336。
② 《张爱玲私语录》，页22。
③ 同上，页65。

么大不大的!"琵琶(《小团圆》中九莉)"听得摸不着头脑。要个高大的男人有什么秽亵的?"[1]在《小团圆》里这一段被重写,琵琶的一句改为"听她的口气,'高大'也秽亵,九莉当时不懂为什么——因为联想到性器官的大小"。[2] 另一处是母亲来到香港探望女儿,带她去浅水湾游泳时,从水中冒出母亲的英国男友,《易经》中琵琶"自觉看见了什么禁忌的画面,自动移开了视线"。[3] 在《小团圆》中:"一撮黑头发黏贴在眉心,有些像白马额前拖着一撮黑鬃毛,有秽亵感,也许因为使人联想到阴毛。"[4]在《易经》中用"秽亵"与"禁忌",而《小团圆》中更为直白具体犹如 R 级影片,显然不宜于"闺阁"的"清丽"风格。

无法回避的是《小团圆》的真实性问题。从张爱玲与宋淇夫妇、夏志清等人的私聊可见,它无疑是一本自传,但采用小说写法,套用曾朴的《孽海花》,给每个人物使用化名。学者们对《小团圆》中的众多人名作了考索,指认盛九莉即张爱玲、邵之雍即胡兰成、卞蕊秋即张爱玲的母

---

① 张爱玲著,赵丕慧译:《易经》(台北:皇冠出版社,2010),页48。原文见 Eileen Chang, *The Book of Change* (Hong Kong: Hong Kong University Press, 2010), p. 26。

② 《小团圆》,页 145。

③ 《易经》,页 132。原文见 Eileen Chang, *The Book of Change*, p. 98。

④ 《小团圆》,页 43。

亲黄逸梵、盛乃德即父亲张志沂（1896-1953）、盛楚娣即
姑姑张茂渊（1901-1991）等，几乎无一不爽——颇如张
爱玲自己从《孽海花》中读出她祖父母的浪漫传奇而深
信不疑一样。夏志清建议她写祖父母与母亲的事，成为
写《小团圆》的重要缘起。[1] 她说："好在现在小说与传记
不明分"，这么说《小团圆》具有高度真实性，可当作自传
看，但另一方面毕竟是小说，在张爱玲与盛九莉之间隔着
层层厚薄不一的面纱，因此对书中所述的真实程度仍须
抱一种审慎态度。

　　使研究者感到困惑的是，对书中人物作"本事"搜索
可发现历史文本与小说描写存在不同程度的差异，如第
四章写到"有个二〇年间走红的文人汤孤鹜又出来办杂
志"的一段。[2] 汤是鸳鸯蝴蝶派文人周瘦鹃，一九四三年
张爱玲在他主编的《紫罗兰》杂志上先后刊登《沉香

---

　　[1] 1976 年 3 月 15 日张爱玲致夏志清信："你定做的那篇小说就是
《小团圆》，而且长达十八万字（！）。"夏志清"按语"："达十八万字的《小
团圆》初稿写就，而且已同《皇冠》、美国《世界日报》说好，由此二报刊同
时连载。爱玲以前的信上早已提到过《小团圆》，此信才点明小说是我出
的主意，它是为我'定做'的。"见《张爱玲给我的信件》，页 240-241。按：
张爱玲写《小团圆》的缘起包括以"小团圆"命名颇为复杂，为夏志清"定
做"也是一个要素。

　　[2] 《小团圆》，页 153-154。

屑——第一炉香》和《第二炉香》而声名鹊起。① 据周瘦鹃当时《写在紫罗兰前头》的叙事,张爱玲带着一封"岳渊老人"的介绍信去他家拜访,要跟他谈她的小说,他赶忙下楼,见到一位长身玉立的小姐站起向他鞠躬,然后见到她带来的小说稿子。两人谈了一个多钟头。周介绍了张如何在英文杂志上发表文章以及在香港念书快要毕业等,如一份简历。且写道:"据说她的母亲和她的姑母都是我十多年前《半月》《紫罗兰》和《紫兰花片》的读者,她母亲正留学法国归国,读了我的哀情小说,落过不少眼泪,曾写信劝我不要再写,可惜这一回事,我已记不得了。"这应当是听张爱玲说的。一周之后她再度拜访,周说她的小说"风格很像英国名作家 Somerset Maugham(按:即毛姆)的作品,而又受一些《红楼梦》的影响",张听了"心悦神服"。周又记叙了在小说发表后应邀到张居住的公寓喝茶,见到了她的姑姑,也见到她在《二十世纪》上发表的文章与插图,"不由得深深佩服她的天才"。但在《小团圆》中仅说"九莉去投稿","汤孤鹜来信说稿子被采用了",只字未提与汤的两次交谈,却津津乐道她姑姑

① 周瘦鹃:《写在紫罗兰前头》,《紫罗兰》,第 2 期(1943 年 5 月),页 1-2。参止庵:《女作家盛九莉本事》,收入沈双编:《零度看张》(香港:香港中文大学出版社,2010),页 144-147。

周瘦鹃（1895-1968）

《紫罗兰》杂志，1943

对他的好奇和她母亲当年写信给他等事情，又说请汤孤鹜来家做客是姑姑的主意，"他意会到请客是要他捧场，他又不激赏她的文字"。这么说令人诧异，也有点不公平，显然周瘦鹃对她推颂备至，说她的风格像毛姆，说她是"天才"，还是有点眼光的，而她也在其著述中再三提到毛姆，那么怎么看待《小团圆》的真实性呢？

我想最好把这部小说看作记忆之书，欲望之书。张爱玲在小说中运用弗洛伊德的心理分析方法，我们不妨以其道还治之。弗洛伊德在《达·芬奇的童年回忆》一书中对列奥纳多关于一只秃鹫落到他摇篮里的"童年记忆"作考察，指出这对他的性意识与艺术创作起关键作用，而这一"秃鹫幻想""不是被固定在经验着的那个时候，而是在后来得以重复，而且童年已经过去了的后来时刻才被引发出来；在它们被篡改和被杜撰的过程中，实现着为今后的趋势服务"。[1] "今后的趋势"指后来生活中的心理趋势，包括意志与欲望等，记忆在重复中受到这种"趋势"的制约，原初的映像被重构、被扭曲。其实弗洛伊德的看法——他的"杀父""恋母"情结的说法另当别论——有助

---

① 弗洛伊德著，刘平译：《达·芬奇的童年回忆》，收入车文博主编：《弗洛伊德文集》第四卷（长春：长春出版社，1998），页460。

西格蒙德·弗洛伊德(Sigmund Freud, 1856-1939)

于理解一般的记忆现象。

若以此来看不断重写自己过去的张爱玲,似尤富启示。她自述:"我从来不故意追忆过去的事,有些事老是一次一次回来,所以记得。"①《小团圆》中所"记得"的当属记忆中"老是一次一次回来"的事,然而在不断重复中难免走样,像《雷峰塔》与《易经》被大大压缩到《小团圆》中,哪些被筛选改写?又怎样改写?都是饶有兴味的话题。的确,张爱玲在追忆中讨生活、还文债,也在不断"寻根"与重塑自我,由上述与《易经》对照的例子可见改写凸显了性欲,由此标志着晚期风格的特征,这其实跟她对"成熟"自我的认识是分不开的。可资参读的是《张爱玲私语录》中两段话:"我倒情愿中年,尤其是 early middle age[中年初期](中国人算来是三十前后,外国人算起来迟得多,一直到五十几岁)人渐渐成熟,内心有一种 peace[宁静],是以前所不知道的。"②张爱玲历尽沧桑,中年以后仍然流离颠沛,要获得内心的宁静,须有看透世事的睿智和坚强的意志。又说:"人年纪大了,就懂得跟许多不快的回忆(咬啮性的回忆)过活,而不致令平静的心境受

---

① 《张爱玲私语录》,页93。
② 同上,页92。

太大干扰。"①看来这"平静"来之不易,她内向而孤僻,自知不能摆脱梦魇般回忆,不得不学会与之和平共处而获得"平静"。她在五十五岁写《小团圆》,所处理的正是"咬啮性的回忆",却使"平静"的水面上欲情四射、风波无限,大有树欲静而风不止之势,令人啧啧称奇。

回到有关周瘦鹃的回忆。本来《小团圆》以爱情为主题,详叙九莉与她母亲的爱恨纠缠的关系,而从姑姑口中知道她母亲"那时候想逃婚,写信给汤孤鹜"的秘密②,遂引起她的追问。汤来她家作客,九莉还指给他看墙上母亲的照片。至于她的"投稿"只是个话题引子,不必尽道其详。尽管得到过周的提携,但在她眼中他是个旧派文人,1944 年她在《自己的文章》中明确声称自己不属新派也不属旧派,次年在《姑姑语录》中因姑姑喜欢讲"狠好",张爱玲把她"归入了周瘦鹃他们那一代"。③ 这就表明她与周之间的代沟,当然包含文学品味上的差异。《小团圆》中说"有个二〇年间走红的文人汤孤鹜",也有这层意思。明乎此,说汤"又不激赏她的文字"之句正是由于

---

① 《张爱玲私语录》,页 93。

② 《小团圆》,页 153。

③ 张爱玲:《姑姑语录》,《杂志》,第 15 卷第 2 期(1945 年 5 月),页 44。此文未被收入《流言》而在 1976 年收入《张看》。

记忆的重复而产生了误差,而把话反过来说,无伤大雅地表达了她自己对周瘦鹃的疏离感。

《小团圆》书写记忆中的人和事,大多实有其人、实有其事,而具体细节如果与事实有出入,是由于记忆的误差或艺术虚构,而有些地方含心理依据,或是无意识欲望的表现。值得注意的是张爱玲一再提到弗洛伊德的"失口"概念,①《对照记》中讲她一九五五年至美国在檀香山入境时,检查员把她的身高写错,于是她"不禁憎笑——有这样粗心大意的!五呎六寸半会写成六呎五寸半。其实是个 Freudian slip(莁洛依德式的错误)。心理分析宗师莁洛依德认为世上没有笔误或说错一个字的事,都是本来心里就是这样想,无意中透露的。我瘦,看着特别高,那是这海关职员怵目惊心的记录"。② 这个职员是个"瘦小的日裔青年",大约被她的身高惊到了,这个"无意中"的"笔误"是否含有性的成分? 跟"日裔"有关? 跟"汉奸"胡兰成有关? 她的带有惊叹号的"憎笑"一词分量不轻。张爱玲在一九七六年一月二十五日致宋淇的信中说《小团圆》"是个爱情故事,不是打笔墨官司的白皮书,里

---

① 参张爱玲 1994 年 10 月 5 日致庄信正的信,言及她弟弟的记忆错误,是 a Freudian slip, wishful thinking。见庄信正:《张爱玲来信笺注》,页 206。

② 《对照记》,页 81。

面对胡兰成的憎笑也没有像后来那样"。① 这在《小团圆》最后的第十二章里也出现过，九莉听到之雍说"你这样痛苦也是好的"，"使她憎笑得要跳起来"。② 这是两人最后一次相聚，九莉终于明白之雍"就知道保存他所有"的女人，始终做着"二美三美团圆"的美梦，而这"憎笑"意味着九莉最终放弃他的决心。

《对照记》是张爱玲的临终手势，书中对"心理分析宗师萧洛依德"倍加崇敬，对 Freudian slip 的一番解释显得郑重其事，难道是递给读者一个解读她的暗示？

四、"我不能与半个人类为敌"

《小团圆》中从第四章至最后第十二章主要讲九莉与邵之雍的故事，第六章、第七章与第十一章、第十二章大段或整章插入九莉与母亲、姑姑及家族的故事。两种故事的叙事方式是不同的，前一种顺时序展开，后一种在不同时空中自由穿梭。因此九莉与之雍的爱情叙事常被切断，但发展线索首尾一贯，读者可把这恋爱过程

① 《小团圆》，页6。
② 同上，页305。

分为聚和散两截。无论是聚是散皆刺心彻骨，千转百回，在情在理，几无冗笔，不枉一场对得起自己和对方的倾城之恋，尽管情场与战场均以失败告终。

九莉与之雍相恋发生在"一见钟情"之先，富于浪漫传奇性。胡兰成在《今生今世》中说他在一九四三年读到十一月号《天地》杂志上《封锁》这篇小说，大为惊艳："笔者张爱玲，我才看得一二节，不觉身体坐直起来，细细的把它读完一遍又一遍。……我去信问苏青，这张爱玲果是何人？她回信只答是女子。我只觉世上但凡有一句话，一件事，是关于张爱玲的，便皆成为好。"[1]胡兰成随后写了《皂隶·清客与来者》一文，文中指责文坛上充斥着"皂隶"与"清客"的作品，毫无生气，而指出《天地》第二期上有几篇"泼剌"之作，特别举了《封锁》这一篇"是非常洗练的作品"。在介绍了小说情节之后说："作者在这些地方，简直是写的一首诗。""我喜爱这作品的精致如同一串珠链，但也为它的太精致而顾虑，以为，倘若写更巨幅的作品，像时代的纪念碑工程那样，或者还需要加上笨重的钢骨与粗糙的水泥的。"[2]

---

① 《今生今世》，页167-168。

② 胡兰成：《皂隶·清客与来者》，《新东方杂志》，第9卷第3期（1944年3月），页33-34。

胡兰成,《国民政府还都纪念刊》(汪伪),1940

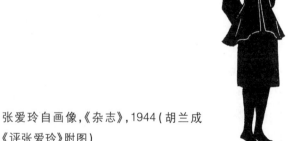

张爱玲自画像,《杂志》,1944(胡兰成
《评张爱玲》附图)

两段话不算多,但把《封锁》看作文坛未来的希望,褒扬非同一般。

十二月里胡兰成被汪伪政府逮捕入狱,次年一月获释。他即到上海见了苏青(《小团圆》中的文姬),问她要了张的住址,翌日去拜访她,没见到,在门洞里递进去一张纸条。"又隔得一日,午饭后张爱玲却来了电话,说来看我。我上海的家是在大西路美丽园,离她那里不远,她果然随即来到了。"[①]《小团圆》中之雍开始进入九莉的叙事,是九莉对她的闺蜜比比(即炎樱)说:

> "有人在杂志上写了篇批评,说我好。是个汪政府的官。昨天编辑又来了封信,说他关进监牢了。"她笑着告诉比比,作为这时代的笑话。
>
> 起先女编辑文姬把那篇书评的清样寄来给她看,文笔学鲁迅学得非常像。极薄的清样纸雪白,加上校对的大字朱批,像有一种线装书,她有点舍不得寄回去。寄了去文姬又来了封信说:"邵君已经失去自由了。他倒是个硬汉,也不要钱。"

---

① 胡兰成:《皂隶·清客与来者》,《新东方杂志》,第9卷第3期(1944年3月),页168。

九莉有点担忧书评不能发表了——文姬没提，也许没问题。一方面她在做白日梦，要救邵之雍出来。

她鄙视年青人的梦。

结果是一个日军顾问荒木拿着手枪冲进看守所，才放出来的。此后到上海来的时候，向文姬要了她的住址来看她，穿着旧黑大衣，眉眼很英秀，国语说得有点像湖南话。像个职业志士。[1]（以下出自《小团圆》仅标页码）

照胡兰成的说法是隔了一天张爱玲来见了他。细节差异还有：比比来九莉的公寓是在十一月，那时胡还没有被捕入狱，说"关进监牢"与时间不合。《今生今世》在描写未见张之前的爱慕之心如上述"关于张爱玲的，便皆成为好"。或见到《天地》第四期上张爱玲的照片就感到"一回又一回傻里傻气的高兴"。或见到她之后"张爱玲的顶天立地，世界都要起六种震动"之类[2]，不无夸饰意味。《小团圆》是小说笔法，与她以前的写法很不同，句式像散文诗，以九莉的内心叙事为主，视角

[1] 《小团圆》，页163。
[2] 《今生今世》，页168。

多变而跳跃,远较胡兰成的记述层次丰富,画面错落而韵味悠长。在九莉跟比比谈到之雍之前有一段心理铺垫,说她晚上在一个山东人摊头上买蟹壳黄,被摊主多看了两眼,自己心虚起来:"二十二岁了,写爱情故事,但是从来没恋爱过,给人知道不好。"(页162)九莉是沪上当红头牌女作家,这句独白表示她渴望恋爱的心理。她说"这时代的笑话"看似轻描淡写,语带讽嘲,实际上她内心颇为震荡。胡兰成在《今生今世》里说到他在狱中的时候,张爱玲曾和苏青一起去见过周佛海(1897-1948),想法搭救他。

《小团圆》没提这件事,却用印象拼贴的手法表现了九莉的爱才惜才。她对那清样"有点舍不得寄回去","一方面她在做白日梦,要救邵之雍出来"。这些描写含蓄而深情,又说他"像个职业志士","文笔学鲁迅学得非常像","是个硬汉",勾画出她心目中偏锋才俊的偶像,而"荒木拿着手枪冲进看守所"极富戏剧性与画面感。的确,无论这是一段奇缘抑或孽缘,当事人书写数十年前的初遇情景仍怦然心动,虽然工拙虚实不能同日而语。

在二十世纪四十年代的魔都,两人似一对乱世文妖如彗星闪过。一个是不惮以复古的奇装异服惊世骇俗的贵胄才女,一个是言必称鲁迅的异类"左派",与汪精卫政见不合而丢了官。大约是一种倨傲的个人主义使两人碰在一起，于是迅疾擦出爱的火花。

情窦初开的九莉对之雍崇拜得无以复加。《今生今世》中写到张爱玲把那张登在《天地》中的照片给了胡兰成，背后题："见了他，她变得很低很低，低到尘埃里，但她心里是欢喜的，从尘埃里开出花来。"[1]《小团圆》没这个题词，而说之雍天天来，"他走后一烟灰盘的烟蒂，她都拣了起来，收在一只旧信封里"。"她崇拜他，为什么不能让他知道？"改天"他临走她顺手抽开书桌抽屉，把装满了烟蒂的信封拿给他看。他笑了"。（页165）在两人定情后，热烈未减分毫："她狂热的喜欢他这一向产量惊人的散文。他在她这里写东西，坐在她书桌前面，是案头一座丝丝缕缕质地的暗银雕像。""晚饭后她洗完了碗回到客室的时候，他迎上来吻她，她直溜下去跪在他跟前抱着他的腿，脸贴在他腿上。"（页228）本来张爱玲写《小团圆》起因于朱西宁（1926–1998）要写她的传记，恐怕他会照着《今生今世》的路子张扬她与胡兰成的绝世情缘。但是《小团圆》中关于九莉五体投地的深情描写较《今生今世》有过之而无不及，难怪宋淇看了之后说"等于

---

[1]　《今生今世》，页172。

肥猪送上门"，胡兰成将"借此良机大出风头"。①

　　九莉"一直觉得只有无目的的爱才是真的"。（页165）她不管他做什么，也不管他是有妇之夫，小报上说她跟之雍好，"她也恨不得要人知道"，说她"甘心作妾"也不在意。② 只要能和他在一起，瞬间的美好便是天长地久：

---

　　①　《小团圆》，页12。

　　②　小报《精华》上有一篇《张爱玲写信给胡兰成说"愿为使君第三妾"》的文章，说某天胡兰成之妻应瑛娣在兆丰公园看到胡、张两人亲热谈话，她"便跑上前去，不问三七廿一，举手向张爱玲要打耳光，所幸胡兰成眼快，连忙站起来，一记耳光打中在他的脸上"。（《精华》，第1卷第11期，1945年，页4）《小团圆》第五章中有一段叙述："昨天当场打了他一个嘴巴子，当然他没提，只说：'换了别人，给她这么一闹只有更接近，我们还是一样。'"接着说："九莉偏拣昨天去穿件民初枣红大围巾缝成的长背心，下摆垂着原有的绒线排总穗，罩在孔雀蓝棉袍上，触目异常。他显然对她的印象很坏，而且给他丢了脸。她不禁怃然。本来他们早该结束了。但是当然也不能给他太太一闹就散场。太可笑。九莉对她完全坦然，没什么对不起她。并没有拿了她什么，因为他们的关系不同。"（页182-183）从上下文看，前面说九莉与比也去徐衡家看画，发现之雍在那里。两人看完画告辞，主人与之雍送了她们出来。她在穿堂里看见太太们在搓麻将。第二天从之雍口中知道其中之一是其妻，"她是秦淮河的歌女"即应瑛娣。九莉"回想起来，才记得迎面坐着的一个女人怒容满面。匆匆走过，只看见仿佛个子很高，年纪不大"。但根据"昨天当场打了他一个嘴巴子""当然也不能给他太太一闹就散场。太可笑"等语，九莉应当在场，却跟她离开徐家的叙述不合。所以怀疑这一段与小报上关于张、胡在兆丰公园的传说有关。

她觉得过了童年就没有这样平安过。时间变得悠长，无穷无尽，是个金色的沙漠，浩浩荡荡一无所有，只有嘹亮的音乐，过去未来重门洞开，永生大概只能是这样。这一段时间与生命里无论什么别的事都不一样，因此与任何别的事都不相干。她不过陪他多走一段路。在金色梦的河上划船，随时可以上岸。（页172）

两人有说不完的话，多半是九莉听之雍的，关于他的"和平运动"、他的整套宏大救国理论，九莉都不去听他。"但是每天晚上他走后她累得发抖，整个的人淘虚了一样"。（页166）她沉醉于"这一段时间"，和任何别的"都不一样""都不相干"，或即爱的魔力吧，说是乌托邦大同世界也不过如此。她的眼前一片"金色的沙漠"，所有生命中过去的幽暗阴影皆一扫而光。

九莉与之雍的恋爱过程，从互相倾心、好莱坞式的俏皮话斗嘴、欲拒还迎的反话到"为伊消得人憔悴"的小别重逢，与一般世俗的恋爱没什么两样，感情、精神与物质一样不少。听九莉随口说赚稿费是为了还母亲的债，之雍就带来了大笔的钱。关系进了一层，可以留他在家里吃饭了。为了消除她的疑虑，他登报郑重声明与妻妾离婚。由此谈婚论嫁,私定终身,一纸婚约写上"岁月静好,现世安稳"(页253)——堪称最经典的姻缘盟词,两人婚缔盛传于大报小报。这发生在一九四四年八月,张爱玲的《传奇》也在此时出版,题词曰:"书名叫《传奇》,目的是在传奇里面寻找普通人,在普通人里寻找传奇。"[1]其实《小团圆》或可读作她对"普通人"的自我诠释,九莉的身体感受也真切而细腻,一步步有章可循,大可给青年男女当作恋爱手册。如之雍吻她时"可以感觉到他袖子里的手臂很粗"。尽管他的舌尖像个"干燥的软木塞""伸到她嘴唇里",九莉想道:"这个人是真爱我的。"(页167)(《色,戒》里的王佳芝为这句话送了命)有一天她坐在他膝盖上,突然感到"狮子老虎掸苍蝇的尾巴""在座下鞭打她"(页174),几乎花容失色,不过是一时之窘,此后的描写就由"身"到"性"进入肌肤之亲的阶段了。

好景不长,十一月里之雍去了武汉。"他去华中后第一封信上就提起小康小姐。"她是个"看护才十六岁,人非常好,大家都称赞她,他喜欢跟她开玩笑"。(页223)九莉

---

[1] 参陈子善:《〈传奇〉初版签名本笺证》,收入《沉香谭屑——张爱玲生平与创作考释》(上海:上海书店出版社,2012),页3-11。

凭第六感觉就觉得其中有蹊跷。照她的回顾："从这时候起，直到二次世界大战结束，有大半年的工夫，她内心有一种混乱，上面一层白蜡封住了它，是表面上的平静安全感。"（页241）造成她内心"混乱"的不仅是"小康小姐"，主要是之雍的花心。第七章中九莉发觉自己"天真得不可救药。一直以为之雍与小康小姐与辛巧玉没发生关系"。（页223）这句话总括了此后至《小团圆》终点的叙事，详述两年间她与之雍分手的经过。二战结束，他改名潜逃，在温州乡下隐匿，半年后九莉去探望，发觉他不愿与小康割断，并且已经与当地女人辛巧玉同居。

这好像一次探案，小康小姐与辛巧玉是她最终结案的证据。的确"她不过陪他多走一段路。在金色梦的河上划船"，但"随时可以上岸"说得轻巧。这也是一场爱的探险之旅，炼狱般历经九溪十八涧，描写九莉的种种试探、痛楚、纠结、原谅与决绝的心理过程，终于醒悟："一条路走到了尽头，一件事情结束了"（页277），才与之雍作了不失为有情有义的了断。这期间对于九莉，"那痛苦像火车一样轰隆轰隆一天到晚开着，日夜之间没有一点空隙。一醒过来它就在枕边，是只手表，走了一夜"。（页274）她最终"坚强起来"而走出"灵魂的黑夜"(页274),像她姑姑说的"到底还是个平凡的女人"(页276)。的确,小说写九莉的感情,与其说是作家回忆录,毋宁说是更具普适意义的现代女性的成长史,与谢冰莹的《女兵日记》之类现代巾帼英雄的传奇大异其趣。

张爱玲在写《小团圆》时给夏志清的信中说:"三十年不见,大家都老了——胡兰成会把我说成他的妾之一,大概是报复。因为写过许多信来我没回信。"①三十年之后仍计较于妻妾名分之争,令人悲哀。这确是张爱玲的心结,涉及性别权力关系,也是两人悬而未决的问题。九莉是一厢情愿,明知之雍有妻妾,也跟文姬有关系,她不计较,然而当他提出要跟她结婚时,她马上觉得:"不离婚怎么结婚?"这反应挺正常,不过她还是天真,与之雍立下一纸婚约,既无法律约束,也未公之于众。本来要办喜事,因时局而延宕,接着之雍去了华中。他回来在九莉面前对小康小姐赞不绝口,她感到痛苦,"一面微笑听着,心里乱刀砍出来。砍得人影子都没有了"。(页235)在之雍看来,九莉"还是爱人,不是太

① 张爱玲1975年12月10日致夏志清的信,见《张爱玲给我的信件》,页234。

太"(页 244)①,他说她可以作为"家属"去华中,怎么能去呢?"连她也知道家属是妾的代名词。"(页 233)她明白这一纸婚约不作数,三十年之后张爱玲担心他会把她说成"他的妾之一",就是因为两人欠个正式夫妻的名分。

张爱玲对爱情与婚姻的态度吊诡而复杂。她相信无目的的真爱,尽管现实生活中这存在于诗意的幻觉中,她始终不渝,三十年之后仍声称"爱就是不问值得不值得"。② 在六十年代她将艾米莉·勃朗特(Emily Bronte,1818–1848)的《咆哮山庄》(Wuthering Heights)改编为电影剧本《魂归离恨天》③,表现了爱情"如死一般强"的悲剧性伟大力量。然而她对婚姻有戒心,因它易使爱情流于形式上的装饰。在《鸿鸾禧》中对女儿婚嫁之喜的描绘掺杂死亡的阴影④,在《红玫瑰与白玫瑰》中婚

---

① 关于这一点,胡兰成在叙及与小周的关系时说:"我因为与爱玲亦且尚未举行仪式,与小周不可越先,且亦顾虑时局变动,不可牵累小周。"见《今生今世》,页 236。

② 张爱玲:《惘然记》,见《惘然记》(台北:皇冠出版社,1991),页 4。

③ 张爱玲:《魂归离恨天》,收入《续集》,页 155–213。《咆哮山庄》在内地一般译为《呼啸山庄》。

④ 《鸿鸾禧》,《张爱玲小说集》(台北:皇冠出版社,1991),页 39–56。

姻是社会成规的牺牲品①。却又不能一概而论,《倾城之恋》中在香港沦陷之际范柳原回归真情②,不再视婚姻为"卖淫";白流苏以婚姻为归宿,最终如愿以偿。婚姻是文明的产物与构件,流苏梦中的那堵墙便是文明延绵的象征,战争带来毁灭也带来创造,无不遵循文明的逻辑。张爱玲宁可让战争成全流苏与柳原,营造了一个婚姻与爱情统一的传奇,可说是以女性立场表达了对文明的礼赞。更为含蓄的是一九四五年发表的《留情》③,那是在她与胡兰成私立婚书之后,小说开头图示般描述结婚证书似非偶然。男女主人公各自经历了感情的沧桑,各取所需走到一起,谈不上真情。作家以微温细讽的笔调描写他们的"相爱",虽如夕阳留情,未尝不是一种可珍惜的人生。张爱玲兼有勃朗特与奥斯丁(Jane Austen, 1775–1817)之长,因其对人生有一种广大而透彻的理解。

"生在这世上,没有一样感情不是千疮百孔的"④,《留情》最后这句话不幸成为九莉与之雍的写照。她相信他是真的一心一意,但到了温州发觉他身边有个犹如妻

---

① 《红玫瑰与白玫瑰》,《张爱玲小说集》,页57–108。

② 《倾城之恋》,《张爱玲小说集》,页203–351。

③ 《留情》,《张爱玲小说集》,页13–38。

④ 同上,页38。

室的辛巧玉。他也不隐瞒,在给她的信里描绘他跟巧玉同枕共寝的色情细节,并自嘲云:"我的毛病是永远沾沾自喜,有点什么就要告诉你,但是我觉得她其实也非常好,你也要妒忌妒忌她才好。"(页278)之雍潜回上海与九莉最后一次相聚,终于承认与小康小姐确有过肉体关系,且出示她的照片。九莉表示痛苦,他说:"你这样痛苦也是好的。""是说她能有这样强烈的感情是好的。又是他那一套,'好的'与'不好',使她憎笑得要叫起来。""憎笑"是愤怒的笑,对他近乎变态的坦诚忍无可忍,九莉遂明白:"他完全不管我的死活,就知道保存他所有的。"对他来说什么都是"好的",哪怕"不好"也是"好",她寻思这是怎样的一种"动物多于习惯"的疯狂逻辑。(页305)到后来,"她再看到之雍的著作,不欣赏了。是他从乡下来的长信中开始觉察的一种怪腔,她一看见'亦是好的'就要笑。读到小康小姐嫁了人是'不好',一面笑,不禁皱眉,也像有时候看见国人思想还潮,使她骇笑道:'唉!怎么还这样?'"(页324)她看透这种"怪腔"原来是戴着菩提面具的自我膨胀,所谓"国人思想还潮"是指他的"三美团圆"的梦想。

《小团圆》中再三提到"三美团圆",这是张爱玲在与胡兰成绝情之后逐渐形成的一种批判性话语。据高全之的研究,在一九五一年的《小艾》中已有对于"多妻主义"的批判。① "小团圆"相对于"大团圆"而言,指初合终分。宋淇在一九七六年三月二十八日给张爱玲的信中谈到《小团圆》:"我知道你的书名也是 ironical 的,才子佳人小说中的男主角都中了状元,然后三妻四妾个个貌美和顺,心甘情愿同他一起生活,所以是'大团圆'。现在这部小说里的男主角是一个汉奸,最后躲了起来,个个同他好的女人都或被休,或困于情势,或看穿了他为人,都同他分了手,结果只有一阵风光,连'小团圆'都谈不上。"②宋淇认为"小团圆"对胡兰成含讽刺之意,对此张爱玲没表示反对。然而她在一九九一年八月十三日给邝文美(1919-2007)、宋淇的信中说:"我是竹节运,幼年四年一期,全凭我母亲的去来分界。四期后又有五年的一期,期末港

---

① 高全之在《多妻主义的鼓吹与抵制:从儿女英雄传到小艾》一文中认为《儿女英雄传》以多妻主义的伦理幻想来讨好男读者,教化女性读者。《小艾》正面迎击,洪声亮嗓为警钟与善劝,打碎女性对多妻主义的过度期望"。收入《张爱玲学》(台北:麦田出版公司,2011,增订二版),页152。

② 宋以朗编:《张爱玲往来书信集 I》(台北:皇冠出版社,2020),页301。按:在《小团圆》中此信日期为 1976 年 4 月 28 日,见页11。与此有关的是 1953 年宋淇、邝文美夫妇用一本牙牌签书为她求卦,得到"但得铜仪逢朔望。东西相对两团圆"之语,与"小团圆"书名关系不大。

战归来与我姑姑团聚作结。几度小团圆，我想正在写的这篇长文与书名就都叫《小团圆》。"①如果"小团圆"兼指与母亲和胡兰成，也合乎张爱玲命名双关的特点。

值得注意的是张爱玲在一九五六年作英文短篇小说"Stale Mates"，发表在美国《记者》(*The Reporter*)杂志上，次年译成中文《五四遗事》，副标题"罗文涛三美团圆"，在夏济安主编的台北《文学》杂志上刊出。英文原名一如张氏故技，语含双关，意谓"旧时伴侣"，她自译为"老搭子"，合起来 Stalemate 也是"僵局"的意思。故事讲罗文涛在杭州教书，先后与两个太太离婚，与他真爱的密斯范结婚，后来在旁人撺掇下又把两个太太一一接回来，于是一家"三美团圆"皆大欢喜。结尾说："这已经是一九三六年了，至少在名义上是个一夫一妻的社会，而他拥有三位娇妻在湖上偕游。"②显然这是在讽刺罗文涛，其原型应当是胡兰成，说明中国现代知识分子在爱情与婚姻方面并没有与旧传统决裂，显出新文化运动的不彻底性。

---

① 宋以朗编：《张爱玲往来书信集Ⅱ》(台北：皇冠出版社，2020)，页472。

② 张爱玲：《五四遗事》，《续集》，页84。

这对"五四"有点冤枉①,不过从胡适、鲁迅等人的爱情与婚姻的例子看也不算太冤枉。张爱玲多处言及"五四",涉及具体语境而意涵复杂,不像五十年代之后国内教科书所讲的那样②,这里针对胡兰成,因他以"左派"自居,在《五四以来中国文艺思潮》一文中称颂"鲁迅的文学生涯,是中国现代文艺思潮最完整的代表"③,俨然自视为"五四"的代言人。之雍在九莉面前把他俩同鲁迅与许广平(1898-1968)或汪精卫(1883-1944)与陈璧君(1891-1959)作比较。(页172)《五四遗事》表明她把胡兰成的"三美团圆"理想看作一种文化现象,且把它拎到现代思想史高度加以清算,以卫护"一夫一妻"制的姿态

① 高全之认为"五四遗事"指"发生于五四以后的事",而非"五四造成的事"。见高全之:《林以亮〈私语张爱玲〉补遗》,《张爱玲学》,页418。按:"遗"不足以"以后"解,与遗留、遗忘、遗产有关,此文从反思爱情、婚姻问题谈"五四",因此"遗事"可理解为"五四"的遗产或"五四"所遗留的问题。这也符合张爱玲讲究命名的习惯。张爱玲在1956年2月10日致邝文美、宋淇的信中说:"我写了一个短篇小说'Stale Mates',就是我告诉过Mae说一直想写的《五四遗事》,写出来偏于讽刺滑稽,惆怅的情绪少,大概是因为外国人对于我们五四的传统没有印象,我又觉得不能加上太多的解释,因为这故事宜短不宜长。"见《张爱玲书信往来集Ⅰ》,页37。

② 参高全之:《那人正在灯火阑珊处:张爱玲如何三思"五四"》,见《张爱玲学》,页425-436。

③ 胡兰成:《五四以来中国文艺思潮》,《上海艺术月刊》,1942年第9期,页163。

在她与胡之间画出一条现代与传统的鸿沟。并非偶然，《小团圆》里最后一次九莉与之雍在上海分别前，"次日一大早之雍来推醒了她。她一睁开眼睛，忽然双臂围住他的颈项，轻声道：'之雍。'他们的过去像长城一样，在地平线上绵延起伏。但是长城在现代没有用了"。（页306）以"长城"比喻他们的爱情，被归到旧传统里了。

《小团圆》第九章中九莉去乡下见之雍之前看了一场戏，是根据《华丽缘》节缩改写的，台上演出一个小生已与一个小姐订婚，上京赶考途中又认识了另一个小姐，最后金榜题名，由是"考中一并迎娶，二美三美团圆"之句，即点明"三美团圆的公式"在旧文化中司空见惯，但《华丽缘》中并没有这句话，是写《小团圆》时添加的。小说中写到九莉对之雍产生不信任后的微妙变化。如之雍谈到他的同事虞克潜，说他"良心坏，写东西也会变坏的"。九莉"知道是说她一毛不拔，只当听不出来。指桑骂槐，像乡下女人的诅咒。在他正面的面貌里探头探脑的泼妇终于出现了"。（页272）另一回之雍问郁先生比比是否漂亮，郁说漂亮，之雍笑道："那你就去追求她好了。"九莉"听着也十分刺耳，心里想'你以为人家有说有笑的，就容易上手？那是乡下佬的见解'。又觉得下流，凑趣，借花献佛巴结人"。（页302）这些地方见出之雍的粗鄙，当他头上的神光褪去，在九莉眼中便像"乡下女人"或"乡下佬"，这里蕴含传统与现代的文化差异，无意中透露出九莉受过西式教育的都市淑女身份。

最触目惊心的是之雍逃亡前与九莉的房事描写，他不顾她身体的痛楚，欲念无休：

> 泥坛子机械性的一下一下撞上来，没完。绑在刑具上把她往两边拉，两边有人很耐心的死命拖拉着，想硬把一个人活活扯成两半。
>
> 还在撞，还在拉，没完。突然一口气往上堵着，她差点呕吐出来。
>
> 他注意的看了看她的脸，仿佛看她断了气没有。

（页257）

那种"呕吐""断了气"的感觉，含蓄表现了两人形同一体其实已经情如参商的情状，甚至写到九莉顿生恶念："厨房里有一把斩肉的板刀，太沉重了。还有把切西瓜的长刀，比较伏手。对准了那狭窄的金色背脊一刀。他现在是法外之人了，拖下楼梯往街上一丢。看秀男有什么办法。"当然她没这么做，因为觉得"为他坐牢丢人出丑都不犯着"。（页257）

五、"人生往往是如此——不彻底"

除了九莉与之雍之外,《小团圆》的另一主角是卞蕊秋,即九莉的母亲。这两人对九莉来说皆痛彻心扉,生死攸关:"她是最不多愁善感的人,抵抗力很强。事实是只有她母亲与之雍给她受过罪。那时候想死给她母亲看:'你这才知道了吧?'对于之雍,自杀的念头也在那里,不过没让它露面,因为自己也知道太笨了。之雍能说服自己相信随便什么。她死了他自有一番解释,认为'也很好',就又一团祥和之气起来。"(页276)除了之雍,蕊秋给九莉受过什么"罪"以致要死要活?蕊秋的戏份比之雍多,张爱玲在结构上作了调整,不像《雷峰塔》从小时候讲起,而截自《易经》从母女俩在香港重逢开始,第四章叙述九莉回到上海后与之雍发生恋爱,而将她幼年之后的成长情节穿插到第三、第六等各章中,最后两章以九莉与之雍绝情及蕊秋再度出国为高潮,揭示"小团圆"主题,其中"钱"扮演了不可或缺的角色,因此整部小说也可说是九莉还债的故事。

九莉记得四岁时看蕊秋整理行李准备远赴欧洲,

四五年后回来,九莉对她是生母一事几乎没有概念。那天蕊秋带她逛街,在过马路时突然抓住她的手,"九莉没想到她手指这么瘦,像一把细竹管横七竖八夹在自己手上,心里也很乱。在车缝里匆匆穿过南京路,一到人行道上蕊秋立刻放了手。九莉感到她刚才那一刹那的内心的挣扎,很震动。这是她这次回来唯一的一次形体上的接触。显然她也有点恶心"。(页91-92)这段描写表现了母女感情上的疏隔与九莉的敏感。母亲是新派女性,因为被迫嫁到旧朝显赫的盛家而深感痛苦。丈夫盛乃德吃喝嫖赌抽鸦片,完全是败家子作风,母亲为了逃避借口留学出国,由乃德的妹妹(九莉的姑姑)作陪,丢下九莉与弟弟九林,在孩子心头留下永久难以驱散的阴影。

九莉是心向母亲的,八岁时母亲与姑姑从欧洲回来,九莉觉得"她母亲比从前更美了"(页123),"九莉现在画小人,画中唯一的成人永远像蕊秋。纤瘦、尖脸,铅笔画的八字眉,眼睛像地平线上的太阳,射出的光芒是睫毛"(页89)。母亲喜欢在吃饭时讲"营养学",在饭后"训话","受教育最要紧,不说谎,不哭,弱者才哭,等等"。听到母亲说"我总是跟你们讲理,从前我们哪像这样?给外婆说一句,脸都红破了,眼泪已经掉下来了",九莉"有点起反感,一个人为什么要这样怕另一个人,无论是谁?"(页82)她从小养成孤僻、怀疑与倔强的性格,对这些她母亲并不理解。

母亲与姑姑搬出去住,九莉听母亲说"我跟你二叔离婚了",她含笑道:"我真高兴。"觉得"家里有人离婚,跟家里出了个科学家一样现代化"。(页93-94)这也意味着九莉的叛逆倾向。后来她与后母发生冲突,被父亲毒打、禁闭。她从家里逃出跟母亲一起住,当然带来经济负担,"九莉知道蕊秋这一向钱紧"(页132),很愧疚纠结,"她怕问蕊秋拿公共汽车钱,宁可走半个城,从越界筑路走到西青会补课"(页133)。的确,母女都像鲁迅说的"出走"后的娜拉,都是回不去的。时值三十年代,女性的社会地位和经济独立仍不乐观。九莉快十八岁了,父亲坐吃山空,后母想把她嫁出去。蕊秋用自己的钱出国留学,回来所剩无几了。她想通过亲戚疏通让九莉回去,见她不愿意就作罢,再说对她父亲来说可以赖掉一笔教育费,她后母说"九莉的妈是自搬砖头自压脚"(页139),这是乐得不管的风凉话。

这是母女俩在一起最长的时段,性格不合磕磕碰碰。女儿笨手笨脚,蕊秋说:"照你这样还想出去在社会上做人?"九莉会顶嘴,蕊秋生气说:"你反正总有个理!"（页136）九莉病了，蕊秋为什么事发怒说："反正你活着就是害人，像你这样只能让你自生自灭。"（页149）不过也不乏温馨的时候。有一回母亲节，九莉买回一朵芍药花，发现花蒂断了，她魂飞魄散，怕又要听两车责备的话，不料蕊秋说："不要紧，插在水里还可以开好些天。""蕊秋的声音意外的柔和。她亲自去拿一只大玻璃杯装了水插花，搁在她床头桌上。花居然开了一两个星期才谢。"（页134）尽管她手头紧，朋友劝她："留着你的钱，你不要傻!"她还是决定给九莉去英国留学，一边抱怨："是我的朋友都觉得我不应当让你念书。不是我一定要你念，别的你又都不会。"她关切女儿的前途："人家都劝我，女孩子念书还不就是这么回事。"念书的出路还不是嫁人？又觉得："但是结了婚也还是要有自立的本领，宁可备而不用。"（页137）她觉得女儿并不漂亮："人相貌是天生的，没办法，姿势动作，那全在自己。"（页134）教她如何留心讲究"姿势动作"。

九莉说："我要把花的钱赚回来，花的这些钱我一定要还二婶的。"（页137）要还母亲钱？听上去怪怪的。其实在这个旧式家庭里蕊秋与楚娣做事新派，颇有"家庭革命"的意味。尽管盛家祖辈声名煊赫，"楚娣更不提这些事，与蕊秋一样认为不民主"。（页120）在经济上两人"亲兄弟，明算账"。（页294）九莉"也是从小养成的一种老新党观点，总觉得动不动疑心人家，是顽固乡气不大方"。（页139）"九莉给她母亲从小训练得一点好奇心都没有"（页237），此即所谓"privacy cult"（隐私至上），是尊重个人隐私，也尊重别人的意思。蕊秋与乃德通过协议离婚，条款特别规定父亲要负责九莉的教育，且要送她出洋留学。九莉知道这给母亲带来额外负担，因此说要还钱，"她像不听见一样"（页137），也没说不要还。九莉虽然感恩，但还钱带来精神压力，且她特自尊而听不起话，因此爱恨交加，那天在屋顶上心想："蕊秋好起来这样好，相形之下，反而觉得平时实在使人不能忍受。"这里写到上文提到"想死给她母亲看"的句子："她想到跳楼，让地面重重的摔她一个嘴巴子。此外也没有别的办法让蕊秋知道她是真不过意。"（页145）

《小团圆》第一章叙述蕊秋去香港看九莉，母女俩分别不久，但九莉眼中的母亲变得放浪起来，她在学校里是"苦学生"，而蕊秋住在浅水湾的奢豪饭店里。她带九莉去游泳，有意让她见识她的年轻英国男友，结果被他举报，差点被当作间谍。最使九莉气愤的是她给蕊秋看安竹斯教授给她的八百元奖学金,母亲怀疑她与安竹斯有暧昧关系,遂伤透九莉的自尊,而且拿了这八百元就赌钱输掉了。[①] 这件事对九莉造成极大刺激,"自从那八百港币的事之后,对她母亲态度极度淡漠"。(页77)

九莉回到上海后,惊骇地听姑姑说蕊秋"不知道打过多少胎"(页193),最初一次打胎是与乃德离婚前与简炜的一段"悲剧性"恋情。姑姑又说:"还有马寿。还有诚大侄侄。二婶这些事多了!"(页194)其实小说里已有蛛丝马迹可寻,有一回蕊秋忽然笑道:"乃德倒是有这一点好,九林这样像外国人,倒不疑心。其实那时候有那教唱歌的意大利人……"(页83)难道九林不是乃德生的? 又联系到她在屋顶上想跳楼的那个下午,蕊秋在客厅里招待客人,"吃下午茶的客人走后,她从屋顶上下来,不知道怎么卧室里有水蒸气的气息,床套也像是草草罩上的,没拉平,一切都有点零乱"。(页196)岂非淫乱的暗示? 还有布丹大佐,还有范斯坦医生,"原来她那次生伤寒症,那德国医生是替她白看的!"(页195)

---

① 据黄心村教授考证,安竹斯即《烬余录》中的佛朗士,英文名 Norman Noole France,1931 年起在香港大学任历史系讲师。见《寻找佛朗士:张爱玲的历史课》,《明报月刊》,2020 年第 11 期,页 17-25。

祈祖尧神父、佛朗士、陈寅恪，1941 年香港大学中文系师生合影（黄心村提供）

这些描写或令读者骇怪。张爱玲把她母亲写得如此不堪，绝对背离中国人的伦理，当然我们不能规定她该不该写什么，她自有写作伦理在。毕竟《小团圆》是一部自传体小说，卞蕊秋与黄逸梵，或者盛九莉与张爱玲，真实与虚构之间的界限都值得讨论。从自传方面说，张爱玲追求"真实"，"从来不敷衍人，如果不以为然，顶多不作声，不作违心之论"。[①] 小说里的九莉"也许太澈底了，不光是对她母亲"（页 292），或是张爱玲对她自己、对世界都"也许太澈底了"？从历史角度看，《小团圆》描述了母女两代娜拉的遭遇。九莉逃离她深感"恐怖"的父亲而与母亲在一起，蕊秋说："我知道你二叔伤了你的心——""九莉猝然把一张愤怒的脸掉过来对着她"，在心里叫喊着："二叔怎么会伤我的心？我从来没爱过他。"（页 138）正是为了"爱"，母亲做出牺牲而让九莉完成她的教育。弟弟也想依靠母亲，她以"无后为大"为由让他跟父亲在一起，可见她对九莉出自一种女性的同情。然而当九莉步入成人世界，却处处发现蕊秋的人格分裂。她"总是最反对发生关系"（页 193），自己却浪漫风流；她教九莉从小自立，又以为

---

① 《张爱玲私语录》，页 101。

其出路无非是嫁人，口头上尊重隐私，却一再"窥浴"揣度她是"处女"还是"少女"。因此九莉心目中母亲的偶像渐渐倒塌。的确，蕊秋的新派是一种表面的形似，可以依靠家产与美貌而放达风流，却踏着"三寸金莲横跨两个时代"①，在"现代"的门槛前徘徊不前。九莉则一无所有，自小没得到母爱，又欠她的债，因此她对蕊秋的揭露看似残酷，却显示出她如何负载着心理创伤与经济压力而走向独立自主的义无反顾的姿态，矗立起为女性立则的现代伦理。"人生往往是如此——不彻底。"②在张爱玲早期小说中即有这样的感慨。《小团圆》中九莉向蕊秋与之雍所还的是"爱"之债，而这部自传小说的创作本身也是对自我与文学的清算行为，其中含有某种"现代性"焦虑，在中国现代思想语境里与夏志清所说的"情迷中国"——知识分子"感时忧国"的精神暗度陈仓，而对其"彻底"追求的程度大约只有鲁迅方可比拟，虽然张爱玲终究是从女性立场出发的。

这么说似有褊狭之嫌。张爱玲从来不从概念出发，占据她的文学前台的始终是"普通人"。九莉是个"平凡

① 《对照记》，页20。
② 张爱玲：《沉香屑——第二炉香》，《张爱玲小说集》，页341。

的女人",是个"彻底"意义上的"人"。蕊秋在香港见了九莉之后,去了新加坡与等她多年的劳以德在一起,碰上战乱,劳以德被打死,蕊秋乘难民船去了印度,曾做过尼赫鲁(Jawaharlal Nehru,1889-1964)的两个姐妹的社交秘书,又在马来亚住过一阵,这次回家显得苍老而落魄,连亲友都瞧她不起。九莉把蕊秋为她的花费折合成二两金子还给她,她坚决不要。这一大段蕊秋哭泣而九莉沉默的描写,令人鼻酸。蕊秋以为还钱意味着断绝母女之情,又哭道:"我那些事,都是他们逼我的——"为自己辩解似的在乞求女儿的同情。此时的九莉五内翻腾。"'她完全误会了,'九莉想,心里在叫喊,'我从来不裁判任何人,怎么会裁判起二婶来?但是怎么告诉她?不相信这些?'"又觉得:"就这样不也好?就让她以为是因为她浪漫。作为一个身世凄凉的风流罪人,这种悲哀也还不坏。但是这可耻的一念在意识的边缘上蠕蠕爬行很久才溜了进来。"(页288-289)事实上这一幕在《易经》中是蕊秋在香港看九莉之时[1],《小团圆》中则发生在最后两人在上海,这么挪移显然是为了制造戏剧性高潮。蕊秋在软弱中显出母性之爱,正是她没接受

---

[1] 《易经》,页141-145。

这二两金子,使得九莉能够转过来还给之雍。对于熟悉好莱坞桥段的张爱玲来说,如果在这里写成母女俩抱头痛哭,前嫌尽释,必能大快人心,满足读者的心理期待,但是九莉所表现的是冷漠:"她不是没看见她母亲哭过,不过不是对她哭。是不是应当觉得心乱? 但是她竭力搜寻,还是一点感觉都没有。"(页288)她"知道自己不对,但是事实是毫无感觉,就像简直没有分别。感情用尽了就是没有了"。(页195)

对沉默中的九莉的一段描写耐人寻味:"反正只要恭顺的听着,总不能说她无礼。她向大镜子里望了望,检查一下自己的脸色。在这一刹那间,她对她空蒙的眼睛、纤柔的鼻子、粉红菱形的嘴、长圆的脸蛋完全满意。九年不见,她庆幸她还是九年前那个人。"(页289)与《易经》里这一段不同①,特意加上"九年前",就是九莉逃离父亲而与蕊秋一起的时候,九莉为自己感到"庆幸",是指她已经能靠写作自主自立,既对蕊秋感恩,也未改变爱她的初心。有趣的是,若照九莉对之雍说的绝情话"没有她们也会有别人,我不能与半个人类为敌",那么九莉等于半个之雍,而九莉与蕊秋不啻是镜中的叠影,伤到母

① 《易经》,页144。

266

亲也等于伤到自己。《小团圆》中不乏九莉从镜中见到
蕊秋的描写,所谓"九年不见",母女之间视线交错,到
底谁"庆幸"谁?这镜像就模糊起来。"她母亲临终在
欧洲写信来说:'现在就只想再见你一面。'她没去。"
(页291)1957年张爱玲的母亲在伦敦病逝,她没去奔
丧。但她特别在《对照记》中展示她母亲的照片,有七
八张之多,都是年轻时的照片——"九莉一直以为蕊秋
是那时候最美"。(页195)

母女俩同是"春闺梦里人",犹如两代娜拉的重像叠
影,在二十世纪花果离散之途中,颠沛流离,无以为家。
如果没有一种强烈的"乱世"意识,大概不会写出这样的
段落:

> 她们母女在一起的时候几乎永远是在理行李,
> 因为是环球旅行家,当然总是整装待发的时候多。
> 九莉从四岁起站在旁边看,大了帮着递递拿拿,她母
> 亲传授给她的唯一一项本领也就是理箱子,对象一
> 一拼凑得天衣无缝,软的不会团皱,硬的不会砸破砸
> 扁,衣服拿出来不用烫就能穿。有一次九莉在国外
> 一个小城里,当地没有苦力,雇了两个大学生来扛抬
> 箱子。太大太重,二人一失手,箱子在台阶上滚下

去,像块大石头一样结实,里面声息毫无。学生之一不禁赞道:"这箱子理得好!"倒是个"知音"。(页291–292)

"知音"之誉不无调侃,然细味这一段,语含沉痛。九莉自知对蕊秋没"良心",也自言:"反正你自己将来也没有好下场。"(页289)《小团圆》第五章中叙述九莉与之雍的热情臻至熔点的时候,突然插入十多年之后九莉在纽约打胎的段落。张爱玲一九五六年赴美后不久与赖雅坠入爱河,即怀孕,八月在纽约结婚,打胎也发生在该时。她这样描绘:"夜间她在浴室灯下看见抽水马桶里的男胎。在她惊恐的眼睛里足有十时长,毕直的欹立在白磁壁上与水中,肌肉上抹上一层淡淡的血水……"(页180)其视觉惊悚不亚于希区柯克(Alfred Hitchcock,1899–1980)的《惊魂记》(*Psycho*)中浴室凶杀的镜头。为什么要插入这一段描写? 汝狄(即赖雅)与之雍有什么关联? 对于这打胎一事,夏志清评论:"一个女人即使不爱孩子,怎舍得把自己的骨肉打掉? 我猜她是经济不许可,照顾多病的丈夫已很不容易,自己必须工作,哪有余力养孩子? 打胎后没有调养,日后身体更坏,影响工作成绩,创作力。我一直认为爱玲的才华,晚年没有发挥，是嫁了两个坏丈夫。"①夏先生为"张迷"们解气，虽然张爱玲把汝狄与之雍并置时，有个"站在门头上的木雕的鸟"的意象，这在同一章里描写九莉与之雍在沙发上的时候反复出现（页176、188），对这一神秘意象学者们作了不少研究。② 从性别角度看，九莉躺在浴缸里等医生的时候，张爱玲写道："女人总是要把命拼上去

---

① 见夏志清对张爱玲1967年5月14日信件的"按语"，《张爱玲给我的信件》，页100。按：1967年张爱玲得到剑桥赖氏女子学院的翻译《海上花》计划的奖金，在4月29日给夏志清的信中说，她4月18日离开Ohio，到纽约暂住两个月，然后去赖氏女子学院。夏志清为此信写了关于张爱玲来纽约"打胎"之事及其"嫁了两个坏丈夫"的"按语"。夏先生大约是从邝文美1967年3月25日的信中得知"爱玲到纽约是来打胎的"，因此误以为发生在1967年。在1995年张爱玲逝世后夏志清写了悼念文章《超人才华，绝世凄凉——悼张爱玲》，文中说到1967年夏爱玲在纽约期间，"我首次去访她，於梨华也跟着去，三人谈得甚欢"。见皇冠出版社编：《华丽与苍凉：张爱玲纪念文集》，页131。於梨华也写了回忆文章《来也匆匆》，文中说："我一共见过她四次。第一次是一九六六年夏志清带我去看她。那时她住在纽约市百老汇六十几街上一个高楼的小公寓里，十分局促。"这"第一次"应当就是夏志清"首次去访她，於梨华也跟着去"的那次，因此说1966年是把时间记错了。见前书，页149。

② 这"木雕鸟"意象与男女性爱有关，含有张爱玲的性别政治。它在《少帅》里已经出现，参冯睎乾：《〈少帅〉考证与评析》，《少帅》，页248，页282-283。关于《小团圆》中"木雕鸟"的讨论，见苏伟贞：《长镜头下的张爱玲：影像 书信 出版》（台北：INK印刻出版，2011），页158-160。更为详细的分析及参考资料见张小虹：《木雕的鸟》，收入《文本张爱玲》（台北：时报出版，2020），页343-378。

的。"（页177）这显然含有性别政治，确实男人没打胎这回事，九莉自己在重复母亲的命运，不无吊诡，也正是在九莉和姑姑谈到可能怀上之雍的孩子的时候，姑姑说起蕊秋多次打胎的事。九莉对蕊秋的浪漫情史不以为然，也归咎于她的遇人不淑："是不是也是因为人多了，多一个也没什么分别？照理不能这样讲，别的都是她爱的人。是他们不作长久之计，叫她忠于谁去？"（页195）颇有"哀其不幸，怒其不争"的意味。

论者认为《小团圆》无情"劈伤"了许多亲人，把张爱玲比作戴着"沉重的枷锁"的七巧，或把她看作永远长不大的"女童"。[①] 这看法对于张爱玲也蛮残酷的，因为很难解释何以她对自己也作了如此不堪的揭露。除了在纽约打胎这一段，在第十二章中叙述九莉与燕山谈恋爱，因停经两个月以为有孕，让医生检查，结果发现她的"子宫颈折断"，那是由之雍造成的。九莉把结果告诉了燕山，"心里想使他觉得她不但是败柳残花，还给蹂躏得成了残废"。（页319）这显然刺伤了燕山，而这样暴露性爱的狰狞面目，当然也粉碎了《今生今世》中两情相悦的美好神

---

① 赵丕慧：《童女的路径——张爱玲〈雷峰塔〉与〈易经〉》，收入张爱玲著，赵丕慧译：《雷峰塔》（台北：皇冠出版社，2020），页18。

张爱玲与赖雅

话。为张爱玲所赞赏的英格玛·伯格曼（Ingmar Bergman, 1918–2007）在一九七二年的《呼喊与细语》（*Cries and Whispers*）中有一段卡琳用剪刀自残其阴部并血淋淋展示在她丈夫面前的镜头，与九莉这一颇具震撼的自残性暴露有相似处。而在凯瑟琳·布雷亚（Catherine Breillat）二〇〇四年的《地域解剖》（*Anatomie de l'enfer*）中这更成为女性主义的解构策略，以性事的污秽画面彻底破坏观众（主要是男性）的色情快感的想象，从而反转女性的从属地位。

九莉与燕山以分手告终，"但是燕山的事她从来没懊悔过，因为那时候幸亏有他"（页 324），由是冲淡了之雍给她带来的情殇，而且九莉是爱过燕山的，"她觉得她是找补了初恋，从前错过了的一个男孩子。他比她略大几岁，但是看上去比她年青"。（页 301）在胡兰成《今生今世》中张爱玲说："我倘使不得不离开你，亦不致寻短见，亦不能再爱别人，我将只是萎谢了。"既然"找补了初恋"，所谓"萎谢"的说法就打折扣了。尽管如此，也不能说她完全忘情，多年之后九莉还会想起之雍：

　　　有时候也正是在洗澡，也许是泡在热水里的联想，浴缸里又没有书看，脑子里又不在想什么，所以乘虚而入。这时候也都不想起之雍的名字,只认识那感觉,五中如沸,混身火烧火辣烫伤了一样,潮水一样的淹上来,总要淹个两三次才退。(页324)

　　九莉的情欲世界是严肃节制的,无论是可悲情场中的徒劳挣扎、情殇中的初恋还是对负心汉的激情狂想,无不写出感情的真实、丰富与女性的自尊,且诉诸诗性的语言,在美学上还是合乎"哀而不伤,乐而不淫"的古训的。"因为她自己对这些事有一种禁忌,觉得性与生殖与最原始的远祖之间一脉相传,是在生命的核心里的一种神秘与恐怖。"(页319)正是对这种性爱有关"生命的核心"的认识,九莉对性事的细腻感受皆触及人性深处,包括她自己难以驾驭的"神秘与恐怖"。同样九莉与她母亲感同身受,从情欲层面反映现代娜拉的困境,某种意义上比经济上更为深刻,含有对现代女性命运的反思。

　　在张爱玲研究中有不少对于其小说人物的"自恋""自私"等"疏离"特质的诠释,不乏灼见。其实按照弗洛伊德的"自恋"理论,有自爱方有自恋,然而这类诠释似乎受了胡兰成"民国世界的临水照花人"的误导,把张爱玲与她所塑造的小说人物混为一谈。自《小团圆》

出，一片震惊，把她看作七巧或"童女"，可说是以往"自恋""自私"角色诠释的延伸，更有某种妖魔化倾向，大约可看作一种无法直面她的真实世界而试图自我疏离的表征吧。

六、"含蓄"与传统的再生

正值名声如日中天，张爱玲一变戏路而写了《小团圆》，勇于否定自己，却再攀巅峰。能不为盛名所累已属不易，而她也几经曲折回旋的摸索。这部小说在形式上焕然一新，更具现代主义先锋特点。作为她的晚期风格代表之作，与前期作品各擅胜场，同属伟大作家的瑰宝，这其间是不必有所轩轾的。

《小团圆》打破小说的叙事常规，由作者的记忆与想象开展叙事，情节自由穿越时空，跳跃而无关联。宋淇是张爱玲的难得知音，觉得"第一、二章太乱"，因为不适应那种新的叙事逻辑，对一般读者更会是一头雾水。这里需要说明的是，本文前面两节讲九莉与她的爱人与母亲的故事，其实是一种对《小团圆》的还原性读解，在此基础上探究张爱玲的"现代性"理路。这当然是主观的，不过也旨在说明尽管小说叙事"跳来跳去"，但九莉的心理发展有其内在逻辑,编织得十分精巧。对于这样的叙事形式,最早大约是冯睎乾先生作了认真的探讨,他从"穿插藏闪"手法与"重复""闪回"的意义与方法方面指出"《小团圆》的叙事形式是有意为之,深思熟虑的"。[①] 本书则以张爱玲晚年所认同的"含蓄的中国写实小说传统"观为契机,在中国传统美学与西方现代主义的发展系谱中探讨《小团圆》的叙事形式,试图较为系统地揭示其"现代性"特征。

确实在二十世纪七十年代中叶的中文文学世界里,《小团圆》绝对是个实验性先锋文本,若从世界文学来看,这样的写法却非孤立。二十世纪初欧洲现代主义文艺运动风起云涌,在小说方面乔伊斯(James Joyce, 1882–1941)的《一个青年艺术家的画像》(*A Portrait of the Artist as a Young Man*)、《尤利西斯》(*Ulysses*)以及伍尔芙与普鲁斯特的"意识流"小说,已在不同程度上打破十九世纪以来小说的线性叙事模式,意在更为真实地表现人性与日常生活的关系。二十世纪五十年代法国的罗伯-格里耶(Alain Robbe-Grillet, 1922–2008)开创"新小说"运动,如其"打倒巴尔扎克"这一惊世骇俗的

---

① 　冯睎乾:《在加多利山寻找张爱玲》,页166。

詹姆斯·乔伊斯(James Joyce, 1882–1941)

口号所意涵的,十九世纪以来的小说文体不能表达人与世界的真实关系,因而他主张表现物与人的非因果关系,否定线性叙事、作者视点与情节意义。虽然他的主张引起一片诘难,其作品似难以卒读,但"新小说"运动改变了小说观念,如打开潘多拉之盒,各种小说的文体实验层出不穷,一九八五年获诺奖的克洛德·西蒙(Claude Simon,1913–2005)即为"新小说"作家之一。八十年代以来中国出现先锋小说的浪潮与(后)现代主义文学的引进不无关系。今天我们对于《小团圆》已见怪不怪,就最近的例子看,金宇澄的《回望》与吴亮的《朝霞》都属于记忆书写,前者以纪实文本为小说叙事主体,而后者插入对记忆真实的质疑,更具"元记忆"书写特征。①

迄今对《小团圆》的争议不仅是伦理的,也是美学的。如上文分析,小说在表现九莉的爱情与亲情方面体现了现代价值,在形式上也不啻一场革命,反映了张爱玲的文学现代性追求的曲折进程,对此张学尚欠研究。学者指

---

① 金宇澄:《回望》(桂林:广西师范大学出版社,2017)。吴亮:《朝霞》(北京:人民文学出版社,2016)。参陈建华:《"先锋"的回归?——论吴亮〈朝霞〉的当代先锋性》,《二十一世纪》,第 170 期(2018年 12 月),页 108–124。

出在四十年代她的小说重现"新感觉派"风采①，我觉得在运用弗洛伊德心理分析方面与施蛰存(1905-2003)更为接近，在当时文坛仍具现代主义特性，更何况她在抒写沪港双城传奇与融合古典意象的七宝楼台风格方面独领风骚。她以奇装异服招摇过市的做派，其实在西方"浪荡子"波德莱尔和王尔德那里有迹可循。② 或者在她所推崇的《海上花列传》中乘马车在大马路上兜风的长三堂子名妓也扮演了都市"现代性"的先驱角色。③ 但是当她转向长篇创作，需要经验积累。一九四四年她在《论写作》中说，"要低级趣味，非得从里面打出来"④，预示了她的雅俗兼顾的创作方向，开始写《连环套》和《创世纪》以腰斩收场，《十八春》和《小艾》走的也是大众畅销路线，后来到海外写的一系列双语小说有多种面貌，在叙事模式上大致未脱离线性的写实传统，而《小团圆》则异峰

---

① 严家炎:《张爱玲和新感觉派小说》，收入金宏达主编:《回望张爱玲·华丽影沉》(北京:文化艺术出版社，2003)，页428-435。

② 关于西方文学与"浪荡子"的历史概述，参 Ellen Moers, *The Dandy: Brummell to Beerbohm* (Lincoln and London: Nebraska University Press, 1978)。

③ 参叶凯蒂著，杨可译:《上海·爱——名妓、洋场才子和娱乐文化(1850-1910)》(香港:三联书店，2013)，页68-69。

④ 张爱玲:《论写作》，收入《张看》(台北:皇冠出版社，1997)，页236。

清末妓女坐马车兜风,《吴友如墨宝》,1908

突起,这或许跟各种刺激有关,如英语创作上的失败,或因水晶、夏志清把她与詹姆斯比较,或意在与胡兰成别苗头,但更主要的如她对水晶所说"还我欠下自己的债",把《小团圆》视作文学自我的探险之旅,回归其早年的前卫立场,其实自传原材料已基本就绪,长期酝酿是在小说形式上的选择与探索。值得注意的是张爱玲在一九五六年九月九日致胡适的信:"以后我想写另一个长篇,背景是战前至胜利后的上海。虽然已经计划了很久,一直没有勇气动手,因为需要较繁复的心理描写,叙事又不能完全按照时间的顺序,这在我是一种新的尝试。"①这叙事形式的"新的尝试"终于在《小团圆》中得到体现。也就是说,她刚到美国就有了革新形式、改变风格的想法,过程不容易,历经《雷峰塔》《易经》及《少帅》之后足足有二十年。结果临门一脚,瓜熟蒂落,标志着她的"现代精神"的尖锐迸发,既是对世界现代主义文学浪潮的呼应,也是她的"中国式"文学图谱的自然延伸。

她一向是前卫的。五十年代与宋淇、邝文美谈到文学"品位"(taste)时说:"转向现代化(跳出十九世

---

① 子通、亦清编:《张爱玲文集·补遗》(北京:中国华侨出版社,2002),页283。

纪)——在我是本能的,在你们是逐渐,即缓慢的,可能因为你们二人的家庭都受过西洋影响,而我的家是完全中国式的,中国画等倒比较接近现代精神。"①这个说法很有意思,其实欧美现代主义无不以"跳出十九世纪"为鹄的。一个链接是四十年代傅雷(1908-1966)的《论张爱玲的小说》一文,对《金锁记》评价甚高,却说"颇有《猎人笔记》中某些故事的风味",可见作者对屠格涅夫(Ivan Turgenev,1818-1883)的推重。他更举托尔斯泰与巴尔扎克(Honoré de Balzac,1799-1850)为例,说他们不惮反复修改而创造了经典作品,固是大师楷模。傅雷声称"人生一切都是斗争","斗争是我们最感兴趣的题材"。对于"五四"一代知识分子,正当二战与民族革命的年代,要求文学表现历史变动是天经地义的伟大任务。在文艺理论方面他们普遍尊奉泰纳(Hippolyte Taine,1828-1893)的《艺术哲学》与勃兰兑斯(Georg Brandes,1842-1927)的《十九世纪文学主流》,关于"人物和作者之间,时代,环境,心理"与伟大作品"全体的完成"②,已具备整套以实证主义为基础的写实主义典律。

---

① 《张爱玲私语录》,页55。

② 迅雨:《论张爱玲的小说》,《万象》,第3卷第11期(1944年5月),页48-61。

张爱玲的《自己的文章》似回应之作，相对于"斗争"的说法，她说文学更应当表现"人生的安稳"，并批评，"描写战争与革命的作品也往往失败在技术的成分大于艺术的成分"，这些似直怼傅雷。她说，"一般所说'时代的纪念碑'那样的作品，我是写不出来的"，似在怼胡兰成了。接过托尔斯泰的《战争与和平》修改过七八遍的话头，张爱玲却强调它的"主题"的"模糊"，反而印证了她的表现"欠分明""主题"的"参差的对照"的写法。我在《张爱玲与塞尚》一文中通过她的《谈画》一文探讨她与二十世纪欧洲现代主义的关系，她的"参差的对照"与布勒东等人的"超现实主义"主张有颇多相通之处。① 在《自己的文章》中"时代"一词出现十数次，指"一个时代""所有时代""这时代"，显示了她的凝重的时间意识。一个奇特的现象是，她的这些观点背离"宏大叙事"的主流话语，在当时是空谷传音，却播下了未来的种子，在二十世纪末后现代主义语境中大放异彩。

"转向现代化（跳出十九世纪）""是本能的"，值得

---

① 见本书《张爱玲与塞尚——一九四〇年代的"写实"与"超写实"主义》。又，张爱玲说她"喜欢 Dali 的画——Arch［拱门］——远有人走，近景亦有人，全不相关"。见《张爱玲私语录》，页 55。Dali 即达利，超现实主义代表画家，张的这句话说于 1950 年代或之后。

吟味。她自觉置身于二十世纪的前沿，其"现代精神"根植于一种对日常生活的"现时感"（immediacy），对这一点李欧梵先生有精彩的阐述。[①] 就像她小时候说："八岁我要梳爱司头，十岁我要穿高跟鞋，十六岁我可以吃粽子汤团，吃一切难于消化的东西。"[②]对她来说，文学须贴近人生的日常欲望，"参差的对照"源自她对衣料颜色的搭配。在中国现代作家中尤其值得称道的是她对"现代精神"的"中国式"理解，即不把文学"现代性"想当然地看作是外来之物，而立足于本土文学传统，这对于自居贵族后裔的张爱玲来说也是一种文化上的本能。

因为跟宋淇夫妇熟，她能直言与他们在文学"品位"上的新旧世纪之别。其实她与夏志清、水晶在阅读詹姆斯问题上较真，也有相似意味，富于微妙的张力。一九七三年九月水晶的《张爱玲的小说艺术》一书出版，书中把《沉香屑——第一炉香》与亨利·詹姆斯的长篇《贵妇画像》（*The Portrait of a Lady*）作比较，夏志清在序文中认

---

① 李欧梵：《张爱玲笔下的日常生活和"现时感"》，收入《苍凉与世故：张爱玲的启示》（香港：牛津大学出版社，2006），页18-37。

② 《童言无忌》，《流言》，页10。

为："至少就整个成就而言"，张"还远比不上詹姆斯"。①

她在一九七四年五月十七日致夏志清的信中说她最近发表了题为《谈看书》的文章，并附上抽印本。这是一篇奇长之文，在一九七四年四月至五月的台湾《中国时报》上连载。她相当详细地追溯了自己几次阅读詹姆斯的体会。她承认"西方名著我看得太少，美国作家以前更不熟悉"，这就跟夏志清与水晶对她的批评接上了茬。但是不无玄机的是，《谈看书》一文大谈特谈她在美国看的无数小说中不包括詹姆斯，却要在这封信中作补充说明？张爱玲到底要向夏志清和水晶传递什么信息？《谈看书》与这封信有什么关系？夏志清不愧是张爱玲的知音，听出了她的弦外之音，在对这封信的"按语"中说：

> 爱玲信上写了詹姆斯一长段，直陈自己对其四篇小说之个别看法。她眼光非常之准……但此段文字的主旨，我想不在于评论而在于告诉我和水晶：谢谢你们把我同詹姆斯相提并论，其实"西方名著我看得太少，美国作家以前更不熟悉"，即如詹姆斯的作

---

① 见夏志清为张爱玲 1974 年 5 月 17 日的信所作的"按语"，《张爱玲给我的信件》，页 211。

284

品,看后有印象的只不过四五篇,长篇巨著一本也没有看过。如果你们把《谈看书》仔细看了,一定知道我属于一个有含蓄的中国写实小说传统,其代表作为《红楼梦》和《海上花》。把我同任何西方小说大师相比可能都是不必要的,也是不公平的。①

《谈看书》中论及大量古今中外的作品,贯穿着"含蓄"这一美学基准,认为好的作品应该"耐看,有回味",让读者"震动"。这篇文章谈创作经验,也在寻求新的灵感。夏志清读了《谈看书》之后,一眼看穿张爱玲在信中专谈詹姆斯的用意,遂捅破窗纸,一语中的,说这是针对他与水晶的不平之鸣。更有意思的是他提出张爱玲"属于一个有含蓄的中国写实小说传统",确为一种范式性概括,体现了她对《红楼梦》《海上花》的一贯认同以及不盲从西方文学大师的态度,跟她在美国所持的中西文化交流的立场也有联系。对这一富于启示的概括值得作深入探讨。不过夏志清这么说在于

① 《张爱玲给我的信件》,页211。这段话出自夏志清的模拟口吻,但说张属于"有含蓄的中国写实小说传统",颇为精辟,"不公平"则生动道出张爱玲的不认输的心理。我原先将此误读为夏志清所引张的自白,经郑远涛君指正,实乃夏的揣测之言,在此谨表谢忱。

说明张爱玲对自身传统如此执着，妨碍了她对世界名著的学习。

两人没谈拢，对话出现逆向互动，在如何看待詹姆斯的问题上张爱玲与夏志清和水晶之间存在世纪性时差。事实上张爱玲在《谈看书》发表的次年创作了《小团圆》，我们不禁要问：《谈看书》与《小团圆》有什么关系？她看了哪些书？为什么？夏志清是否真正读懂了《谈看书》？这也难怪，他还没想到这一层。他说张爱玲迁居好莱坞后一下子放松了，看了大量包含"真人真事"的人类学记录、社会学调查、历史小说和内幕小说。真的是"无事忙"，花掉时间之多，"实在使人无法相信"。① 在夏志清看来这简直是浪费时间，她应当多看像詹姆斯那样的大师级经典小说，方能立足于世界文学，这些杂七杂八的东西无助于她的创作。虽然他极其重视她的"含蓄"观念，却把它定格在传统里，而忽视了它的现代转化的可能性，就像他把詹姆斯等

---

① 张爱玲1974年5月17日致夏志清的信及夏的"按语"。所谓"无事忙""实在使人无法相信"是借用了张爱玲自己的说辞。见《张爱玲给我的信件》，页208-211。关于《谈看书》中张爱玲阅读的"人类学"著述方面的研究，参祝宇红：《如何读张爱玲散文？——一份基于人类学视野的考察》，《现代中文学刊》，第67期（2020年8月），页27-37。

同于"小说"的经典概念，而忽视了它的时代延伸的可变性。

　　确实，张爱玲看了许多人类学著作，跟她对不同人种在中国的交杂与迁徙的历史研究有关，也含有为她母亲的家族寻根的意识。她为创作自传体的《小团圆》做功课，喜欢"真人真事"的书，从纪实或自传作品中探究生活的"真实"质地及其与"含蓄"表现手段的关系。其实，她自己即语言魔法师，即风格缔造者，不需要业已煮熟的大师风格与技巧，而需要生猛的原料及其配方，造成日常的震撼功效。她不按常理出牌，某种意义上《谈看书》是一场当代跨文化之旅，对小说观念带着新的期待，其中也提到伍尔芙与乔伊斯——他们创造了具反叛色彩的二十世纪文学经典。因此《谈看书》不包括詹姆斯，不仅因为她已经看过一些，不觉得怎么了不起，或者压根儿詹姆斯属于她要"跳出"的"十九世纪"！

　　那么问题是：《谈看书》与《小团圆》有何关系？我们可发现"含蓄"一词与现代主义的互文关联：在《谈画》一文中，她对"充满了多方面的可能性的，广大的含蓄的塞尚"极其推颂，称他为"现代画派第一个宗师"。因此她这么郑重申明自己的文学系谱也意涵深远。《谈看书》中有数处论及"含蓄"，其中一处云：

含蓄最大的功能是让读者自己下结论，像密点印象派图画，整幅只用红蓝黄三原色密点，留给观者的眼睛去拌和，特别鲜亮有光彩。这一派有一幅法国名画题作《赛船》，画二男一女，世纪末装束，在花棚下午餐，背景中有人划小船竞渡，每次看见总觉得画上是昨天的事，其实也并没有类似的回忆。此外这一派无论画的房屋街道，都有"当前"（immediacy）的感觉。我想除了因为颜色是现拌的，特别新鲜，还有我们自己眼睛刚做了这搅拌的工作，所以产生一种错觉，恍惚是刚发生的事。看书也是一样，自己体会出来的书中情事格外生动，没有古今中外的间隔。①

这幅《赛船》也名《划桨手》（*Les Canotiers*），作者雷诺阿（Pierre-Auguste Renoir, 1841–1919）。这里张爱玲从读者接受方面来谈"含蓄"，仍用"印象派"绘画为例，包含三层意思。首先，所谓"红蓝黄三原色"的"原色"即"原料"，跟《谈看书》中最重要的"真实"概念有关。她说："在西方近人有这句话：'一切好的文艺都是传记

① 《谈看书》，《张看》，页196。

雷诺阿《赛船》(*Les Canotiers*,又名《划桨手》)

性的。'当然实事不过是原料，我是对创作苛求，而对原料非常爱好，并不是'尊重事实'，是偏嗜它特有的一种韵味，其实也就是人生味。"①在"传记性"的《小团圆》中"原料"就是基于作者记忆的真实感受。其次，这"原料"给读者带来"当前"感，即上文所说的日常生活的"现时感"，需要合乎"现代精神"的表现手法，像"印象派"强调色彩与光影交感的表现，是近代科学与艺术结合的产物，改变了古典风景画派再现自然的观念，给观者带来新的视觉冲击。其三，读者不仅产生如在目前的感受，而且要调出千姿百态的自己的色彩，那就取决于是否能对"原料"作富于"韵味"的表现。

《小团圆》如何表现"含蓄最大的功能"？不妨对第一章做点分析。它以九莉的"大考的早晨"开头，那一天是一九四一年十二月八日，碰上日本轰炸香港而停考。②实际上这一章没写这一天的事，主要叙述九莉上一年在香港读书和她母亲来看她的经过，贯穿着买不起自来水笔而"总是一瓶墨水带来带去"的"苦学生"与她的奢华浪漫的母亲的对比的主线，然而叙事被九莉的随想牵引，

① 《谈看书》，收入《张看》，页 189。
② 《烬余录》，《流言》，页 41-54。

作者常对时空过渡毫无交代而切入九莉过去和将来的各个时期，使读者坠入五里雾中。但从全书结构来看，这么写绝非随意，而是以一种新的叙事逻辑为全书精心布局。如九莉得知母亲来看她而想到从前父母与姑姑来学校看她的往事，那是在上海父母离婚前后的那段日子，由是让主要人物一一登场，且对各人的相貌作了描绘。又如因为八百块的事九莉对母亲失望而联想到后来回上海与姑姑的对白，引出她要还母亲钱的事——《小团圆》的重要主题。这些都在第一章就出现，对全书有提纲挈领之效。尽管小说由主人公的心理时空构成，但在爱情主题、人物塑造与情节的戏剧性等方面仍遵循传统的写实手法。

第一章首句"大考的早晨"引用美国大导演库布里克（Stanley Kubrick，1928-1999）的表现古罗马叛军起义的《斯巴达克斯》（Spartacus），以"所有战争片中最恐怖的一幕"对九莉面临"大考"的心态作象征性譬喻，这句话原样复制作为《小团圆》的结束，是传统小说首尾照应的套路，意味着九莉总是做到考试的"噩梦"。这也可作另一种解读，即象征着创作与阅读都在面临一场"大考"，在小说内容与形式上含叛逆姿态，也许是一场"噩梦"。接下来第二段与第一段并不连贯,而跳到九莉快三十岁时,她在笔记上写下"雨声潺潺,像住在溪边"等语,在小说的最后一章中重复出现,也就是说读者要读到最后一章才知道这是与燕山谈恋爱的时候写的句子。这么描写一方面暗示小说写到五十年代初九莉即将离开大陆时为止,又说明她在胡兰成之外还有"初恋"故事,也是对胡的报复式回应。接下来的一段对"张迷"而言似曾相识:

> 过三十岁生日那天,夜里在床上看见洋台上的月光,水泥阑干像倒塌了的石碑横卧在那里,浴在晚唐的蓝色的月光中。一千多年前的月色,但是在她三十年已经太多了,墓碑一样沉重的压在心上。

《金锁记》开头的月色描写我们耳熟能详,所谓"隔着三十年的辛苦路望回看,再好的月色也不免带点凄凉",对七巧的悲叹是美丽的,而九莉眼中的月色则是抒情的消失,堆砌着"石碑""墓碑"的意象,显得异常沉重,预示着作者的晚期风格的转变。

一开始省去交代故事与人物背景的写法,确实造成阅读危机,这对于张爱玲自己和"张迷"们不啻一种背叛,让小说负载新的"含蓄"功能,对于读者来说却不胜负荷。在古典诗学中对"含蓄"的最经典解释莫过于唐代司空图（837-907）的《二十四诗品》："不著一字，尽得风流。"[①]这种境界何等高妙！宋代词家姜夔（1154-1221）也说："语贵含蓄。东坡云：言有尽而意无穷者，天下之至言也……句中有余味，篇中有余意，善之善者也。"[②]"含蓄"是所有优秀诗人追求的境界。单看《小团圆》开头几段，与其说是小说，毋宁说是诗，蒙太奇般以富于视像的语言拼贴不同场景，造成意义与想象的空隙，这就要求读者掌握解读"含蓄"写法的密码。这也正是《小团圆》所带来的挑战，它期待新的读者，与其对小说内容被动接受，不如积极主动参与。张爱玲似在主张一种新的阅读拼图游戏，一种新的小说观念：须对整部小说作循环往复的互文比对，找出不同时空接榫之处，还须参考各种作者的传记资料，方能弄清复杂头绪与体会遣词用意之妙。好在学者们对书中人名做了不少索引工作，否则难以跟进。不过可肯定地说，认真的阅读不会失望，除极少数例外，全书的人事叙述皆严密照应，浑然贯通。当然

---

① 司空图著，郭绍虞集解：《诗品集解》（北京：人民文学出版社，1981），页21。

② 姜夔：《白石道人诗说》，见夏承焘校辑：《白石诗词集》（北京：人民文学出版社，1998），页67。

任何阅读都不免误读或曲解，真正的理想读者是不存在的，正如陈子善说："小说中的许多空白，许多跳跃，需要读者自己去填补去想象。有一千位读者，就会有一千部《小团圆》！"[①]

张爱玲对宋淇夫妇说："我真正要写的，总是大多数人不要看的。"[②]《小团圆》正是她"真正要写的"作品。那么为谁而写？有趣的是《小团圆》里有句话："但是自从写东西，觉得无论说什么都有人懂，即使不懂，她也有一种信心，总会有人懂。"（页168）这是指她与姑姑或好友比比之间心灵相通，似乎也可指她对她所有写的东西以及所有她的读者都抱有信心。张爱玲也说："没有人嫌李商隐（约813-约858）的诗或是英格玛·伯格曼的影片太晦。"[③]要成为经典，晦涩难懂不是问题。当时她打算小说完成后在美国和中国台湾同时连载，她是"太钻在小说里了"，"信心"满满，一派天真，丝毫没考虑读者的接受问题，不过她很快意识到"euphoria（按：狂热）过去后，发现

---

① 陈子善：《〈小团圆〉的前世今生》，《沉香谭屑——张爱玲生平与创作考释》，页148。

② 《张爱玲私语录》，页49。

③ 张爱玲注释：《海上花落：国语海上花列传Ⅱ》（上海：上海古籍出版社，1995），页646。

许多妨碍,需要加工,活用事实"。尤其在宋淇郑重地跟她说"我们要面对现实问题"之后①,她说要修改,却一直未能完成。

我们看到的《小团圆》是张爱玲一九七六年三月中旬寄给宋淇夫妇的,即一气呵成之后略作修补的稿子。② 此后为何没能完成改写? 不能改还是不愿改? 看来兼而有之。她一直在改《小团圆》,甚至想把九莉改成学医的,战后又回到香港继续读书,与同学发生恋爱,她父亲吸白粉而死等③,结果又写不下去,十分矛盾。她在一九九二年二月二十五日致邝文美、宋淇的信中说"《小团圆》小说要销毁"④,但她在逝世前一年即一九九四年十二月八日的信中说到《对照记》不适合改编成影视剧,"作为我的传记,一看《小团圆》也顿时改观。等写完了《小》要声明不另签合同……"⑤这说明她最终并不打算销毁《小团圆》,且把它作为"我的传记"。其实这部小说几乎完全是在书写自我,纪实性极强,由张爱玲最为看重的"原色"——从

---

① 《小团圆》,页8-9。

② 参陈子善:《无为有处有还无——初读〈小团圆〉札记》,《沉香谭屑——张爱玲生平与创作考释》,页134-135。

③ 《张爱玲往来书信集 I》,页415。

④ 《张爱玲往来书信集 II》,页484。

⑤ 同上,页538。

记忆提炼的干货构成,主要以对话形式表现九莉与周围人的心理感受,语言平淡自然而富于欲望冲击的"现时感",交汇成千姿百态的多声道叙事。某种意义上《小团圆》的价值正在于张爱玲的自传性,那是独一无二的,其自我揭露更具一重思想史与文学史的见证意义,或许读者宁可信其为自传,那是更增兴味的,倒不尽因为对八卦的兴趣。难以改动主要是形式上的,全书的情节与结构由九莉的记忆展开,这样一部独特的自传体心理小说,与张爱玲以往不断书写自我记忆的作品截然不同①,也必定在世界文学的同类作品中占一席之地。有学者称《小团圆》为《一个青年女艺术家的画像》②,我觉得它在叙事技

---

① 王德威认为张爱玲的《易经》体现了一种"延绵美学"(derivative poetics),不断重写她的《私语》《烬余录》等记忆文本,颠覆了记忆的纯真性,因此大可当小说来看。的确,如果把《小团圆》与《易经》(包括《雷峰塔》)作比较,那么可发现——尤其是《小团圆》——许多记忆的失误或故意错置"事实"的情况,怎么看待张爱玲自己所谓的"自传"或许是个值得探讨的课题。David Der-wei Wang, "Introduction", in Eileen Chang, *The Book of Change* (Hong Kong: Hong Kong University Press, 2010), p. xviii. 另参李欧梵:《张爱玲的双语小说》,《文艺争鸣》,2019 年第 10 期,页 135。

② 萧纪薇在世界文学图谱中讨论张爱玲的"晚期风格",把《小团圆》称为《一个青年女艺术家的画像》,却更具表现清末至民国的历史变迁的厚度。见 Jiwei Xiao, "Belated Reunion? Eileen Chang, Late Style and World Literature", *New Left Review*, No. 111 (May & June, 2018), p. 99。

巧上比乔伊斯的自传小说难度更高。如果改成一部虚构性小说,回到传统讲故事的老路,那就完全是另一回事了。

她从小听说她母亲像外国人,而她们家是明朝从广东搬到湖南的,因此"大看人种学,尤其是史前白种人在远东的踪迹,也就是纳罕多年的结果"。① 这有点为家族寻根的意思,与她的几篇晚期短篇小说也有联系,在本文后面会提到。其实《谈看书》是继《自己的文章》和《论写作》之后对她的创作观念的重要补充与阐发,阅读大量纪实性著作跟准备创作《小团圆》有关,如她谈到"含蓄""真实""意识流"等含有新的问题意识。她偏好"一切好的文艺都是传记性的""真事比小说还要奇怪"的说法,十分强调亲身体验的生活"真实",似在探索纪实叙事的广阔空间,认为其比虚构更具开放可塑性。这样的叙事方式应当是个人的而非主观的,如她反对的"三底门答尔"——"伤感"或"感情丰富到令人作呕的程度",却在中国现代文学中屡见不鲜,是因为"中国人与文化背景的融洽,也许较任何别的民族为甚,所以个人常被文化图案所掩,'应

---

① 张爱玲:《自序》,《张看》,页8。

当的'色彩太重。反映在文艺上,往往道德观念太突出,一切情感顺理成章,沿着现成的沟渠流去,不触及人性深处不可测的地方"。

张爱玲对美国社会学家奥斯卡·路易斯(Oscar Lewis, 1914–1970)尤感兴趣,把他的"几本畅销书"一一找来,似在探究这类纪实性著作能打动读者的奥秘。看到路易斯关于"贫民文化"(culture to poverty)的描述,认为他"从不同的角度"写"普通人","因而有立体的真实性"。"尤其中下层阶级以下,不论过去现在,都是大家知道得最少的人,最容易概念化。"又如《拉维达》(La Vida)一书中各人自述身世,口吻不同,如闻其声。她喜欢看"夹缝文章",且以中国小说作参照,看出书中"多方面的人生,有些地方影影绰绰,参差掩映有致。也许解释是多余的,我是因为中国小说过去有含蓄的传统,想不到反而在西方'非文艺'的书上找到。我想那是因为这些独白都是天籁,而中国小说的技术接近自然"。①上文引的关于"含蓄最大的功能"的话就是路易斯所带来的启发。

这里牵涉张爱玲的阅读趣味问题。庄信正说:"张爱

---

① 《谈看书》,《张看》,页196–197。

海明威《老人与海》，张爱玲译，香港·今日世界社，1972

玲在阅读方面也随和也挑剔,她对很多名家名著不熟悉。在给朱西宁的一封信里她说连自己丈夫的作品都不看……她同样也不看乔伊斯。"①水晶与夏志清把她与詹姆斯作比较,张承认自己对詹姆斯的作品不熟悉,因此夏志清说:"爱玲自称'对文艺往往过苛',我想这是指中国文艺,尤其是现代、当代文艺而言。自己才华太高,本国的同代作家看不看也就无关紧要了。但西洋文学的古今经典作品她实在看得太少,也就不能说因为自己趣味太高而不去碰它们。"②确实,谈起西方文学经典,她常常

---

① 见朱西宁:《迟复已够无理——致张爱玲先生》,收入金宏达编:《昨夜月色》,页359-360。按:1974年朱西宁在《中国时报》上刊出她致张爱玲的信,并附张的回信,说:"Ferdinand Reyher不是画家,是文人,也有人认为他好。譬如美国出版《秧歌》的那家公司,给她预支一千元版税,同一时期给他一部未完的小说预支三千。我不看他写的东西,他总是说:'I'm in good company.'因为Joyce等我也不看。他是粗线条的人,爱交朋友,不像我,但是我们很接近,一句话还没说完,已经觉得多余。"夏志清、水晶、庄信正等皆据这封信认为张爱玲不读乔伊斯的作品,但是她在1974年发表的《谈看书》中提到乔伊斯。她说"不读",不一定就不知道或不了解。从上下文看,应当是赖雅向她介绍或推荐乔伊斯的。当时朱西宁试图在她与胡兰成之间打圆场,张爱玲在回信中这么暴露她与赖雅之间的关系,有明确的针对性。因此对她的"不读"不能那么百分之百当真。

② 《张爱玲给我的信件》,页277。

有意无意闪烁其词①，所谓"过苛"是对它们有所保留，不像夏、庄觉得理所当然，这也是创作与批评的区别。胡兰成说："对西洋的古典作品她没有兴致，莎士比亚、歌德、嚣俄她亦不爱。"②但"不爱"不等于不读或不知。《谈看书》指出中国旧小说难以表现"内心的本来面目"，不像西方小说较为深入：

> "意识流"正针对这种倾向，但是内心生活影沉沉的，是一动念，在脑子里一闪的时候最清楚，要找它的来龙去脉，就连一个短短的思想过程都难。记下来的不是大纲就是已经重新组织过的。一连串半形成的思想是最飘忽的东西，跟不上，抓不住，要想模仿乔埃斯的神来之笔，往往套用些心理分析的皮毛。这并不是低估西方文艺，不过举出写内心容易犯的毛病。③

---

① 如庄信正说："一九六三年她为香港电懋公司把勃朗特的《咆哮山庄》改编成电影脚本《魂归离恨天》(未能拍摄，后来收入《续集》)，却坦承从未读过这本著名的小说，而只看过电影和舞台剧本。"见《张爱玲来信笺注》，页107。其实张爱玲在《花凋》里形容川嫦："满脸的'颤抖的灵魂'，充满了深邃洋溢的热情与智慧，像'魂归离恨天'的作者爱米丽·勃朗蒂。"(《张爱玲小说集》，页463)说明她早就看过《咆哮山庄》，可能在问到时没记起来，庄信正把"坦然"看得认真却粗心。

② 《今生今世》，页186。

③ 《谈看书》，《张看》，页195。

这一段颇富启示。如本文前面提到,她给胡适信中说要写一部新的小说,在繁复的心理描写与打乱时间顺序的叙事方面要作"新的尝试"。这里"内心的描写"关乎《小团圆》的心理叙事手法。以"意识流"著称的伍尔芙在《论现代小说》中说:"往深处看,生活好像远非'如此'。把一个普普通通的人物在普普通通的一天中的内心活动考察一下吧,心灵接纳了成千上万个印象——琐屑的、奇异的、倏忽即逝的或者用锋利的钢刀深深地铭刻在心头的印象。它们来自四面八方,就像不计其数的原子在不停地簇射。当这些原子坠落下来,构成了星期一或星期二的生活。"[1]与此相映照,张爱玲的解说可说是异曲同工。她另外也提到了乔伊斯,也不是不看他的作品。她在一九九四年十月五日给庄信正的信中说:"也许我们都是受了你那篇讲 Proust 的文章的影响?我正在写的《小团圆》内容同《对照记》,不过较深入。"[2]这里 Proust 是指他的《追忆似水年华》,的确,在《小团

---

① 　弗吉尼亚·伍尔芙著,瞿世镜译:《论现代小说》,收入《论小说与小说家》(上海:上海译文出版社,1986),页7-8。

② 　庄信正:《张爱玲来信笺注》,页206。庄在注解中说:"她提到那篇'讲 Proust 的文章'指《普罗斯特的第一句》,收入《流光抛影》(1993),即她信里所说刚收到的我寄赠的书。"(页208)

圆》中可见伍尔芙、乔伊斯与普鲁斯特的影子[1]，它却是原创的，是中国传统与现代主义的精粹的结合。

张爱玲于一九七六年三月十八日致邝文美与宋淇的信中说："这篇小说时间上跳来跳去，你们看了一定头昏，我预备在单行本自序里解释为什么要这样。"[2]这说明她明确意识到《小团圆》的叙事手法的突破性与挑战性，结果单行本没出，自序也没写成。所谓"含蓄最大的功能"也体现在汲取与融合西方现代主义的叙事技巧方面，当然与"时间上跳来跳去"大有关系。此外在张爱玲的遗物中有一本"神秘的笔记簿"，有些断想碎片与她未面世的《小团圆》序言有关，弥足珍贵。对其中的两处引文冯睎乾先生认为"假如张爱玲真的写成那个序，我直觉会大派用场"。一条是摘录了英国女作家简·瑞丝（Jean Rhys，1890–1979）的一句话："If you want to write the truth, you must write about yourself. I am

---

① 乔伊斯的《一个青年艺术家的画像》、伍尔芙的《到灯塔去》与普鲁斯特的《追忆似水年华》都是带自传性的小说，将《小团圆》作比较研究或是有意思的话题。王德威说张爱玲写《易经》等于在写她的《追忆似水年华》，见 David Der-wei Wang, "Introduction", in Eileen Chang, *The Book of Change*, p. xxii。李欧梵对这一点有所讨论，见《张爱玲的双语小说》，《文艺争鸣》，2019 年第 10 期，页 135。

② 《张爱玲往来书信集 I》，页 292。

弗吉尼亚·伍尔芙(Virginia Woolf，1882–1941)

马塞尔·普鲁斯特(Marcel Proust, 1871-1922)

only the real truth I know."（假如你要描写真实，你必须写你自己。我是我所知的唯一的真实。）这是张爱玲的创作信念，关乎《小团圆》的书写真实自我的主旨。另一条是抄录了艾略特（T. S. Eliot, 1888–1965）《四个四重奏》（*Four Quartets*）中的名句，意谓我们应当不断探索，所有探索的终点将回到起点。《小团圆》将影片《斯巴达克斯》作为首尾呼应的结构性安排，似与这一点合拍。①艾略特被尊为二十世纪现代诗派的鼻祖，也给张爱玲创作《小团圆》带来影响。

张爱玲用"罗生门那样的角度"写《小团圆》，这一日本元素不容小觑。一般"罗生门"指众声喧哗、扑朔迷离，相似的认识见诸她的早期作品《烬余录》："现实这样东西是没有系统的，像七八个话匣子同时开唱，各唱各的，打成一片混沌。"②《谈看书》进一步从"内心的本来面貌"加以阐发："无穷尽的因果网，一团乱丝，但是牵一发而动全身，可以隐隐听见许多弦外之音齐鸣，觉得里面有深度阔度，觉得实在，我想这就是西谚所谓 the ring of truth——'事实的金石声'。"③"事实"须有深而阔的质地才能发出

---

① 《在加多利山寻找张爱玲》，页 168–169。

② 《烬余录》，《流言》，页 42。

③ 《谈看书》，《张看》，页 189。

托·斯·艾略特(T. S. Eliot, 1888-1965)

《四个四重奏》(*Four Quartets*),

漓江出版社,1943

"金石声"。这还不够，另一处又谈到"金石声"：

> 因为我们不知道的内情太多，决定性的因素几乎永远是我们不知道的，所以事情每每出人意料之外。即使是意中事，效果也往往意外。"不如意事常八九"，就连意外之喜，也不大有白日梦的感觉，总稍微有点不对劲，错了半个音符，刺耳、粗糙、咽不下。这意外性加上真实感——也就是那铮然的"金石声"——造成一种复杂的况味，很难分析而容易辨认。①

这里更涉及内心的隐秘深处，往往是心酸眼亮、似花非花的瞬间，像是真理的启悟，又像是白日梦，稍纵即逝，却又在灯火阑珊处，从"意外"与"真实"之间的错位和撞击中发出铮然的"金石声"。事实上《小团圆》便具有这种"很难分析而容易辨认"的"复杂的况味"，而张爱玲在小说的创作过程中也好似在记忆的迷宫里搜寻她的真实生活的碎片，辨别、聆听并发出它们的"金石声"。

---

① 《谈看书》，《张看》，页 189-190。

七、晚期的"金石"风格

翻开《小团圆》,"斯巴达克斯"的叛军"等待"杀机,小说大部分为二战所笼罩,日军的炸弹纷落于沪港双城,之雍潜逃前夜九莉的动刀之念,她梦见父亲带她兜风像阎瑞生谋杀案,汝狄手持劈杀打胎医生的柴斧。身处刀光飞舞、金钱主宰的乱世,众生受日常欲望的迫胁与煎熬。因此整部小说表达出"爱情的万转千回",其基调是刚性的,讲求一种力度的美学,弥散着《罗生门》般罪恶与证词、道德与生存的焦虑。而女主人公九莉经历五味杂陈的爱情之旅,在挣扎与幻灭中走向现代的自我救赎,如动辄"针扎""震动"的心理感受与"胸部""乳房""曲线"的女体描写,处处可听到发自女性的铮然的金石之声,情欲的高光修辞带来美学上的重口味转型。

萨义德谈贝多芬"晚期风格的经验"时说:"这经验涉及一种不和谐的、非静穆的紧张,最重要的是,涉及一种刻意不具建设性的、逆行的创造。"[1]《小团圆》具有这

---

[1] 萨义德著,彭淮栋译:《论晚期风格——反常合道的音乐与文学》(台北:麦田出版公司,2010),页7。

样的"晚期风格"特征,确是"逆行的创造",整个小说像是乱世之爱、生命离散的寓言,遣词造句充满无序、断裂和破碎,却并非"刻意不具建设性的"——"反常而合道"。张爱玲说:"《小团圆》情节复杂,很有戏剧性,full of shocks,是个爱情故事。"这可看作她对小说的艺术效果作了某种整体规划,因此是破中有立。在她的"含蓄"与"真实"的小说美学中,"金石声"意蕴丰盈,颇能代表她所追求的一种风格。我们据此来勾画一些特征。

1. 时空交叠

《小团圆》里有一处写到"时空远近的交叠",或可看作一种"跳来跳去"的叙事手法。九莉在纽约打胎时说:"原来是用药线。《歇浦潮》里也是'老娘的药线'。身死异域,而死在民初上海收生婆的药线上,时空远近的交叠太滑稽突梯了。"(页178)私下买通医生,使用"药线"引爆的方法,简直在赌命,差点成了朱瘦菊(1892-1962)的著名黑幕小说里的人物。张爱玲把如此惊悚的体验化解为滑稽的反讽,叫人绝倒。这种记忆中"时空远近的交叠"常常与九莉在美国的情景相连接,由是溢出小说的时间框架,颇有张爱玲"在路上"的意味。如写九莉小时候,"韩妈弯着腰在浴缸里洗衣服,九莉在背后把她的蓝布围裙带子解开了，围裙溜下来拖到水里"。"系上又给解开了，又再拖到水里。九莉嗤笑着，自己也觉得无聊。"接着写道：

> 有时候她想，会不会这都是个梦，会忽然醒过来，发现自己是另一个人，也许是公园里池边放小帆船的外国小孩。当然这日子已经过了很久了，但是有时候梦中的时间也好像很长。
>
> 多年后她在华盛顿一条僻静的街上看见一个淡棕色童化头发的小女孩一个人攀着小铁门爬上爬下，两手扳着一根横栏，不过跨那么一步，一上一下，永远不厌烦似的。她突然憬然，觉得就是她自己。老是以为她是外国人——在中国的外国人——因为隔离。（页219）

九莉因缺乏父母照料，与身边女仆亲昵。这一解韩妈围裙带子的细节把她的调皮与无聊刻画得活脱传神。跳入后来的两段看似在反衬童年的无忧无虑，却卷入数十年后人生的沧桑、命运的归宿，意涵微妙而深刻。从前的自己与多年后攀着小铁门爬上爬下的小女孩影像交叠；从前梦见自己是外国小孩，多年后发觉自己是"在中国的外国人"，在"视境交融"之际产生梦中梦、家非家的幻觉。她从小受洋派的熏染,一向都有文化上的"隔离"感,而在他乡是异乡,更生"隔世"之感,自己终究是一个在外国的中国人?在九莉身上铭刻着挥之不去的"隔离"感,毋宁说是生逢乱世无以为家的潜台词。九莉在似真似幻的随想中徜徉,显出"一种复杂的况味,很难分析而容易辨认"。

另一处是九莉听楚娣谈起诚大侄侄而回想起她的童年时代,叙事于是跳到有一次她在纽英伦乡下看见一个小男孩牵着一匹墨西哥驴子,觉得他很可爱,伸手摸了摸他颈项背后,惹得那孩子一脸不高兴。(页196)《小团圆》中不少笔墨花在九莉的童年时代上,"她在北方的童年,像有种巫魇封住了的,没有生老病死的那一段沉酣的岁月,也许心理上都受影响"。(页223)"那一段沉酣的岁月"好似一块被刻意圈出的清净乐土,与光怪陆离、人欲横流的成人世界相映照。从这两段延伸至海外的描写可见心理"影响",在九莉身上童心盈然,母性暧昧,可说是她的童年记忆在起作用,给《小团圆》添上温馨的色块,虽然其中颤动着文化与身份的焦虑。

小说对九莉的各个成长时段的不同口吻拿捏精准,也有穿错时空的时刻,最为诡异的一段:"蕊秋难得开口,只是给孩子们夹菜的时候偶尔讲两句营养学。在沉默中,她垂着眼睑,脸上有一种内向的专注的神气,脉脉的情深一往,像在浅水湾饭店项八小姐替毕先生整理领带的时候,她在橱窗中反映的影子。"(页82)那是第三章里在九莉八岁时蕊秋与楚娣从英国回家之后,而"项八小姐替毕先生整理领带"的细节是在第一章里蕊秋去香港看九莉之时(页38),怎么会发生在九莉小的时候? 显然时间错乱了,或许这是个技术性漏洞,然而像上面联想到数十年之后,就不能忽略张爱玲书写记忆的当下性,九莉回视过去"像在"记忆屏幕上的场景,因此她故作狡狯而作一种超现实手法的调度?《小团圆》里这样的情形属于例外,否则就会像格里耶的尽时空错乱之能事的《去年在马里昂巴德》(*L'année dernière à Marienbad*, 1961)了。

2. 穿插藏闪

张爱玲在《国语本〈海上花〉译后记》中说:"作者在'例言'里说:'全书笔法自谓从《儒林外史》脱化出来,惟穿插藏闪之法则为从来说部所未有。'其实《红楼梦》已有,不过不这么明显。"①她既自称属于中国小说的"含蓄"写实传统,用《红楼梦》与《海上花》的"穿插藏闪"的方法来写《小团圆》再自然不过。学者们对"穿插

---

① 张爱玲注释:《海上花落·国语海上花列传 Ⅱ》,页643。

藏闪"有不同的解释,章培恒(1934-2011)先生认为它指两种方法。"穿插"法是"把许多故事打通折叠在一块,让这几个故事同时进行,同时发展"。小说始终围绕九莉,而蕊秋、之雍、姑姑与比比等人的故事分别时隐时现,非线性地在各章中平行开展。"藏闪"之法"用于交代单个的故事",如《海上花列传》第二十四回说沈小红"用场忒大",未说明用场大的原因,至第三十三、三十四回王莲生发现沈小红与京剧演员小柳儿睡在一起方解开谜团。①《小团圆》中"藏闪"法如第一章中项八小姐好像赌气离开蕊秋,后来蕊秋与九莉撞见项八小姐与毕先生在一起。第三章里楚娣悄悄告诉九莉:"项八小姐的事,倒真是二婶作成了她。毕先生到香港去本来是为了二婶,因为失望,所以故意跟项八小姐接近,后来告诉二婶说是弄假成真了。"(页76)读者方才明白原先毕先生钟意于蕊秋,结果因她的冷淡而跟项八小姐好上了。第三章又写道:"蕊秋托毕先生替九莉领护照,转托了人,不到半个月就从重庆寄来了,蕊秋很得意。"(页141)这发生在九莉去港大读书之前,等于为楚娣说毕先生"本来是为了二婶"的话补了个脚

---

① 章培恒:《〈海上花列传〉与其以前的小说》,《清末小说研究》中文版,1983年,页711-712。

注。后来九莉听楚娣"提起毕大使新死了太太"。(页144)
这些叙事散见于叙事中,读者可根据蛛丝马迹拼出一个完整
的故事。因此《小团圆》里"藏闪"是多层次的。这类例子颇
多,又如第一章蕊秋在离开香港前跟九莉说:"万一有什么
事,你可以去找雷克先生。"(页46)雷克是大学的医科教师。
第二章里九莉听女同学们说雷克"最坏","他教病理学,想必
总是解剖尸体的时候轻嘴薄舌的,让女生不好意思"。(页
48)好几年之后,在第十一章里蕊秋说起:"我那雷克才好呢!
在我箱子里塞了二百叨币。他总是说我需要人照应我。"(页
292)这才透露了蕊秋与雷克的亲近关系。看来张爱玲有意
讲求"含蓄"美学,在"藏闪"法的运用上远较《海上花》来得
频繁与复杂,因为叙述在时间上颠来倒去,各个线头穿来穿
去,却如一幅针线严密的织毯,因果链踪迹一一可辨。

3. 人物造型

九莉作为小说的主角,是一个善感而坚毅的女人。
她对待爱情亲情的态度可说是"狠到极点、冷到极
点"①,背后却有着现代价值体系的支撑,某种意义上体

---

① 引陈子善语,见《〈小团圆〉的前世今生》,《沉香谭屑——张爱玲
生平与创作考释》,页147。

现了一种由近代契约法则所孕生的个人主义。小说真实生动地写出了转型社会的政治与法律对九莉的贵族之家的制约,北伐之后母亲的离婚变得可能,在租界的英国律师的胁迫下父亲不得不签字。又如父亲与姑姑为争家产与大爷打官司,姑姑私下挪用了母亲的存款,实际上是为了她所爱的表侄绪哥哥,结果因父亲倒戈而输了官司。在这崩塌中的旧家庭里道德败坏,伦常陵替,金钱是欲望的主宰,父亲说"我们盛家的人就认识钱"(页139),九莉也不例外,她每想起父亲就"恐怖",逃离这个家,不光是因为遭到禁闭,而是早就看透他没钱,自己的教育没指望。成为职业作家后,"她要钱出了名,对稿费斤斤较量"。(页184)那也是因为有了文学市场与稿费制度的关系。九莉爱钱,不愿有丝毫吃亏,因为明白这是她在社会上得以安身立命的根本。

　　九莉在感情上也不愿吃亏,偏偏在感情上拿捏不准,其光谱遂斑驳闪烁。小说最后她梦见电影《寂寞的松林径》[①],她有几个孩子,"之雍出现了,微笑着把她往木屋里拉"(页325),大有恩仇俱泯、余情袅袅的况味。她对父母的爱憎也层次有别,不乏温情怀恋的片段,就

---

　　① 《寂寞的松林径》,另译为《孤松林径》,1936年美国影片。

《寂寞的松林径》(*The Trail of the Lonesome Pine*, 1936) 海报

像父母俩亦新亦旧，个性各异。小说以九莉的视点贯穿始终，有时转成第一人称的声口，但由于摈斥了全知视角，九莉不起话语主宰作用，而对她的心理描述具有自我省思与联想的特点，特别是有关她母亲的风流韵事，大多属于她的猜想揣测或模糊记忆，给读者想象与评判的余地。更主要的是小说基本上采用对话形式，也是张爱玲有意传承《海上花》的"平淡而近自然"的风格，造成众声交响、观点纷呈的叙事景观，人物也具立体感。其中姑姑与比比扮演了九莉的知己与闺蜜的角色，她们的亲昵对话富于睿智与幽默，构成小说不可或缺的风景。两人都是现代知识女性，一个偏理性，一个富艺术灵气，对九莉的知与行起帮衬和旁观点评的作用。如九莉告诉比比她爱上了之雍，比比气愤说："第一个突破你的防御的人，你一点女性本能的手腕也没有！"（页183）又如说到之雍，楚娣轻声笑道："他也是太滥了。"（页275）等于在给九莉忠告：对渣男不该这么痴情。

4. 戏剧性情节

第五章中在九莉与之雍的恋情渐入佳境的当口插入她在纽约打胎的大段叙事，显得极其突兀。用蒙太奇手法将两次婚姻并置在一起，显出强烈的戏剧性效果，张爱玲这么做当然别有用意。若把《小团圆》与《雷峰塔》《易经》相比照，可见不少戏剧性处理，上文指出九莉给母亲还债的情节从《易经》改写而被安排在最后，成为戏剧高潮。另一例在《雷峰塔》里杨露（《小团圆》中蕊秋）第一次出国之后，留下她的陪嫁男仆楚志远（《小团圆》中毓恒）给她写信报告家中情况，有一回他在信里附一张照片，背后题一首七绝："才听津门金甲鸣，又闻塞上鼓鼙声。书生徒坐书城困，两字平安报与卿。"①在《小团圆》里这首诗出现在第三章里，变成乃德寄给在英国的蕊秋的照片题诗，却是一首残诗："才听津门□□鸣，又闻塞上战鼓声。书生□□□□，两字平安报与卿！"②这首诗之前是蕊秋的一首诗，题在一张她的游西湖照片的背面："回首英伦，黛湖何在？／ 想湖上玫瑰 ／ 依旧娇红似昔，／ 但毋忘我草 ／ 却已忘侬，／ 惆怅恐重来无日。／ 支离病骨，／ 还能几度秋风？／ 浮

---

① 张爱玲著，赵丕慧译：《雷峰塔》，页93。

② 张爱玲在《对照记》里说，此诗是她父亲所作，"第一、第三句我只记得开首与大意：'才听津门（"金甲鸣"？是我瞎猜，"鸣"字大概也不押韵），又闻塞上鼓鼙声。书生（自愧只坐拥书城？）两字平安报与卿。'"见《对照记》，页8。按：《雷峰塔》里最后沈陵（《小团圆》里九莉的弟弟）病死，从自传角度看属于虚构。从把这首诗改为九莉的父亲所作来看，《小团圆》似更接近自传的真实程度。

生若梦，／无一非空。／即近影楼台／亦转眼成虚境。"（页86-87）那是蕊秋从英国回来为她的情人简炜写的，她还没和乃德离婚，与简炜发生婚外情并为之堕胎。把这两首诗并置，说明夫妻两人同床异梦，一首是旧派文人寄内之作，而蕊秋的则如一首新派宋词，遂形成新旧风格的有趣对照。这一改写自《雷峰塔》的情节加强了戏剧性，具浓郁的反讽意味。

小说里有不少情节的对比，属"重复与变调"的修辞手法。九莉的父亲在天津的时候讨了妓女爱老三做姨太太，她给九莉做时髦新衣服，后来父亲再婚，后母从娘家带来许多旧衣服给她穿，"在她那号称贵族化的教会女校实在触目"。（页115）这一对比显出后母的薄情，也暗指父亲财力枯竭。第三章里有楚娣给绪哥哥递"手巾把子"与坐阳台的情节（页106），第五章里九莉对之雍也如法炮制（页185），却不那么两情融洽。又如第四章里韩妈在回乡前向九莉辞别，问她要一只"小铅皮箱"（页147），第十一章里蕊秋出国时问楚娣要一只"小洋铁筒"（页294），这类描写相映成趣，值得吟味。[1] 其

---

[1] 冯睎乾举了《小团圆》中许多"互文"重复的例子，与"穿插藏闪"手法相关。见《在加多利山寻找张爱玲》，页125-128。

实九莉的记忆叙事处处造成蒙太奇拼贴的陌生化效果，富于时间张力。在第四、第五章九莉与之雍的恋爱之后，第六章大部分回溯九莉在天津的童年生活，详叙她与仆人们相处的种种细节，童趣横生，节奏放慢，与前后章节形成张弛有致的效果。九莉与蕊秋、之雍的故事线平行或交叉，对九莉的心理描写，如她对之雍是否跟小康有关系百般狐疑，对蕊秋的浪漫往事反复猜度，皆成为推动叙事的心理动力。

第九章里九莉去温州找之雍即为佳例。窈窕淑女颇似千里寻夫的赵五娘，途中在一个祠堂里看戏。这是张爱玲从《华丽缘》改写的，却成为一场九莉的看与被看的戏中戏。最后一段："这些人都是数学上的一个点，只有地位，没有长度阔度。只有穿着臃肿的蓝布面大棉袍的九莉，她只有长度阔度厚度，没有地位。在这密点构成的虚线画面上，只有她这翠蓝的一大块，全是体积，狼犺的在一排排座位中间挤出去。"（页265）九莉眼中的观众与观众眼中的九莉，戏里戏外，显出她的狼狈相。她去温州的目的是确定她在之雍心中的"地位"，却像个匆匆过客，还不如这些村民，对于之雍来说她或许已是个局外之人。这是全书中最短一章，仅三四页，如传统戏剧的"楔子"，原作没有"二美三美团圆"的字眼，在《小团圆》里是添加的,好似剧透了即将见到之雍——九莉难以下咽的大戏。原文有观众说戏班子演员"一个个的面孔都这么难看"的话①,在这一章里反复出现了五次,仿佛她的不祥预感的痛楚呻吟。

5. 诗性语言

张爱玲的早期小说如《金锁记》《倾城之恋》《封锁》等是公认的经典。不说别的,举几个比喻为例,如《花凋》里的郑先生像"酒精缸里泡着的孩尸",②《茉莉香片》里的冯碧落是"绣在屏风上的鸟",③《金锁记》里的七巧"戴着黄金的枷,她用沉重的枷角劈杀了几个人",④皆意象奇丽、情怀苍凉。这些比喻贴近人物各自的命运,蕴含着作者的厌恶、同情或悲悯。小说里的人物死在比喻里,却永存于艺术形式中,令人赞叹。和早期风格相比,《小团圆》是两重天。三十年后张爱玲写自己,处处留下时光流逝的印痕。九莉在见到之雍前:"她鄙视年青人的梦。"(页163)是精神的早熟? 抑或是

---

① 张爱玲:《华丽缘》,《余韵》,页102。

② 《花凋》,《张爱玲小说集》,页463。

③ 《茉莉香片》,《张爱玲小说集》,页263。

④ 《金锁记》,《张爱玲小说集》,页202。

扭曲的"恋父"情结？写她嫁给汝狄："她也不相见恨晚。他老了，但是早几年未见得会喜欢她，更不会长久。"（页179）这类自白毫无粉饰，却去皮见骨，直达心性，取下嘉宝式的神秘面纱，比起前期风格少了些华丽与色香，多的是质实与厚重，特有一种"曾经沧海难为水"的人生韵味。这类短句如格言般凝练，也是张爱玲新创的小说叙事形式。九莉还是个婴儿时，韩妈用汤匙喂粥，一次次被她泼掉："突然汤匙被她抢到手里，丢得很远很远，远得看不见，只听见叮当落地的声音。"（页217）这一句刻画她从小任性，非常生动，铮然可闻作者晚期追求的"事实的金石声"。

那些前期的比喻之美在于枷锁、屏风与酒精瓶的"间隔"功能，给人物提供神奇转化的空间，意象独特，玲珑剔透，刻上张爱玲语言魔术的风格印记。大概她在晚年实行"极简主义"，在《小团圆》里放弃了这种复杂的间隔性比喻，不免可惜，当然这些东西都是属于她的，谁也拿不走。其实这部自传小说在叙事方式与结构上已够复杂，因而使用自然平淡的语言，借以表现记忆的飘忽与人心的幽微。如描写九莉："怀孕期间乳房较饱满，在浴缸里一躺下来也还是平了下来。就像已经是个苍白失血的女尸，在水中载沉载浮。"（页177）把自己比作尸体,足具直击眼球的震撼力。或九莉与之雍的热恋:"他吻她,她像蜡烛上的火苗,一阵风吹着往后一飘,倒折过去。但是那热风也是烛焰,热烘烘的贴上来。"(页186)与《倾城之恋》比照,流苏与柳原"似乎是跌到镜子里面,另一个昏昏的世界里去了"。① 没有那面"镜子",九莉的感受也足够诡谲。在之雍狂吻之后出现了"镜子":"砖红的窗帘被风吸在金色横条铁栅上,一棱一棱,是个扯满了的红帆。壁上一面大圆镜子像个月洞门。夕阳在镜子上照出两小条五彩的虹影。他们静静的望着它,几乎有点恐惧。"(页187)把窗帘比作"红帆",从镜子里照出"虹影",组成一幅海天绚丽的景观,然而在静默中涌动着"恐惧"的潜流。这样的句子如散文诗,作者的描画功夫愈加老到。

《小团圆》中这类比喻非常多,皆气象辽阔,韵味深长,展示了新的美学创获。仅举两例,一是当蕊秋言及家中往事,九莉:

> 她也不过这么怙惙了一下,向来不去回想过去的事。回忆不管是愉快还是不愉快的,都有一种悲

---

① 《倾城之恋》,《张爱玲小说集》,页240。

《花凋》郑川嫦(张爱玲插图)

《花凋》郑先生与郑太太
（张爱玲插图）

《茉莉香片》聂传庆与言丹朱
（张爱玲插图）

《茉莉香片》言子夜与冯碧落
（张爱玲插图）

哀,虽然淡,她怕那滋味。她从来不自找伤感,实生活里有得是,不可避免的。但是光就这么想了想,就像站在个古建筑物门口往里张了张,在月光与黑影中断瓦颓垣千门万户,一瞥间已经知道都在那里。(页78)

另一处是九莉知道之雍要逃离上海时:

> 她心目中的乡下是赤地千里,像鸟瞰的照片上,光与影不知道怎么一来,凸凹颠倒,田径都是坑道,有一人高,里面有人幢幢来往。但是在这光秃秃的朱红泥的大地上,就连韩妈带去的那只洋铁箱子都没处可藏,除非掘个洞埋在地下。(页249)

这两个比喻都把记忆中的闪念幻化为光影绰绰的风景,前者是废墟般乱世的隐喻,九莉常有一种咫尺乾坤、洞见千古的神秘意念。后者是在心头浮现"乡下"图景,如透过一张照片辨认陌生的景物,怀着忧虑与恐惧。其他比喻如:"她有种茫茫无依的感觉,像在黄昏时分出海,路不熟,又远。"(页257)"在小城里就像住在时钟里,滴搭声特别响,觉得时间在过去,而不知道是什么时候。"（页274）"车声隆隆，在那长方形的缺口里景色迅速变换，像个山水画折子豁辣豁辣扯开来。"（页266）这些句子美不胜收，为记忆中的感觉、小城或车作脚注，却打开另一片时空，常与路程有关。另如九莉穿着奇装异服走在街上："像把一幅名画穿在身上，森森然快乐非凡，不大管别人的反应。"（页159）宛然唯美做派的自信。或把楚娣与绪哥哥的闲谈譬作"轻言悄语，像走长道的人刚上路"。（页106）奇思妙想令人莞尔。甚至九莉为母亲画像："眼睛像地平线上的太阳，射出的光芒是睫毛。"（页89）这一对母亲的美的珍奇礼赞，似可看作张爱玲写作《小团圆》之旅的隐喻：她以不竭的创造活力走向新的"地平线"，天地为小，境界益宽，以色调澄明、情思深沉的语言建构了她的晚期风格。

孙甘露在《〈小团圆〉中的"小物件"》一文中列出四五十种"小物件"[①]，每一物件占据叙事空间的一个位置，都有故事。如九莉带到香港的小台灯，是蕊秋在上海先施公司花三块钱买的，到香港九莉发觉一块可换三块港币，就觉得肉疼。蕊秋在法国学绘画，回国定做了"一套仿毕加索抽象画小地毯"（页136），说明她的现代

---

① 孙甘露：《〈小团圆〉中的"小物件"》，《零度看张》，页183-184。

主义美术趣味，九莉也受到影响。还有无数不以"小"冠名的物件，如九莉小时候，乃德从口袋里摸出一只金镑，一块银洋。问她："要洋钱还是要金镑？"金镑比银洋值钱，九莉却选了银洋，乃德"气得把她从膝盖上推下来，给了她一块钱走了"。（页90）这很像《红楼梦》里宝玉"抓周"的情节，满脑子是钱的乃德跃然纸上。又如九莉在过马路时跟比比说，"我真喜欢红绿灯"，比比说，"带回去插在头发上吧"（页175），读来像现代诗句，比比像个性灵派诗人。

与小物件勾连的一句隽语、一段趣事或一个神态充斥在《小团圆》中的日常生活与人情世界里。这个贵族之家多的是小洋房、小公馆、小木屋、小公寓、小堂屋、小院子、小暗间和小洋台，走动着上上下下来自五湖四海的各色人等，操着合肥土白、京片子、常熟官话、江南官话、上海话等各种方言口音，包括九莉母亲的"鸣啦啦"的法语口头禅。这些赋予小说以浓郁的日常气息与真实质地，仿佛是张爱玲笔下的"铁屋子"，刻上新旧时代嬗变的印记，却听不到"救救孩子"的呐喊，生存与享乐的欲望如死一样炽烈，将烬的鸦片烟枪散发着催人入眠的微甜的幽香，也点燃未来的憧憬与逃离的希望，更不妨碍九莉为她的祖父母——张佩纶与李菊耦的浪漫传奇谱写出一首乱世之爱的"狂想曲"。

小物件不乏食品,"蕊秋高兴起来会下厨房做藤萝花饼,炸玉兰片,爬丝山药"(页88),大约是新式点心,而"韩妈下厨房做一碗厨子不会做的菜,合肥空心炸肉圆子,火腿萝卜丝酥饼。过年总是她蒸枣糕,碎核桃馅,枣泥拌糯米面印出云头蝙蝠花样,托在小片棕叶上"。(页101)还有她带回给九莉吃的家乡特产"紫晕豆酥糖与大麻饼"。(页104)对于九莉,每一样也许不亚于《追忆似水年华》中的"小玛德莱纳",虽未加以浓描细写。而韩妈很像老女仆弗朗索瓦丝,九莉"婴儿的眼光还没有焦点,韩妈的脸奇大而模糊"。(页217)"韩妈带她一床睡,早上醒来就舐她的眼睛,像牛对小牛一样。"(页204)这些温暖的描写填补了母爱的空白。第六章记述了年幼的九莉和韩妈及佣人们在一起的日子,她说,"等我大了给邓爷买皮袍子","给韩妈买皮袄",(页203)卖乖中伴有朦胧的平等意识。碰到打雷,女佣们说:"雷公老爷在拖麻将桌子了。"雨过天晴,她们说:"不会再下了,天上的蓝够做一条裤子了。"(页203)这些话自成天籁,好像是张爱玲在为自己的语言天才"寻根"了。

救救孩子！　蘇青

我生平做過的錯事雖是很多，但卻沒有一件值得懊悔者；有，則惟有遵件人家看來並不錯，而我自己卻認爲千不應該萬不應該的，便是我不該盲目地生了遺許多孩子。

當我生產第一個孩子的時候，我的年紀很輕，糊里糊徐不懂得什麼，祇知道燕爾新婚快樂，不知不覺中就懷下了麟兒。生產的時候我很過些苦頭，自然我們也羨慕起似乎藥房裏有一種奔子可買來用以避孕，祇是我們羞答答地不好意思向人家追問，也不好意思自己亂闖進任何家藥房去姑關那東西。這樣的過了許久，恰巧家裏有一位娘姨囮了，於是我們便慫慂趕回去參加喜事，家裏的客人家還多，床舖少，因此長輩說你們兩小口子還是不要分床吧，於是我就又養了一個女兒。我的第二個女兒出生民國二十六年陰曆七月七夕，夾農便閒魍麼麼陸陸，吃的東西都買不到。抗彼第九天我便擠下薬民給捨捨回故鄉，壁在嫲嫲裏，熬得透不過氣來，一鍋粥藍買涔水吃，帶入營中已小嘗嚐笑得噎日F由我死抱住向人家哨，帶入營中已小嘗嚐笑得噎日了。

張愛玲插圖　救救孩子！

张爱玲插图,《救救孩子》,《天地》杂志,1944

6. 电影典故

前面提到九莉梦见在电影《寂寞的松林径》里与之雍及一群小孩的一幕,以此作为《小团圆》结尾,似余情未了,若稍作回味,"之雍出现了,微笑着把她往木屋里拉。非常可笑,她忽然羞涩起来,两人的手臂拉成一条直线,就在这时候醒了"。(页325)这令人想起之雍逃离前夜与九莉的性爱场景,他"微笑着拉着她一只手往床前走去,两人的手臂拉成一条直线"。(页256)因此九莉的"羞涩"带情欲色彩。这部影片是九莉小时候看的,内容记不得了,仍记得亨利·方达(Henry Fonda, 1905-1982)与薛尔薇·雪耐(Sylvia Sidney, 1910-1999)这两位男女明星。张爱玲自小就是影迷,这样的描写来自她的电影记忆,或许她真做过这样的梦,但从小说叙事的互文关系看,她也把电影用作一种多媒体修辞手法。

这是她晚期发展的叙事手法,变化多端,比起早期小说中诗情画意的文字意象另有丰富的意趣。第一章中蕊秋被怀疑是间谍,"九莉不禁感到一丝得意。当然是因为她神秘,一个黑头发的玛琳·黛德丽"(页45),玛琳·黛德丽(Marlene Dietrich, 1901-1992)是好莱坞二十世纪二三十年代明星,与嘉宝齐名,而以"第一美腿"著称。第三章中形容姑姑的腿"比玛琳·黛德丽的腿略丰满些,柔若无骨,没有膝盖"。(页114)这两例拿玛琳·黛德丽作比喻,给美丽的母亲涂上一层"神秘"的色调,当然更加迷人;她的姑姑不漂亮,然而有一双黛德丽的美腿,可算个美人了。电影是一门多媒体艺术,九莉对《寂寞的松林径》的内容没有印象,却记住其主题曲。张爱玲把九莉置于影片中,好似在创作中接通了电影频道,涉及复杂的形象思维与想象过程,如她在一九四六年发表的《不变的腿》一文所示①,对黛德丽的影片《蓝天使》《摩洛哥》与《平地青云》等如数家珍。因此《小团圆》里母亲、姑姑与黛德丽影像重叠,唤醒她自己的电影记忆,也具通俗性,诉诸集体的观影体验,读者会想起《蓝天使》或《摩洛哥》,或另一部影片,那是更为有趣的。

第七章里荀桦出狱后去了九莉家几次,"她这才知道荀桦错会了意,以为她像她小时候看的一张默片'多情的女伶',嫁给军阀做姨太太,从监牢里救出被诬陷的书

---

① 参陈子善:《"女人圈"·〈不变的腿〉·张爱玲》,收入《从鲁迅到张爱玲——文学史内外》(北京:北京大学出版社,2017),页151-167。

《蓝天使》(*The Blue Angel*)剧照,斯登堡(Josef von Sternberg)导演,1930

生"。(页232)《多情的女伶》是1926年拍摄的鸳蝴派影片[①],在军阀跋扈的时代背景中演绎才子佳人的悲欢离合,而小说通过剧情表示九莉并非"多情",暗示荀桦陷入了某种旧式思维套路。把电影当作典故来使用,最为突出的是在第十一章里把两个电影故事并置起来,先是九莉的母亲:

> 又有一次看了电影,在饭桌上讲"米尔菊德·皮尔丝",里面琼克劳馥演一个饭店女侍,为了子女奋斗,自己开了饭馆,结果女儿不孝,还抢她母亲的情人。"我看了哭得不得了。嗳哟,真是——!"感慨的说,嗓音有点沙哑。(页290)

> 九莉自己到了三十九岁,看了棒球员吉美·皮尔索的传记片,也哭得呼噬呼噬的,几乎嚎啕起来。安东尼柏金斯演吉美,从小他父亲培养他打棒球,压力太大,无论怎样卖力也讨不了父亲的欢心。成功后终于发了神

---

① 张爱玲误以为男主角入狱。《多情的女伶》是1926年上海明星影戏公司的影片,包天笑编剧,张石川导演,王献斋与宣景琳饰演男女主角。剧中高鑑吾为爱国党人,被政府通缉,逃离而流落在上海,其未婚妻陆昭仪嫁给一军阀,后来两人相遇,女伶赵飞红忽悠军阀而促成两人团圆,自己被高鑑吾误伤而死。见痴萍:《〈多情的女伶〉本事》,《明星特刊》(上海:明星影戏公司,1926),页1-4。

经病,赢了一局之后,沿着看台一路攀着铁丝网乱嚷:
"看见了没有? 我打中了,打中了!"(页291)

《米尔菊德·皮尔丝》即 *Mildred Pierce*,中译《欲海情魔》,是好莱坞 1945 年的影片,琼·克劳馥(Joan Crawford, 1904–1977)主演,以此获奥斯卡最佳女主角奖。片中母亲对女儿极其宠溺,最后女儿与她的丈夫私奔,又开枪把他打死,事后在案件调查中母亲还存心包庇。"吉美·皮尔索的传记片"名为 *Fear Strikes Out*,中译《孺子雄心》,1957 年出品。九莉的母亲表达她为女儿做出牺牲,因得不到回报而悲伤,女儿所表达的是她经历巨大的心理压力后获得成功。这两段叙事安排在小说最后母女两人分别之后,对全书的母女关系作一种影像修辞的总结,有画龙点睛之效。母亲一心要把女儿栽培成淑女,女儿逆反而行,成功却未能弥补两人的隔阂,给心灵留下永久的创伤,在期待与成功之间横亘着两代娜拉的鸿沟,也是时代的悲剧。这两段叙事精简概括影片内容,对各自的情绪绘声绘色,表现得极具力度。① 小说里不乏九莉哭得厉害的情景,都表现得相当克

---

① 张爱玲 1957 年 4 月 19 日给邝文美的信中说:"最近我（转下页）

制,就像九莉在电影院里"哭得呼噜呼噜的,几乎嚎啕起来",因为隔了一层,读者可作壁上观,而电影典故的妙用营造了"含蓄"的阅读空间,如果对这两段描写细加揣摩,就越觉得回肠荡气而感动愈深。

7. 震惊效果

张爱玲说《小团圆》"full of shocks"——"充满震惊"。使用电影典故具通俗性,而她刻意制造震惊效应,给阅读更添刺激。确实,书中刺心裂肺的对白、大胆的性爱描写,或是心头的细微震颤,奇峰激浪处处有。且不说这部小说如果在当时出版或像一颗重磅炸弹,正如宋淇指出,单就书中对胡兰成的描写就有美化汉奸之虞,且会被这"无赖人"利用,在当时台湾的政治语境中,张爱玲与皇冠出版社极有可能是"自毁长城"。小说在雪藏三十三年之后使读者大感意外的却是对家族秘辛的大胆揭露,尤其是母女关系的部分。第一章里九

(接上页)看了不少'大片子',只有 *Anastasia & Fear Strikes Out* 觉得非常好,尤其是后者。"见《张爱玲来往书信集 I》,页65。但是《小团圆》中"九莉自己到了三十九岁",应当是在1959年,不知为何算错时间。如果三十九岁有什么特别的话,那可能跟她在1959年11月申请加入美国籍有关。同前书,页90。

莉去浅水湾饭店，"蕊秋穿着蛋黄色透明睡袍，仆欧敲门，她忽然两手叉住喉咙往后一缩，手臂正挡住胸部"。九莉顿时觉得"似乎她人一憔悴了，就乱了章法"。（页33）她的目光尖利，也是淑女家教的本能反弹。同样在第一章里蕊秋爆出她与九莉舅舅并非孪生胎——一出"狸猫换太子"的后宫戏目，且又爆出九莉的父亲与姑姑联手为争家产而跟兄长打官司。接着第五章里九莉回到上海后又从姑姑口中知道母亲与简炜的爱情悲剧，又得知母亲屡次打胎的秘密。这种包括九莉自己在内的家族揭秘是大量的、带节奏的，叙事上是策略性的。如第十一章里蕊秋说起雷克给她二百叨币，九莉心想："叨币——想必蕊秋是从巴黎回来，顺便去爪哇的时候遇见他的，雷克从香港到东南亚去度假。他是医科女生说他'最坏'的那病理学教授，那矮小苍白的青年。"（页292）小说接近尾声时还这么给蕊秋黑上一笔，虽然出自九莉的猜想或成见。这类例子不少，不断揭秘能给读者带来兴奋，也能使九莉的心理叙事保持连续的张力。

家丑没能逃过九莉的视角，似是一种集体揭秘行为。她母亲讲她与舅舅并非同母所生，是因为九莉已经成年，觉得有必要让她知道，且告诫她不要学父亲与姑姑的样与舅舅打官司。同样她以为九莉知道她以往的风流情史，所以哭道："我那些事，都是他们逼我的——"（页288）难以低估的是九莉的姑姑——许多秘闻的来源。不仅有关蕊秋，也包括她自己，尤其是她对绪哥哥一片痴情，为了打官司动用蕊秋的存款也是为了他，结果这场不伦之恋无疾而终。绪哥哥不光背叛她，还与二房的维嫂嫂偷情，令人想起《金锁记》里的三爷和七巧。姑姑为此伤心欲绝，在九莉面前却显得淡定。她以为九莉早就从蕊秋那里知道她的事，当她讲起蕊秋堕胎时"自悔失言"，像说漏了嘴，以为九莉也早就知道。的确，在数个家族的复杂关系网络中搬演《金瓶梅》或《红楼梦》的日常故事，防不住墙缝有耳，窗下有眼。就九莉耳闻目睹而言，名士风度的五爷"喜欢九莉，常常摩挲着她的光胳膊，恋恋的叫：'小人！'""九莉也曾经看见他摩挲楚娣的手臂，也向她借钱。"（页110）他后来去了满洲国，混得"不得意，娶了个十六岁的班子里姑娘带回来"。（页125）许多事情是听来的，如大爷把丫头来喜收做小老婆，在外面组织小家庭，还生了孩子。这件事上上下下全知道，只把大爷的太太一人蒙在鼓里。（页95）

小说通过九莉的"内视"观点揭示了情欲与文化

"习性"，如五爷摩挲九莉和楚娣的手臂，今天看来是禁忌，而在当时家族中不以为奇。旧时名士有"洛丽塔"癖好，像九莉的母亲说起她舅舅喜欢"处女"，要求把丫头碧桃许给他。张爱玲写到这些点到为止，以"事实"让读者体味，如她在《谈看书》中说："含蓄的效果最能表现日常生活的一种浑浑噩噩，许多怪人怪事或惨状都'习惯成自然'，出之于家常的口吻，所以读者没有牛鬼蛇神'游贫民窟'（slumming）的感觉。"①绪哥哥是旧时大家族中近亲恋爱的做派，更染上偷香窃玉的习性。九莉的父亲最为典型，抽雪茄，踱方步，经史诗赋倒背如流，也喜欢叔本华，汽车要坐最时新的，换了一辆又一辆，是一副亦中亦西的绅士派头，又召妓纳妾，嗜赌，染上鸦片和吗啡，对子女教育却能省则省。他与蕊秋离婚后也想有所振作，"买了两件办公室家具，钢制书桌与文件柜，桌上还有个打孔机器，从来没用过"。（页97）然而积习难改，最后演出虐女全武行，是愈加没落的歇斯底里病态发作，所以九莉记忆中父亲的"恐怖"跟她对父权及其旧制度的憎恨是联系在一起的。

　　九莉与蕊秋、楚娣之间的对话常涉及她们的爱情隐

---

① 《张看》，页196。

私，其实都是私房话，背景少不了"浴室"，富于上流女性情欲空间的隐喻。她们在生活上互相依赖和忍让，亲情中含有女性的同情。姑姑对九莉披露她母亲与简炜的恋爱悲剧，因为母亲不能离婚，姑姑愿意作挡箭牌，与简炜假结婚，实际上她也爱上了简炜，岂非变相的"二美团圆"？九莉"骇异得话听在耳朵里都觉得迷离惝恍"。但是转念一想，"这种三个人的事，是他们自己一个愿打，一个愿挨，虽然悲剧性，她也不觉得有什么不对"。（页194）让人可骇怪的，还在于姑姑自我供状的那份坦然。她们与九莉个性各异，在新旧夹缝里反抗或顺从，写下各自的憧憬与幻灭，走向各自的梦。她们分享情场欢快或幻灭，相互间不乏严厉的自我价值的审视。楚娣在背后笑称蕊秋为"流浪的犹太人"（页293），幽默而尖酸，而蕊秋不留在上海，也是为了自尊与自由。姑姑对九莉与燕山的事"很有保留"（页315），母亲发现燕山是影星便觉得"没有可能性"（页287），对演艺职业都有某种成见。她们都受近代新式教育的洗礼，观念上相当西化，而行为守则仍属老派，保持大家闺秀的规范，九莉对她母亲的态度似乎是更为苛刻的。

从张爱玲与宋淇夫妇的通信来看，她最终未能改写《小团圆》，其症结主要在于她不愿改变其"自传性"初衷,包括对九莉与母亲的描写。如宋淇所言九莉是个"unconventional(非传统)的女人",是个"unsympathetic"(冷漠)的人物,"大多数读者不会对她同情的"[①],但张爱玲说:"九莉 unsympathetic,那是因为我相信人性的阴暗面,除非不往深处发掘。"[②]这基于她对文学天职的信念,即作家应当描写最熟悉的生活,更须发掘人性深处。《小团圆》的"自传"真实性问题,在学者当中见仁见智,她却反复强调其"自传"性,包括她的母亲。她在一九七九年二月十一日致邝文美和宋淇的信中说:"我在改写《小团圆》。我一直觉得我母亲如果一灵不昧,会宁愿写她,即使不加以美化,也不愿被遗忘。"[③]在一九九一年八月十三日的信中又重申:"我想她 rather this than be forgotten(与其被遗忘,宁可如此)。她自己也一直想写她的生平。"[④]小说里写到楚娣与九莉陪蕊秋看了九莉编写的电影,蕊秋对女儿的成就感到满意。"蕊秋对她的小说只有一个批评:'没有经验,只靠幻想是不行

---

① 宋淇 1976 年 3 月 28 日给张爱玲的信,见《张爱玲往来书信集 I》,页 302。

② 张爱玲 1976 年 4 月 4 日给邝文美、宋淇的信,见《张爱玲往来书信集 I》,页 313。

③ 《张爱玲往来书信集 I》,页 406。

④ 《张爱玲往来书信集 II》,页 472。

的。'她自己从前总是说：'人家都说我要是自己写本书就好了。'"（页286）因此张爱玲自信在完成她母亲的未遂之志，似乎也是一种"还债"方式，且认为母亲不会反对她这么写。

其实《小团圆》里的蕊秋美丽而放达，富于激情与艺术气质，婚后一再红杏出墙，这样出自名门的大胆"新女性"在现代文学中难得一见。九莉对蕊秋尽管不满，却没有道德评判的意思。当蕊秋哭道，"我那些事，都是他们逼我的"，九莉觉得"她完全误会了"，她心里在叫喊："我从来不裁判任何人，怎么会裁判起二婶来？但是怎么告诉她她不相信这些？她十五六岁的时候看完了萧伯纳所有的剧本自序，尽管后来发现他有些地方非常幼稚可笑，至少受他的影响，思想上没有圣牛这样东西。"（页288）她在圣玛利亚女校读书时接受了萧伯纳的平等待人的思想，不再有道德圣洁的观念。她在一九六八年十月九日给宋淇的信中又提到这一点："我从小'反传统'得厉害，到十四五岁看了萧伯纳所有的序，顿时成为基本信仰。当然 Fabianism（费边主义）常常行不通，主要是看一切人类制度都有 perspective（观点）。我对犯规的同情也不限 adultery（通奸）这一项，而且也不是 confessor（神父）式的同情。好在又不'身体力行'，也就各人'信'之所安就是了。"①"费边主义"主张以渐进改良的手段推进社会变革,虽然张爱玲觉得它"常常行不通",但尊重个人选择成为她的"基本信仰"。这一点有助于理解《小团圆》中的母女关系的描写,九莉对蕊秋的浪漫不以为然,却无关道德裁判,而是从女性独立的立场出发,对女性的用"情"不无自警自省的意味,这与小说里九莉自己的爱情叙事是密不可分的。

《小团圆》是一部非常奇特的自传体小说。作者追求"真实",当然是她记忆中的"真实",另一方面强化现代叙事技巧,由是"震惊"也成为一种美学修辞。社会学上"震惊"属于一种都市心态,如一九○三年西美尔(Georg Simmel, 1858–1918)的《大都会与精神生活》一文所揭橥的:大都会的形成给精神生活的感官方面带来与乡村或小镇生活完全不同的生态,人们在大街上被瞬息变化的速率与汹涌而至的视觉冲击所主宰,其中各种元素互相冲突与融汇,由是"构成了大都会所创造的心理机制"。② 这一论述为后来的都市研究奠定了理论基础。有趣的是张爱玲不仅对都会的"震惊"习以为常,

---

① 《张爱玲往来书信集 I》,页180。

② *The Sociology of Georg Simmel* (New York: Free Press, 1950), p. 410.

且有嗜痂之癖。她生来喜欢刺激的东西,对于市声喧嚣、万景变幻的都市生活照单全收,"像汽油,有人闻见了要头昏,我却特意要坐在汽车夫旁边,或是走到汽车后面,等它开动的时候,'布布布'放气"。[①] 由此可见一斑。

制造"震惊"的美学效应被现代主义创作尊为圭臬,这方面波德莱尔堪称典范,一八五七年他的诗集《恶之花》面世,从丑恶中发现深刻的人性,奇丽而刺人心魄的意象给世人带来"新的战栗"。[②] 论者把《小团圆》比作《恶之花》,也因两者有共通之处。司马新的《张爱玲与赖雅》一文据张爱玲生前好友爱丽丝女士的回忆,"张爱玲最喜欢西方诗人是波特莱尔与里尔克"。[③] 其实在张爱玲时代,波德莱尔的名声如雷贯耳,她不会置若罔闻。她似乎天生有一种波德莱尔式的与外界互为"感应"的特异功能,这方面要比许多中国诗人显得更为圆通,且两人都是本雅明所说的都市"漫游者",波德莱尔对巴黎花都日常生活心醉神迷,提出"稍纵即逝,随机缘合"的"现代性"

---

① 《谈音乐》,《流言》,页212。

② 参陈建华:《"恶声"的启示——波特莱尔〈恶之花〉简论》,收入《午后的繁花》(上海:东方出版中心,2020),页111。

③ 司马新:《张爱玲与赖雅》,《联合文学》,第13卷第7期(1997年5月),页85。波特莱尔内地通译为波德莱尔。

乔治·萧伯纳(George Bernard Shaw, 1856–1950)

美学理论。① 张爱玲的"当下感"也与之神理相通。胡兰成的《今生今世》说："一日清晨,我与她同去美丽园,大西路上树影车声,商店行人,爱玲心里喜悦,与我说:'现代的东西纵有千般不是,它到底是我们的,于我们亲。'"② 可读作张爱玲的"当下感"的一个脚注。张爱玲以闺阁空间为中心舞台演绎九莉以及她的母亲、姑姑的罗曼史,犹如都市日常现代性的镜像投影产生阵阵"震惊"效应,这一首映现在新旧岔道纵横交错上的"丽人行",以作者的抉隐发微、洞见人性的尖利笔触将永远印刻在文学史上。

八、挽狂澜于既倒:《红楼梦》与《海上花》

张爱玲一九五五年二月二十日给胡适的信中说:"《醒世姻缘》和《海上花》一个写得浓,一个写得淡,但是同样是最好的写实的作品。我常常替它们不平……我一直有一个志愿,希望将来能把《海上花》和《醒世姻缘》译成英文。"③ 她在十三四岁时从父亲所藏的《胡适

---

① Charles Baudelaire, "Le Peintre de la vie moderne", in Œuvres choisies de Ch. Baudelaire (Paris: Librairie Delagrave, 1929), p. 194.

② 《今生今世》,页 188。

③ 《忆胡适之》,《张看》,页 146。

文存》里读到关于这两部小说的研究文章,于是把它们找来看,即赞赏不已。令人讶异的是张爱玲在一九五五年十一月赴美,在此前给胡适的信中说"一直"有翻译这两部小说的"志愿",说明她筹思已久。联系到她很早的"要比林语堂还要出风头"的抱负,似乎在中国文学的世界地位及中西文化交流方面已有某种蓝图。事实上她到美国之后不断提到林语堂,似把他当作力图超越的参照系,如说林语堂仅在散文方面作了些译介工作,而她认为真正能代表中国文学的则是《红楼梦》与《海上花》。① 而且她觉得在西方流行的《红楼梦》译本连同高鹗(1758–约1815)续补的后四十回,是篡改了曹雪芹(约1715–约1763)原意的糟糕版本,而林语堂则是这个版本的推崇者。② 如本文开头提到,在中西交流方

---

① 张爱玲说:"至于中国过去的文学,林语堂花了许多工夫介绍散文,不过最精彩的东西是诗与长篇小说。中国诗的翻译品质比不上日本俳句,有些人声称它的真髓始终没有译出。"见《张爱玲往来书信集I》,页198。

② 张爱玲在1968年7月24日致宋淇的信中说:"译《红楼梦》很流行,高鹗又得到许多新读者,现在林语堂又替他辩护,我真希望你的论文把他彻底打倒,不然一会又还魂。"见《张爱玲往来书信集I》,页175。按:"流行"指英译《红楼梦》,宋淇撰文力斥高鹗的后四十回,说明《红楼梦》原本的真价值。

赖内·马利亚·里尔克(Rainer Maria Rilke, 1875–1926)

面张爱玲与林语堂取径迥异，她要把中国文学与文化的本来面目介绍到国外，甚至"想拆穿"那种让西方人"特别喜爱"的中国表象。这与她的较"真"做法有关，而她的小说也因为揭露了中国传统的阴暗面而不讨喜。

1968年张爱玲在《忆胡适之》一文中旧事重提，说她已在着手翻译《海上花》，为胡适的离世感到痛惜。并说《海上花》一再遭到中国读者的"摒弃"，而她要把它介绍给西方读者，虽然难知其结果如何。同时她谈到中国古典小说"只有本《红楼梦》是代表作"，却因高鹗的续作而损害了它的艺术价值，所以"要给它应得的国际地位，只有把它当作一件残缺的艺术品，去掉后四十回，可能加上原著结局的考证"。事实上张爱玲当时已在剑桥赖氏女子学院研究所从事《海上花》的英译工作，如夏志清说"也发傻劲在研究《红楼梦》"。这不奇怪，张爱玲从小酷嗜《红楼梦》，宋淇也是一位"红学"专家，跟她一样否定高鹗的续作。《红楼梦》早有多种英译，皆非全本，张爱玲从宋淇那里知道霍克斯（David Hawkes, 1923–2009）和闵福德（John Minford）正在合译全本《红楼梦》。她为了辨明曹雪芹原作与高鹗续作之间的优劣，对《红楼梦》各种手稿本做了比勘与考证，写成文章连续发表，前后十年之久，至一九七七年结集为《红楼梦魇》出版。

胡适(1891-1962)

《忆胡适之》透露出张爱玲"晚期风格"的主要动向：不再继续她的英文创作，而进行一种"含蓄的中国写实小说传统"的自我建构，一方面阐述《红楼梦》与《海上花》的现代价值，从美学上探索与总结它们的"含蓄"风格，借以丰富自己的创作，另一方面通过考证与翻译来确定它们在文学史上的经典地位，旨在纠正与提高公众的文学欣赏水平。

二十世纪六十年代末她在赖氏女子学院及各大学作题为"中文翻译：文化影响力的一个载体"（Chinese Translation：A Vehicle of Cultural Influence）的演讲时指出：

> 中国长篇小说的发展之路与西方小说大相径庭，它在西方人眼中可能显得太外在化，也铺展得太薄。《红楼梦》集中国长篇小说之大成，作者终生屡易其稿，缓慢地锤炼这部惊人地现代化而且错综复杂的作品——当时理查森的《帕梅拉》（Pamela）在英国刚发表——他卒年不满五十，书未写完，被人续上与他毫不相干的最后三分之一，令作品贬值。《红楼梦》远远走在时代之前，当时无人读透，经过此挫折，

中国古典小说始终没有彻底复原。①

　　中西文学各有路径，中国文学发展或不无薄弱之处，但文学自有其追求自由的天性，在表现复杂的人性方面不受中西地域的限制。她声称"《红楼梦》远远走在时代之前"，表明她的"现代"观突破通常历史分期的局限，比起在"整理国故"框架中研究《红楼梦》的胡适等人以及迄今一些把"现代性"等同于西化的学者都要高明。在演讲中直言现今传播的《红楼梦》是被"贬值"了的，可见她的求"真"姿态，就其在国际学术舞台上表述"全球-本土"立场，对于当时的"中国研究"来说也是走在时代前面的。

　　《红楼梦魇》与《国语海上花列传》分别在一九七七年与一九八三年出版，她在两书的自序和后记中表达了关于中国近世文学的两次"高峰-断崖"论："一七九一年《红楼梦》付印，一百零一年后《海上花》开始分期出版。《红楼梦》没写完还不要紧，被人续补了四十回，又倒过来改前文，使凤姐、袭人、尤三姐都变了质，人物失去多面复杂性。"高鹗歪曲了曹雪芹原意，而其续作成为

① 《张爱玲往来书信集I》，页198。本文引自加拿大哥伦比亚大学李明皓（Christopher Lee）教授的中文翻译，其英语研究论文见网址：https：//commons. In. edu. hk/jmlc/vol14/iss1/3/。

流行标准本,至近代小说地位愈高,由是对人们的小说趣味带来了巨大影响,她说:"百廿回《红楼梦》对小说的影响大到无法估计。等到十九世纪末《海上花》出版的时候,阅读趣味早已形成了,唯一的标准是传奇化的情节,写实的细节。"①在她看来,《海上花》作者描写男女之情微妙复杂,毫无旧时才子佳人的"伤感"习气,在"穿插藏闪"笔法上"有些地方他甚至于故意学《红楼梦》"②,代表中国小说的写实传统的极致,也是最好的中国小说。它"太欠传奇化,not sentimental"而遭到大众的冷落,也是因为"《红楼梦》被庸俗化了,而家喻户晓,与《圣经》在西方一样普及,因此影响了小说的主流与阅读趣味。一百年后的《海上花列传》有三分神似,就两次都见弃于读者,包括本世纪三〇年间的亚东版。一方面读者已经在变,但那都受外来的影响,对于旧小说已经有了成见,而旧小说也多数就是这样"。③ 所谓《海上花》"两次见弃于读者",一次是一八九二年问世时,

① 张爱玲:《国语本〈海上花〉译后记》,《海上花落·国语海上花列传Ⅱ》,页646–647。

② 同上,页643。

③ 张爱玲:《红楼梦魇·自序》,《红楼梦魇》(台北:皇冠出版社,1996),页8。

张爱玲《红楼梦魇》,1983

张爱玲《海上花开·国语
海上花列传Ⅰ》,1983

张爱玲《海上花落·国语
海上花列传Ⅱ》,1983

另一次是一九二六年亚东书局出版标点本,请胡适和刘半农(1891-1934)作序,两人赞扬它为"吴语文学的第一部杰作"①,但仍未得到重视。因此张爱玲感慨说:

> 上世纪末叶就已是这样了。微妙的平淡无奇的《海上花》自然使人嘴里淡出鸟来。它第二次出现,正当五四运动进入高潮。认真爱好文艺的人拿它跟西方名著一比,南辕北辙,《海上花》把传统发展到极端,比任何古典小说都更不像西方长篇小说——更散漫,更简略,只有个姓名的人物更多。而通俗小说读者看惯了《九尾龟》与后来无数的连载妓院小说,觉得《海上花》挂羊头卖狗肉,也有受骗的感觉。因此高不成低不就。当然,许多人第一先看不懂吴语对白。②

中国文学不乏天才,却生不逢时。曹雪芹"完全孤立。即使当时与海外有接触,也没有书可供参考。旧俄

---

① 胡适:《海上花列传·序》,收入张爱玲:《海上花开·国语海上花列传Ⅰ》(上海:上海古籍出版社,1995),页7。
② 《国语本〈海上花〉译后记》,《海上花落·国语海上花列传Ⅱ》,页648。

的小说还没写出来。中国长篇小说这样'起了个大早，赶了个晚集'，是刚巧发展到顶巅的时候一受挫，就给拦了回去"。① 等到《海上花》出来，"当时的新文艺，小说另起炉灶，已经是它历史上的第二次中断了。第一次是发展到《红楼梦》是个高峰，而高峰成了断层"。② 此即张爱玲对于两次"高峰"与"断崖"的文学史诊断，虽是她的个人文学史，却独具灼见，离不开她的世界视野与古今通观。"断崖"的原因既有外来的，也是内在的，从深层结构看是中国文化惯性太强，像高鹗与《九尾龟》之流左右了读者的文学趣味，跟悠久的礼教教育与精英阶层的卫道职能有关，也是"国民性"问题。她之所以格外重视《红楼梦》与《海上花》，当然关乎她个人的情感世界与创作实践，也因为它们对国民的情感教育所起的巨大作用。她说："抛开《红楼梦》的好处不谈，它是第一部以爱情为主题的长篇小说，而我们是一个爱情荒的国家。它空前绝后的成功不会完全与这无关。自从十八世纪末印行以来，它在中国的地位大概全世界没有任何小说可比。"她说的"爱情荒"含有对中国传统的反

---

① 《红楼梦魇·自序》，《红楼梦魇》，页8。
② 《国语本〈海上花〉译后记》，《海上花落·国语海上花列传Ⅱ》，页648。

思："中国文化古老而且有连续性，没中断过，所以渗透得特别深远，连见闻最不广的中国人也都不太天真。独有小说的薪传中断过不止一次。所以这方面我们不是文如其人的。中国人不但谈恋爱'含情脉脉'，就连亲情友情也都有约制。"①所谓"约制"说白了即中国人的根深蒂固的"发乎情，止乎礼"的规训，而张爱玲为甄辨真假《红楼梦》而大动干戈，目的就在于显露其"现代"爱情部分，这方面在她背后无疑有个西方文学的参照，虽然没有明说。

《红楼梦魇》书名出自俞平伯（1900-1990）在《红楼梦研究·自序》中的话："我尝谓这书在中国文坛上是个'梦魇'，你越研究便越糊涂。"②张爱玲特意解释以前"流言"和"张看"的书名语义双关，而自己"十年一觉迷考据，赢得红楼梦魇名"，乃出自"一种疯狂"。③ 既是"梦魇"又是"疯狂"，其间意涵丰富。她自言八岁时便读《红楼梦》，中学时作鸳蝴派章回小说《摩登红楼梦》，由父亲代定回目，也从其藏书读到《海上花》。这些有关父亲的

---

① 《国语本〈海上花〉译后记》，《海上花落·国语海上花列传Ⅱ》，页647。

② 《俞平伯论红楼梦》（上海：上海古籍出版社，1988），页372。

③ 《红楼梦魇·自序》，《红楼梦魇》，页6-7。

错综记忆犹如"梦魇",却也有一份感念在。虽是翻译或考证,也在书写她熟悉的东西,某种意义上"是一种独特的自传性书写,写的是过程,是演变,也是个人成长史"。[①]她说:"偶遇拂逆,事无大小,只要'详'一会《红楼梦》就好了。"[②]参详与写作也带来心理疗效,然而在离散与隔世的时空交叠中穿透出一道悲壮的音符——面对这两部小说"断崖"的历史命运,她的"疯狂"大有挽狂澜于既倒之慨,其实颇有"狂者进取"的意味,而世运流转终究带来诗的正义,她的心力没有白费。就《海上花》而言,今天已被公认为文学经典。它"对人性的真实观照"与"高度的艺术成就"被载入文学史。[③] 范伯群先生主编的《中国近现代通俗文学史》称《海上花》为"红楼之后又一高峰",接受了张爱玲的提法,且充分肯定了她对《红楼梦》与《海上花》的研究。[④] 我给研究生上近代文学的课,必读《海上花列传》,有的学生读张爱玲的白话本也不足为怪。

张爱玲说:"我十二三岁的时候第一次看,是石印本,

① 参黄心村:《梦在红楼,写在隔世》,《零度看张》,页11。

② 《红楼梦魇·自序》,《红楼梦魇》,页10。

③ 章培恒、骆玉明主编:《中国文学史新著》(上海:复旦大学出版社,2011,增订本,第二版),下卷,页495-503。

④ 范伯群主编:《中国近现代通俗文学史》(南京:江苏教育出版社,2010,新版),上卷,页23-40。

看到八十一回'四美钓游鱼',忽然天日无光,百样无味起来,此后完全是另一个世界。"① 她不厌其详考证探究原稿与高鹗续作的天渊之别,就凭最初这一点直觉,却一灵咬住,追寻曹雪芹的"温暖的情感丰富"的红楼世界,其实也是她的文学世界。她指出续作"又倒过来改前文,使凤姐、袭人、尤三姐都变了质,人物失去多面复杂性。凤姐虽然贪酷,并没有不贞。袭人虽然失节再嫁,'初试云雨情'是被宝玉强迫的,并没有半推半就。尤三姐放荡的过去被删掉了,殉情的女人必须是纯洁的"。② 这些改动使《红楼梦》的感情世界变得"枯寒","高鹗所拟定的收场,不能说他不合理,可是理到情不到,里面的情感仅仅是sentiments,不像真的"。③ 这个与"情"相对的"理"可理解为传统的"理学"。她认为一八七一年的程甲本"特别道学",或称之为"卫道的甲本"。④ 所谓"初试云雨情"即指原本第六回中"遂强袭人同领警幻所驯云雨之事"之句被程甲本改为"遂与袭人同领警幻所驯云雨之事,入袭人以

① 《忆胡适之》,《张看》,页152。

② 《国语本〈海上花〉译后记》,《海上花落·国语海上花列传Ⅱ》,页646。

③ 《谈跳舞》,《流言》,页190。

④ 《红楼梦魇》,页36、43。

罪"。① 一字之差使袭人变成勾引宝玉的坏女人而被后人诟骂。

她又对曹雪芹的"五次增删"的稿本反复研究,从中看出一个孤独"天才"的成长史。其创作过程曲折而复杂,多少受到亲朋好友的影响与制约,如由于畸笏叟的批评删除了"秦可卿淫丧天香楼"这一章,为"恶俗得太离谱"的贾珍开脱②,使小说的揭露性有所减弱,但张爱玲称赞曹雪芹在"酝酿多年之后,终于又添写祭钏一回,情调完全不同,精彩万分"。"金钏儿这人物是从晴雯脱化出来的。她们俩的悲剧像音乐上统一主题而曲调有变化,更加深了此书反礼教的一面。"③晴雯与金钏儿都因触犯礼教而遭到迫害,张爱玲与曹雪芹心灵相通,对她们寄予同情,也蕴含着她的"反传统"的文化政治。在考据中张爱玲所揭示的大多是女性的情欲节点,如她一再提到的是以弗洛伊德心理分析作为批评视角④,而《红楼梦》"远

---

① 《红楼梦魇》,页45。

② 同上,页41。

③ 同上,页189。

④ 如"续作者却不是这样的佛洛依德派心理分析家",见《红楼梦魇》,页35。又张爱玲1968年7月21日致宋淇信:"兼美当然是兼钗黛之长,用外貌象征。像秦氏也许只限外貌与Freudian undertones(弗洛伊德式的安排)。"见《张爱玲往来书信集I》,页174。

远走在时代之前",因其在"现代"意义上表现了人性的真实。

　　张爱玲没受过考据方面的训练,从版本入手,不失乾嘉学派的基本法则,如编年排列五段删天香楼的文本,逻辑推理有板有眼。《红楼梦魇》的考证体量浩繁,循环论证犹如迷宫,其中不时闪现巧思的灵光,如"大观园是作者与脂砚小时萦思结想的'失乐园'",或如"宝黛是根据脂砚小时候的一段恋情拟想的"的论点,①"红学"专家周汝昌(1918–2012)读到之后大为倾倒,专写《定是红楼梦里人》一书加以研讨。对张爱玲的有些观点他不尽同意,但是:"她举了大量的字例句例,说明'满俗化'的迹象,其细其繁,其版本之精熟,其耐心之强,其细心之微,其记忆之确……让人'下拜',自愧万难企及。"②所谓"满俗化"指她以《红楼梦》中女子是否缠足来论证高鹗对有关满汉习俗的描述。其实这已经属于一种跨文化研究,更主要的是张爱玲的文本细读方法,与当时北美人文学界从新批评朝向形式主义、结构主义的潮流同步,若与夏志清的《中国现代小说史》相比的话,其缜密细微的解读方法也另有一功。可贵的是她不像现在许多学者动辄

----

　　①　周汝昌著:《定是红楼梦里人》(北京:团结出版社,2005),页91、119。

　　②　同上,页34。

拉扯西方理论，而完全从实际出发，如对《海上花列传》中"日常生活的况味"的解读，对于各对恋人的情感类型甚至婢女男仆的姓名皆作历时与共时的比较剖析，列举《三言》与日本青楼等例子，旁征博引，纵横开阖，已是结构性研究的做派。她充分揭示出这部小说中人物的城市心态特征——空虚、怅惘与反讽，而在爱情、性欲与友情之间，感情类型是更为层次丰富的。她认为比起陶玉甫与李漱芳的生死恋，王莲生与沈小红的故事是更为"现代"的："窝囊的王莲生受尽沈小红的气，终于为了她拼戏子而断了，又不争气，有一个时期还是回到她那里。而最后飘逸的一笔，还是把这回事提高到恋梦破灭的境界。作者尽管世俗，这种地方他的观点在时代与民族之外，完全是现代的，世界性的，这在旧小说里实在难得。"[1]

张爱玲坦言她"喜欢看张恨水的书，因为不高不低。高如《红楼梦》《海上花》，看了我不敢写"。[2] 她把这两部小说奉如神明，在她的文章里两者常如双子星座形影不离。然而《小团圆》正是写在兴致浓郁地翻译《海上花》和考据《红楼梦》之时，我们不禁要问：是"敢"还是"不

---

① 《忆胡适之》，《张看》，页153–154。
② 《张爱玲私语录》，页65。

敢"？虽然她的早期小说里已有《红楼梦》的影子，还限于悲金悼玉的修辞层面，然而到《小团圆》她是真"敢"，最明显的是在叙事与结构方面继承了《红楼梦》与《海上花》，且取得了突破。

她在《国语本〈海上花〉译后记》中说："《金瓶梅》《红楼梦》一脉相传，尽管长江大河滔滔汩汩，而能放能收，含蓄的地方非常含蓄，以致引起后世许多误解与争论。《海上花》承继了这传统而走极端，是否太隐晦了？没有人嫌李商隐的诗或是英格玛·伯格曼的影片太晦。不过是风气时尚的问题。"①《小团圆》在叙事形式上一意追求"含蓄"，运用《红楼梦》与《海上花》的"穿插藏闪"法有过之无不及，不惜"太晦"而引起"误解与争论"。另外她谈到《红楼梦魇》的写作过程："我不过是用最基本的逻辑，但是一层套一层，有时候也会把人绕糊涂了。……像迷宫，像拼图游戏，又像推理侦探小说。早本各各不同的结局又有《罗生门》的情趣。"②其实把这段话看作《小团圆》的叙事特征，也能发现颇多相似处，或许某些考据的思维习惯无意中渗入小说创作，也不是没有可能。

---

① 《海上花落·国语海上花列传Ⅱ》，页646。

② 《红楼梦魇》，页10。

九、欲进还止的创作转型

有一次张爱玲对宋淇说:"我没想到告诉你不要跟志清提《忆胡适》,因为我给胡适信上说《传奇》不好,他看了会不高兴。"[1]她在赴美前给胡适寄去《秧歌》说:"别的作品我本来不想寄来的,因为实在是坏——绝对不是客气话,实在是坏。"这不像谦辞。夏志清在《中国现代小说史》中称"张爱玲该是今日中国最优秀最重要的作家"[2],已把《传奇》看作经典,她却不以为然。后来夏志清编现代文学小说选,请她把他认为"中国自古以来最伟大的中篇小说"《金锁记》译成英文,她跟宋淇说:"译《金锁记》非常倒胃口,这话不能对志清说,仿佛我这人太不识好歹。总之:'You Can't Go Home Again.'(美国 Thomas Wolfe 名著,《半生缘》结尾)。"[3]当然她不会对夏这么说,对他的好意千恩万谢,但"非常倒胃口"也

---

[1] 张爱玲 1968 年 6 月 26 日致宋淇的信,见《张爱玲往来书信集 I》,页 170。

[2] 《中国现代小说史》,页 335。

[3] 张爱玲 1967 年 3 月 24 日致宋淇的信,见《张爱玲往来书信集 I》,页 145。

是实话,她意识到环境与读者的变化而要求一种新的风格,这种创作上的焦虑与日俱增。信中引用美国作家托马斯·沃尔夫(1900-1938)的长篇小说标题"你不能再回家"来说明她不可能回到过去。我们知道她把《十八春》改成《半生缘》,最后曼桢对世钧说:"我们回不去了。"①这传世金句其实是从沃尔夫那里借来的。《半生缘》颇为成功,后来被拍成电影,而令人骇异的是,她在一九六八年六月二十六日致宋淇的信中说:"我本来一直觉得在现在这情形下,写英文无论怎样碰壁,中文还是只能做副产品。只好听其自然。《半生缘》也无以为继,我写一部琼瑶可以写一百部。"②把《半生缘》看作琼瑶也能写的小说,语气很不屑。她对英文写作失去信心而转向中文写作,表明她不愿再写类似畅销言情的小说,尤其在叙事形式上决意向高端发展了。

在这样的情势下《小团圆》应运而生,标志着张爱玲晚期风格的转型。也许是因为积聚太久发力过猛,她说:"我因为这篇难产多年的小说好容易写了出来,简直像生过一场病,不但更瘦得吓死人,也虚弱得可怕。"③不仅伤

① 张爱玲:《半生缘》(台北:皇冠出版社,1991),页355。

② 见《张爱玲往来书信集 I》,页171。

③ 张爱玲 1975 年 9 月 24 日致宋淇的信,见《张爱玲往来书信集 I》,页272。

身,吊诡的是小说过于前卫而未能面世,跟曹雪芹有得一比——也接受了一二知己的批评而改写。此后她创作发表了短篇小说《色,戒》《浮花浪蕊》与《相见欢》(应当包括作为遗作发表的《同学少年都不贱》)。作者说三十年之前这三个"小故事"就"使我震动,因而甘心一遍遍改写这么些年"①,如《色,戒》早在一九五六年就有英文稿。它们的主题各有侧重,表现女性群像在战时的遭遇或冷战年代全球离散的命运。这几个短篇代表了张爱玲最后生命阶段的创作成果,体现了她在风格转型方面的种种努力,其重要性显而易见。

其中《色,戒》是继《金锁记》之后又一深度挖掘人性的杰作,对王佳芝"爱的解剖"具自我挑战的意义。形式上非常合乎传统小说规范,在人物、情节与结构方面均无懈可击,在张爱玲作品里也显得特殊,风格上放弃华丽繁缛而转向平淡质实。更值得关注的是这篇小说的某种虚构性。当宋淇指出王佳芝身份、钻戒种类及首饰店地点等具体细节的真实性问题时,张爱玲承认:"《色,戒》闹的笑话是'写不熟悉的东西'的一个活教训。"②她接受宋淇

---

① 《惘然记·自序》,页4。

② 张爱玲 1974 年 5 月 14 日致宋淇的信,见《张爱玲往来书信集 I》,页236。

的建议,并与他反复讨论,使问题一一解决,终于写出这篇成功之作。

王佳芝与易先生的恋爱让人联想到张爱玲与胡兰成。她一向尊奉无目的的爱情,却因爱上一个汉奸而"声名狼藉"[1],似难以释怀。她的早期散文《爱》讲了一个可遇不可求之爱的故事,也是女子无法把握自己命运的伤心寓言。[2]《色,戒》里的王佳芝面对"情场如战场",却是一场捐弃身首的残酷实战,她的身体成为一个如本雅明说的"势力场域"(the force field)——政治势力、物质与情欲交集其中,她在执行暗杀任务的最后关头放走易先生,使同党与她自己惨遭覆灭。张爱玲所谓"权势是一种春药"不单指易先生,王佳芝做特工出自爱国热忱。作为一个涉世未深的少女,她对爱情抱着憧憬,这也取决于肉身体验,对于她的性别认同与自我价值至关重要。张爱玲在《羊毛出在羊身上——谈〈色,戒〉》中说:"王佳芝的动摇,还有个远因。第一次企图行刺不成,赔了夫人又折兵,不过是为了乔装已婚妇女,失身于同伙的一个同学。对于她失去童贞的事,这些同学的态度相当恶劣——至

---

① 《小团圆》,页280。

② 《爱》,《流言》,页77–78。

少予她的印象是这样——连她最有好感的邝裕民都未能免俗，让她受了很大的刺激。她甚至于疑心她是上了当，有苦说不出，有点心理变态。不然也不至于在首饰店里一时动心，铸成大错。"①她的同伙把她当作一件实现政治目的工具，她失去童贞，是为爱国而牺牲，却遭同伙轻蔑，这给她刻下耻辱肮脏的心理创伤，包括她原以为会喜欢的邝裕民，其实和那些同伙没什么不同。

小说描写王佳芝与易先生在首饰店挑选钻戒的场景与她的心理过程，围绕关键的一句："这个人是真爱我的，她突然想，心下轰然一声，若有所失。"②小说用五六页篇幅解析她的爱的成因，字字惊心动魄。爱是有条件有比较的。除了上面的"远因"，她在和易先生周旋中受了诱惑，生出模糊的爱意。他没给太太买那只火油钻，却给她买六克拉的钻戒，对此她不无虚荣成分。她并不相信某个名学者所谓"到女人心里的路通过阴道"那样的下作话，但这对于她与易先生的性爱关系是个暗示。与失身于同伙的经验不同，"事实是，每次跟老易在一起都像洗

①　张爱玲：《羊毛出在羊身上——谈〈色，戒〉》，收入《张爱玲集·郁金香》（北京：北京十月文艺出版社，2006），页455。
②　张爱玲：《色，戒》，《惘然记》，页30。

瓦尔特·本雅明(Walter Benjamin，1892-1940)

了个热身澡,把积郁都冲掉了,因为一切都有了个目的"。① 所谓"目的"指她成功使易先生上钩,因此觉得爽快,但正如"虎与伥的关系"一样,而老易这边,也觉得对她达到"最终极的占有"。张爱玲在致庄信正一信中谈到王佳芝:"她多少有点爱易,性方面也 OK。"②即点出爱与性的关系,只是李安导演将之推波助澜而尽视觉化能事罢了。

王佳芝以色诱敌如票友串戏,天真而糊涂,即遭惨灭,为读者慨叹,易先生令人毛骨悚然。所谓"一时动心,铸成大错"即为小说的警诫主旨,张爱玲也似乎完成了对"爱"的自我解构,其实不尽如此。"这个人是真爱我的"也是《小团圆》里九莉对之雍的心里话,移置在《色,戒》里一字不易。"真爱"具形而上意涵,唯一而绝对,犹如五雷轰顶。所谓人间有爱是老生常谈,却是人类延绵与文明承续之道,所以张爱玲无意否定"真爱"。虽然王佳芝情迷心窍,但在更深层面上却是她对真爱主动付出,是在物质基础上一种爱的升华,凸显了"人的神性,也可以说是妇人性"。③ 这里寓有作者的性别政治:女人的肉身负载着文明之道,尤其是在革命与战

---

① 张爱玲:《色,戒》,《惘然记》,页 21。

② 张爱玲 1982 年 7 月 5 日致庄信正的信,收入庄信正:《张爱玲来信笺注》,页 106-107。

③ 《自己的文章》,《流言》,页 18。

争中。相对来说不仅是易先生，也包括她的同伙，感情上都不靠谱，更遑论"真爱"。

或许我们对这种写法有所质疑，如果王佳芝在紧要关头以爱国为重，让同伙杀了易先生，岂非大快人心？的确，张爱玲表现了"人性的弱点"，正触及感情与身体的核心议题。所谓"观念是苍白的"的道理，其实在中国的晚明文学中已得到充分的表现。比如冯梦龙（1574-1646）的"情教"论："自来忠孝节烈之事"，"从至情上出者必真切"。一九〇六年吴趼人（1866-1910）在《恨海》中声称"人之有情，系与生俱来"，"忠孝大节无不是从情字生出来的"，也是同样的意思。① 王佳芝的同伙对待她的粗暴态度正犯了观念至上的毛病，结果适得其反。同样《色，戒》中十恶不赦的易先生也不是概念化的，否则这篇小说便有所逊色了。

《色，戒》之外的三篇属于家族系列，与早期小说不同的是：时空幅度大为开阔，涉及海外华人的情状，文化上具有多元混杂的特点。叙事具回忆性质，沿着《小团圆》的进路，平淡写实，淡化戏剧性情节，结构散文化，含反小说的实验倾向。《浮花浪蕊》中的女主角洛贞在驶向日本的船上，回想她

① 参陈建华：《抒情传统与古今演变——从冯梦龙"情教"到徐枕亚〈玉梨魂〉》，《文艺争鸣》，2018年第10期，页42-44。

最初从上海到广州,又在罗湖出境的经历,以及她在香港的生活,略带作者的自传色彩,看似《小团圆》的续篇,且又出现艾军与范妮——《小团圆》里的一对夫妇,但艾军是澳洲新闻记者,漂亮的西人,曾写过有关记者与军阀的女儿的罗曼史小说,这些跟《浮花浪蕊》里的艾军对不上。洛贞有姐姐、姐夫,与九莉也不合。洛贞原是在洋行里做打字员,似有九莉姑姑的影子;洛贞那只贴着花花绿绿的各国邮船招纸的行李箱,倒是像从九莉母亲那里借来的。这篇小说略带自传意味,其实张爱玲善于借用,不见得是在写自传。

洛贞始终在船上,小说大部分由她的回忆构成,自由联想的叙事类似《小团圆》,但没那么跳荡颠倒,描述了一对对乱世儿女的悲欢离合。洋行经理咖喱先生被日本人关进集中营,他的秘书潘小姐按时为他送食品,出狱后他和英国太太离了婚,和潘小姐结婚。范妮和艾军在国外待了十几年,艾军完成学业后合家回到上海,一九四九年前范妮带孩子移居香港,艾军出不了国另找新欢,因为有问题而受群众监督,又受台湾亲戚的牵连而入狱。洛贞失业后到香港在范妮面前不小心道出艾军的秘密,以致范妮郁郁而死。这些叙事中插入洛贞的姐姐与姐夫、她的洋行里的同事,以及她在船上认识的一对原住在虹口的日本夫妇等故事。小说中提到的太平洋战争、战后及新中国建立等历史节点极为重要,都是给家庭与个人带来剧变的关键时刻。

《浮花浪蕊》一开头,洛贞在船上自问:"出了大陆,怎么走进毛姆的领域?"意谓走进毛姆的文学世界。张爱玲最初以两篇《沉香屑》惊艳文坛,讲中西通婚的故事,周瘦鹃便说她受毛姆影响。有趣的是她对西方文豪不那么买账,对毛姆略无微词。确实在表现历史巨变中普通人的遭际时,跨国迁徙、异族通婚与跨文化生活描写似乎处处可见毛姆做派。船上景色与人情富于异国情调,大副二副等都是挪威人,洛贞认识的日本夫妇,男的叫李察逊,是英印混血儿。她的记忆环环相扣如空间转换,多元文化琳琅满目,如她的姐姐为东欧商人当秘书,她的洋行是"国际老处女大本营",顶头上司葛林是犹裔英国人,咖喱先生与广东潘小姐结缘,还有叫所罗门的犹太姊妹。最为发噱的是对范妮与艾军一家回上海之后中西杂烩的生活习惯的描写,雇用的厨师学贯中西,从西菜到京菜川菜粤菜样样拿手。全家去北戴河度假要带上几个荷兰烤箱,连同墨西哥三脚烛台。

张爱玲曾对水晶表示甚至有兴趣写外国人的故事。有趣的是《小团圆》里九莉的母亲像"广东人杂种人"。[1]她在《张看·自序》中说她的母亲像"外国人"或"拉丁民

---

① 《小团圆》,页28。

族"，因此她在美国大看人种学方面的书，探究"白种人在远东的踪迹"①，难道她疑心自己身上有"白种人"基因，且投影到她的晚期创作中？或许与此有关联的是，一九四四年九月她的弟弟张子静（1921-1997）在其创办的名为《飚》的文艺刊物上刊登了《我的姐姐张爱玲》一文，配有张爱玲的一幅"素描"，题为《无国籍的女人》。不知是她弟弟自己原有的，还是张特意作的，但和文章放在一起显得突兀，所谓"无国籍"是她的自我想象，还是指她的母亲？不免令人悬想。

这篇小说六七次提到毛姆，不啻为一篇向他致敬之作。这印证了张爱玲深受毛姆影响的普遍说法，似在标示她的新的写作方向，事实上在形式上另有考量。她在一九七八年十一月二十六日致夏志清的信中说："《浮花浪蕊》是用社会小说的结构——当然需要 modified——写短篇小说的一个实验。"②她在《忆胡适之》中说："凡是好的社会小说家——社会小说后来沦为黑幕小说，也许应当照 novel of manners 译为'生活方式小说'——能体会到各阶层的口吻行事微妙的差别。"③"社会小说"中最为她

---

① 《张看》，页8。

② 《张爱玲给我的信件》，页280。

③ 《忆胡适之》，《张看》，页152-153。

张爱玲插图,《无国籍的女人》,《飚》,1944

毛姆(William Somerset Maugham, 1874-1965)

《面纱》(*The Painted Veil*)，据毛姆小说
改编，嘉宝主演，1939

朱瘦菊（1892-1966）

称道的应当是朱瘦菊的《歇浦潮》,故事属于毛姆式的跨国经历,而运用本土小说的叙事手法进行"实验",寻求形式上的突破。无数人物映现在洛贞眼中或漂游的思绪中,船上的北欧水手、广东人,或是上海的范妮与艾军、她的姐姐的洋行里的顶头上司葛林、咖喱先生等。对各色人等音容笑貌的描绘,皆指涉他们的"生活方式"在不同地域、人种与历史时间之间的"微妙的差别"。

《同学少年都不贱》主要讲赵珏与恩娟的故事。一开头是赵珏从美国《时代周刊》得知恩娟的丈夫李外成为基辛格的内阁成员,于是回想起三十多年前她们的学生时代——基于张爱玲在圣玛利亚女校的经历与想象,后来恩娟随李外去了重庆。后半部分叙述赵珏在美国的生活以及与恩娟一家重逢的情景,最后仍以《时代周刊》上恩娟的新闻结束。结构上大开大合,两人故事的穿插缝接颇费心思。时间跨度自抗战时期到七十年代中美建交,也表现了风云突变与人生浮沉、华人离散流动的主题,但小说里另有新的吸睛之点:女校里的"同性恋风气",海外华人的生活,甚至涉及美国青年的生活片段。

时空跨度大,粗线条勾画两人不同的人生轨迹,充满对比与差异,其间不乏毛姆做派,首先是两人的婚嫁形态。李外是犹太人,在美国政界一帆风顺;恩娟养儿育女,显得相当满足。赵珏是个无目的真爱主义者,因"逃婚"而与父母闹翻,爱上一个有妻室的高丽人,结果不欢而散。在美国与一个台湾人结婚,又分居,因为懂韩语而临时受雇于政府机构,境况并不好,见到恩娟的显摆很不是滋味。所谓"同学少年都不贱",却是大浪淘沙,各人头上一片天,最后赵珏在《时代周刊》上看到恩娟在总统游艇上志得意满的照片,"那云泥之感还是当头一棒,够她受的"。① 据张爱玲自己在"笔记"中的资料,恩娟的原型是她在圣玛利亚女校的同学张秀爱②,但令人讶异的是小说的情节架构与张爱玲十二岁发表的处女作《不幸的她》几乎一模一样。③ 总之《同学少年都不贱》以中学生活为

① 《同学少年都不贱》,页60。

② 《在加多利山寻找张爱玲》,页162-164。

③ 张爱玲:《不幸的她》,见圣玛利亚女校年刊《凤藻》,第12期(上海:文瑞印书馆,1932)。"主要讲述了两个十岁的活泼女孩,她们是一对亲密的同学。长大以后,一个反抗母亲为'她'订立的婚姻而漂泊四方,另一个则自由恋爱,结婚后过着幸福生活。十年后,两人相见,感怀身世和'不幸的她',不忍看到密友的快乐,而更显自己的凄清,最后悄然离去。"见吴邦谋编著:《寻觅张爱玲》(香港:商务印书馆,2020),页45-46。按:《不幸的她》中:"我不忍看了你的快乐,更形我的凄清!别了!别了!人生聚散,本是常事,无论怎样,我俩总有蕴着泪珠撒手的一日!"与此比照《同学少年都不贱》中最后赵珏的"云泥之别"的感触,不啻是最初"我的凄清"的回响,却表达得十分含蓄。对张爱玲而言,这或是一种记忆的"返祖"现象,如果《同学少年都不贱》是她的最后一篇小说,那么一首一尾,其自我圆满意味极其奇特,很像她惯用的首尾呼应的写法。

基础,而把个人遭际写成跨越半个世纪的政治风云、海外离散与多元文化的故事,涉及"同性恋""性解放",可说是一篇新意开阔的后现代作品。

《相见欢》描写战后的上海一对中年表姐妹的叙旧,尽是些家常闲聊。讲起女子发式从留刘海到剪发烫发的变化及伍太太在海外学会煮红烧肉等细节,通过衣食琐事映照历史变迁与地域文化的差异,唧唧哝哝不乏久别重逢的欢欣,笑声中埋藏着女性的坎坷、艰辛与隐忍。荀太太嫁给北平的一个世家子弟,处处受管束,伍太太说她"一嫁过去眼睛都呆了。整个一个人呆了"。[1] 抗战期间荀太太在上海带着三个孩子,丈夫在重庆。她说起日本人攻打南京时,在故宫博物院工作的荀先生把那些古董都运走,却把她的相片和衣服等物都丢了。她的抱怨是淡淡的,小说里一笔带过,却点出家国之难中女性的牺牲。抗战胜利后荀先生回到上海,一家团聚,还算安稳。伍太太就命苦。身边只有女儿相伴,子女与女婿都在国外,伍先生的公司搬到香港去了,"政治地缘的分居,对于旧式婚姻夫妇不睦的是一种便利,正如战时重庆与沦陷区。他带了别的女人去的——是他的女秘书,跟了他了,

---

① 张爱玲:《相见欢》,《惘然记》,页72。

儿子都有了"。① 这令人想起《浮花浪蕊》里的艾军，战后让范妮带子女去了香港，自己在上海乐不思蜀。对这类题材张爱玲很有兴趣，在五十年代用英文写过一个"The Loafer of Shanghai"（上海游闲人）的短篇，叙述惧内的严先生，把老婆留在香港，自己到上海卖房子，却一去不回了。② 这类故事里女人总是逆来顺受，活得更为辛苦，这也是旧式婚姻造成的结果。

整个小说聚焦于伍家客厅，表姐妹如一对白头宫女娓娓讲古，置于色调淡雅的长镜头中。在苟太太的琐事回忆中偶现波澜，有一回她在北平街上被一个军人"盯梢"。最后一小段是数月之后表姐妹再次相逢，苟太太又原原本本讲起她的盯梢故事，如此健忘，使在旁的伍家女

---

① 《相见欢》，《惘然记》，页68。

② 张爱玲1957年7月14日致宋淇信中说，小说"The Loafer of Shanghai"交给她的美国经纪人："Mrs. Rodell看了说：'lovely twist on the henpecked story, but under-dramatized.'（是惧内故事的有趣变奏，但戏剧性不足。）一定卖不掉，要我重写。"见《张爱玲往来书信集 I》，页66。司马新在《张爱玲的今生缘》中提到："另一部中篇或短篇，《上海游闲人》（The Shanghai Loafer）已写完并交其代理人，始终未见发表。"《联合文学》，第13卷第7期（1997年5月），页69。张爱玲1977年4月7日致邝文美、宋淇信中说到她打算写的几个短篇，其中一篇"还有回大陆逃妻难的故事——什么公务员、科长当然都改掉"。应当是指《上海游闲人》而打算改写。见《张爱玲往来书信集 I》，页352。

1932年张爱玲(前排左三)在圣玛利亚女校读
初中一年级(吴邦谋《寻觅张爱玲》)

儿苑梅惊愕不已，然而伍太太也从头到尾聆听一遍，且照样重复："哦，是个兵！"更使她觉得："她们俩是无望了。"①这篇作品如对一袭陈年锦袍的怀旧端详，覆盖着颓废的诗意，但这通过旁观者的最后一笔对于"相见欢"是一种反讽的点评，点出她们近乎迟暮的心态。

本文开头指出张爱玲的晚期写作大胆描写性事，早先的弗洛伊德倾向走到前台。《同学少年都不贱》描写女学生之间的"同性恋"，与今天的概念不同。赵珏对赫素容崇拜到极点，最夸张的是当她瞥见赫素容从厕所出去，便去坐在她用过的抽水马桶座板上，恐惧又紧张，"丝毫不觉得这间接的肌肤之亲的温馨"。② 这至多是一种变态的狂想。赵珏在美国有一回迷了路，差点跟一队青年人一起走进森林，后来听说他们是去"集体野合"的——一种"性的革命"运动，"她险些被卷入，给强奸闹出事故来"。③ 张爱玲有意表现中西性文化的差异。恩娟跟赵珏说起她与李外的婚姻生活："当然性的方面是满足的。我记得那时候你无论如何不肯说。"④恩娟比赵珏更为西化

---

① 《相见欢》，《惘然记》，页 94。
② 同上，页 20。
③ 同上，页 45。
④ 同上，页 30。

开放。这一对照很有意思,张爱玲注重女性的身体感受,或许是美国"性解放"观念在她纸面舞台上的投影,尽管她自己的行为方式更像赵珏。如果深一层考察,《浮花浪蕊》里也有一段洛贞在上海被盯梢的描写,好不容易躲进电影院才摆脱蛮缠的男人。盯梢意味着性骚扰,是女性不安全的隐喻。赵珏甚至差点被卷入"野合"运动,当然更为可怕。洛贞与赵珏同样在异乡漂流,生活上并不安定,张爱玲的境况也相似,且长期与世隔离,因此对这两人的描写或许含有她自己的不安定、不安全的潜意识。

这几篇之后张爱玲没再写小说,有多方面原因。三十年之后再写中文短篇,自觉不顺手。就像她致夏志清信中谈到《浮花浪蕊》时说:"我在大陆也过着离群索居的生活,材料不多,也过时了,变化太大。目前想写的如果不是自己觉得非写不可的,也冲不出这些年的 writer's block(作家的局限)。"① 虽然《浮花浪蕊》《相见欢》和《同学少年都不贱》比不上《色,戒》,但其实各有"张爱玲笔触",在内容与形式上都有新的探索。确实一面不得不利用旧材料,一面要求形式新变,难度可想而知。的确,她

---

① 张爱玲 1978 年 11 月 26 日致夏志清的信,见《张爱玲给我的信件》,页 280。

很明白自己的写作困境。这些晚期小说不具当年的文采，尽管她在内容与形式上力求突破，但在"张迷"们那里难以得到理解与接受。且不说《小团圆》的难产，《色，戒》在政治上也受到责难。时当七十年代末，华文世界新秀并起迭出，正如宋淇在一封信里说的："最近台湾文坛风气一新，年青作家和艺术家从事创作和出版层出不穷，老作家不拿点真玩意出来，很可能给后浪吞掉。"①可想而知，盛名之下的张爱玲成为众矢之的，连素称张迷的亦舒也尖刻批评《相见欢》："整篇小说约两万许字，都是中年妇女的对白，一点故事性都没有，小说总得有个骨干，不比散文，一开始琐碎到底，很难读完两万字，连我都说读不下去，怕只有宋淇宋老先生还是欣赏的。"其实《相见欢》的"散文"特点正有别于"故事性"小说的实验性，对此亦舒难以欣赏。她又说："我始终不明白张爱玲何以再会动笔，心中极不是滋味。"干脆认为张爱玲在《传奇》之后难以为继。因此张对邝文美、宋淇说："亦舒骂《相见欢》，其实水晶已经屡次来信批评《浮花浪蕊》《相见欢》《表姨细姨及其他》，虽然措辞较客气，也是恨不得我快点

---

① 宋淇 1976 年 7 月 7 日致张爱玲的信，见《张爱玲往来书信集 I》，页 325。

死掉,免得破坏 image(形象)。这些人是我的一点老本,也是个包袱,只好揹着。"①尽管恼火,也很无奈。当时不乏她已"过时"的论调,但使她更受刺激的是陈若曦的《尹县长》,夏志清指出:"一九七八年给她感慨最多的文坛大事莫过于《尹县长》英译本出版后之大受欢迎、大获好评。"对此她写信给麦卡锡说陈若曦走红是因为意识形态而不是艺术的原因,可见反应之激烈,事后自觉这么说显得"太 petty(小气)"。②

在这种形势下急流勇退或许不失为明智之举,实际上数月之前她在给夏志清的信中说:"《同学少年都不贱》这篇小说除了外界的阻力,我一寄出也就发现它本身毛病很大,已经搁开了。"③她主动中止这篇小说的发表,直至二〇〇四年才作为遗作出版。在接下来八九十年代,

---

① 张爱玲 1979 年 9 月 4 日致邝文美、宋淇的信,见《张爱玲往来书信集 I》,页 420-421。

② 张爱玲给麦卡锡写信是在 1978 年 12 月,夏志清评论:"爱玲在那段英文里道出陈若曦走红的原因,分析透彻,一句话也没有说错。但看到一个刚交运的后辈走上世界文坛,张爱玲实在不必眼红而顾影自怜,尽管自己在争取国际声誉这方面的努力一直没有多少成绩。果然在下一封上,爱玲自己也承认'上次信上有些话显得太 petty'。"见《张爱玲给我的信件》,页 287-288。

③ 张爱玲 1978 年 8 月 20 日致夏志清的信,见《张爱玲给我的信件》,页 275。

除了《红楼梦》与《海上花》的考据与翻译,她在创作方面仅止于少数散文及作为压轴的《对照记》。此期间随着"张爱玲热"水涨船高,《倾城之恋》《怨女》《红玫瑰与白玫瑰》先后被拍成电影,均获差评,主要是实在难拍,难以传达文字神韵,与读者期待差距太大。而她的大部分精力花在对其"出土"作品的维权方面,并与皇冠合作成功打造了她的文学殿堂——吊诡的是其中端坐着《传奇》时代的张爱玲。

十、结语:爱与真的启示

一九九三年出版的《对照记》收入五十余帧家族老照片,附文字解释,是一本别具一格的自传。由张爱玲与皇冠编辑的来往书信可知,原先有过把《小团圆》与《对照记》合为一册的考虑,因《小团圆》未能改成而先出《对照记》。① 如果两书合集,图文并茂,一虚一实,可能是一种破天荒的自传文体。她从小对色彩特别敏感和喜欢,谈到创作《小团圆》时自称"我是偏重视觉的人",说书中一些视觉性描写来自生活中的真实感受,与

---

① 张爱玲:《小团圆》,页16。

意象修辞有区别。①《对照记》当然是她"偏重视觉"的表现，无意中与世界学潮合拍。此前巴特发表过《罗兰·巴特自述》(*Roland Barthes by Roland Barthes*)一书②，前面是四十余幅作者生平与家族的照片，后面大部分自述其写作、理论及文化各方面的见解与趣味，被称为别具一格的自传。《对照记》较之则更凸显图像的主体，次年米歇尔(W. J. T Mitchell)的《图像理论》(*Picture Theory*)一书出版，在北美人文学界掀起"视觉转向"的热潮。而对照相的理解方面，本雅明的"灵氛"(aura)或巴特的"刺点"(punctum)理论脍炙人口，涉及观者的超乎象外的主观感受。《对照记》中对图二(见彩插三)的文字解说也有类似"灵氛"的韵味。那是张爱玲年幼时一副"傻头傻脑"的样子，她母亲把衣服涂

---

① 张爱玲1976年4月26日致邝文美、宋淇的信中说："《小团圆》是主观的小说，有些visionary的地方都是纪实，不是编造出来的imagery。就连不动感情的时候我也有些突如其来的ESP似的印象，也告诉过Mae。"见《张爱玲往来书信集I》，页318。按："ESP"为"extra-sensory perception"的缩写，意谓"超感知觉"。这段话是针对水晶的《张爱玲的小说艺术》的，书中对张的早期小说中的"意象"等修辞技巧尽分析与推崇之能事，而张爱玲说："那本书我只跳着看了两页，看不进去，要避忌也都无从避起。"

② *Roland Barthes by Roland Barthes*, trans. Richard Howard (New York: Hill & Wang, 1977).

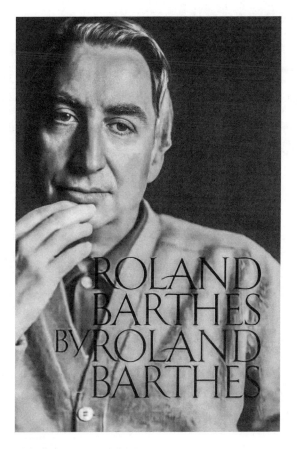

《罗兰·巴特自述》(*Roland Barthes by Roland Barthes*, 1977)

上"蓝绿色",后来小说集《传奇》的封面用了孔雀蓝的颜色,"我记得墙上一直挂着她的一幅油画习作静物,也是以湖绿色为主。遗传就是这样神秘飘忽"。①

在《对照记》里,《小团圆》里许多人物与情节能对号入座,且点明《清夜录》即《孽海花》,将两书中的化名还原为历史真实,对李鸿章的事迹与祖父母姻缘的叙述比小说还要详细些,尤其对祖父母的"算是美满的婚姻"神往不已。张爱玲说:

> 我没赶上看见他们,所以跟他们的关系仅仅只是属于彼此,一种沉默的无条件的支持,看似无用,无效,却是我最需要的。他们只静静地躺在我的血液里,等我死的时候再死一次。
>
> 我爱他们。②

《小团圆》里已有同样的表述:"她爱他们。他们不干涉她,只静静的躺在她血液里,在她死的时候再死一

---

① 《对照记》,页6。

② 张爱玲:《对照记——看老照相簿》(台北:皇冠出版社,1993),页52。

次。"①《对照记》里的表达更为丰满,且将"她爱他们"换成"我爱他们"单独成行,异常强化。追溯到六十年代写的《易经》:"祖父母却不会丢下她,因为他们过世了。不反对,也不生气,就静静躺在她的血液中,在她死的时候再死一次"。文中尚无"我爱他们",且说明琵琶因为父亲家里种种黑暗与腐败使她愤愤而无奈,于是从祖辈那里寻求精神支持,"母亲一向教导她往西方看,可母亲多年不在身边,西方也随之落在地平线下。倒是东方的绚烂金彩突然在她眼前乍现开来,虽然在粉刷的墙上看不见出口"。②《小团圆》里不再交代这一具体背景,从文本的演进轨迹来看,《对照记》里如此突出"我爱他们",含意更深刻。张爱玲说《小团圆》:"这是一个热情故事,我想表达出爱情的万转千回,完全幻灭了之后也还有什么东西在。"③如果小说表现了个人爱情的"完全幻灭",那么"我爱他们"可视为留存的"东西",犹如作者生死与共的承诺。可印证的是,《对照记》里最

---

① 《小团圆》,页122。

② 《易经》,页42。原文见 Eileen Chang, *The Book of Change*:"Her grandparents would never leave her because they were dead. They would never disapprove or get angry, they would just lie quietly in her blood and die once more when she died. "(p. 20)

③ 《小团圆》,页10。

后总结自己在童年之后："然后是崎岖的成长期,也漫漫长途,看不见尽头。满目荒凉,只有我祖父母的姻缘色彩鲜明,给了我很大的满足,所以在这里佔掉不合比例的篇幅。"①可见"祖父母的姻缘"是她唯一的精神寄托,含有一种对贵胄身份与文化传统的认同,因此"我爱他们"是一个永恒之"爱"的文学手势,含有审美、伦理与历史的多重维度,对于理解张爱玲的晚期风格至关重要,值得作些探讨。

在"我爱他们"的宣示中不无"心灵感应"的神秘因素,更有一种现代审美的"演说行为"(act of speech)。她与祖父母之间并无直接关系,他们"看似无用,无效",好似审美对象,她与他们的"血液"相融则出自一种移情想象。在文学中不乏这种钱钟书所说的"通感",或是一种被现代诗人奉为金科玉律的波德莱尔式的"感应"实践。但这对于张爱玲而言却具有某种蔡元培(1868-1940)式的"以美育代宗教"的意义。她以追求文学不朽为终生志业,对人间万象具有一种"通灵"禀赋与点石成金的文字巫术,无怪乎自小以"天才"自命,自信持一把打开"众妙之门"的钥匙。"等我死的时

① 《对照记——看老照相簿》,页88。

候再死一次"，也是对自己写作生命的终极承诺。不光是《小团圆》里隐现她的当下身影，哪怕在《对照记》里说"急景凋年已经遥遥在望"，仍表示："我希望还有点值得一看的东西写出来，能与读者保持联系。"①

"我爱他们"基于一种"血浓于水"的家族观念。②《诗经》中《关雎》一诗据古人诠释是为歌颂周文王与其后妃的美满婚姻而作，居《诗经》之首，是儒家首重家庭伦理的象征③，也具人类与文明延续的普适意义。但是所谓"祖父母的姻缘"毕竟是李鸿章做主把女儿许配给张佩纶的，所以张爱玲说："他们的罗曼史是翁婿间的，这也是更中国的。"④实际上"祖父母"是个美学符号，但细察文本，在"回忆与现实之间时时发现尴尬的不和谐"。⑤《对照记》中第二十三幅图是祖父母的照片，文字叙述翁婿俩的故事，并借姑姑之口嘲笑李鸿章："这老爹爹也真是——两个女儿一个嫁给比她大二十来岁的做填房，一个嫁给比她小六岁的，一辈子嫌她老。"⑥意含旧时专制婚姻的荒

---

① 《对照记——看老照相簿》，页88。
② 参李欧梵：《苍凉与世故：张爱玲的启示》，页43-45。
③ 朱熹：《诗集传》（上海：上海古籍出版社，1980），页1。
④ 《小团圆》，页122。
⑤ 《自己的文章》，《流言》，页20。
⑥ 《对照记——看老照相簿》，页43。

唐。"我爱他们"出现在对第二十五幅图"我祖母带着子女合照"的文字解释中,以怀恋笔调讲述了许多祖母的轶事趣闻,并说:"我祖父母这些地方只觉得可亲,可悯。"这"可悯"是因为祖母的婚姻并非她自己做主。从叙事的微妙差别中可见张爱玲的女性本位的立场。

张爱玲自小缺乏爱,一生写作离不开爱情与家庭的主题。她饱经爱情沧桑,生活不得安稳,在海外文学发展屡遭挫败,晚年飘零异乡,病魔缠身,孤寂弃世。尽管如此,她祖父母的"美满"记忆如"荒凉"新大陆上一片精神的绿洲,她把"爱"的梦想转化为超越自我的对于文明与历史的承诺,一如既往描写"普通人"的生存与欲望,昭示"真爱"的永恒价值及其现代困境,深刻揭示了文明与人性的局限。正如"可悯"蕴含着对女性命运的历史反思,"真爱"并非虚幻的乌托邦,最终关乎女性的自尊自主与自我完善。

张爱玲未能在英语世界取得成功,或因为浪费了许多时间与精力,否则文学成就更为卓越。这固然令人惋叹,但是一个作家的伟大并不完全取决于作品数量或当世荣名——她也不缺这些,且走在时代的前面。她能做自己想做的事,是一种幸运,其所遭受的颠簸与曲折,多半跟她的"清坚决绝"的个性有关,这或许给创作带来局限,而她对创作的"苛求"态度却达到一种精致,尤其《小团圆》不啻一部乱世之爱启示录。九莉把"白铜汤匙"(暗用"嘴含银匙"的洋典故)丢到老远老远,意味着生来对钟鼎世家的叛逆,她以个人成长史见证了随风而逝的旧时代,无比犀利地剖析自己对亲情与爱情的渴求与挣扎,最终以真实坦诚的自我面对世界与未来。这部自传体小说演绎中国的"含蓄"诗学传统并结合西方现代主义的叙事手法,在世界文学经典之林中独树一帜。她也不遗余力推介《红楼梦》与《海上花》,使其与她的创作和文学史理念融为一体,且把中国与世界、传统与现代同置于历史与文明的进程中,使她的晚期风格更为多样而自成系统。就中国文学"现代性"而言,若说在她那里得到某种完成也不为过。

　　张爱玲说:"因为是我自己'寻根',零零碎碎一鳞半爪挖掘出来的,所以格外珍惜。"①这"零零碎碎一鳞半爪"非同小可,如张佩纶作为"清流"领袖上书奏参大员,令满朝侧目,而在中法战争中落荒而逃,被革职充军。李鸿章代表清廷与日本签订《辛丑条约》,被斥为"国贼"饮辱而死。而张佩纶的侄子张人骏(1846-1927)身为两江

① 《对照记——看老照相簿》,页38。

张爱玲祖母与其子女,《对照记》图二十五

总督,在"辛亥革命"中坐在箩筐里从南京城墙缒下才得以逃生。这些事件都属历史关键节点,因此张爱玲所"寻"的是一部近代中国痛史,"根"植于荣辱与共的家族史。这么真实地书写历史对张爱玲来说还是第一遭,也是《对照记》的特殊之处。

凡读过张爱玲的,该会记得她《〈传奇〉再版自序》中的那段话:"时代是仓促的,已经在破坏中,还有更大的破坏要来。有一天我们的文明,不论是升华还是浮华,都要成为过去。如果我最常用的字是'荒凉',那是因为思想背景里有这惘惘的威胁。"[1]《对照记》或可读作这段话的一个脚注,对她而言这"惘惘的威胁"负载着几代世家崩塌的重量!张爱玲对历史的态度很有趣,在讲述炮火中香港沦陷的《烬余录》中声言,"我没有写历史的志愿",希望史家"多说些不相干的话"。又说:"清坚决绝的宇宙观,不论是政治上的还是哲学上的,总未免使人嫌烦。人生的所谓'生趣',全在那些不相干的事。"[2]难怪"张学"中不乏拜金主义、小市民、自私、恋物癖、俏皮话、鬼话及虚无、华丽与苍凉的话题,研究上不厌其小其细其丽其

---

① 《〈传奇〉再版自序》,《张爱玲小说集》,页5。

② 《烬余录》,《流言》,页41。

奇,信乎泱泱大观,言有所据,却较少认真对待她的与历史文明有关的"思想背景"。

她最初在上海英文杂志《二十世纪》(*The XXth Century*)发表"Chinese Life and Fashions"(《中国人的生活与时装》,自译为《更衣记》)一文,编者在按语中说"时装"对女士们并不陌生,但特别向男士们推荐:"确实,文中提供了一种对于现代中国的趣味盈然的心理分析。"又说杂志初次刊登张小姐的文章,称她"前途无量、年轻而才气横溢"。[①] 稍后又发表了"Still Alive"(《还活着》,中文为《洋人看京戏及其他》)与"Demons and Fairies"(《妖魔鬼怪》,中文为《中国人的宗教》)等文[②],那时她才二十出头,已能相当成熟地在中西比较中诠释中国的历史与文化,至今读来如珠落玉盘,可圈可点,说明当时她在知识与思想方面已颇富一番早熟的历练。那时她说要超过林语堂,看来确是踌躇满志。夏志清在《中国现代小说史》里就指出:"她有强烈的历史意识,她认识过去如何影

① Eileen Chang, "Chinese Life and Fashions", *The XXth Century*, Vol. Ⅳ, No. 1 (January 1943), pp. 54-61.

② 关于《二十世纪》主编与刊出的张爱玲文章,可参郑树森:《张爱玲与〈二十世纪〉》,《张爱玲的世界》,页 41-46。

响着现在——这种看法是近代人的看法。"①的确,《对照记》对显贵家史的叙事显示了一个现代女性的视角,《小团圆》则叙述了九莉自觉走向"近代人"的艰辛过程,但是细思"我爱他们"的表述则不免有诡谲之感,她对"祖父母"的认同中隐然以"最后的贵族"自居,对过去的文化持一种守望姿态,从中提取美好的东西来补救"现代"的不足。

《对照记》中有一段写她在 1949 年之后登记户口时被看成一个"老乡妇女",她"心里惊喜交集,不像个知识分子!"又解释:"我信仰知识,就只反对有些知识分子的望之俨然,不够举重若轻。"②由是她自觉放低身段,竭力使自己"插足在广大群众中"③,但又如堕落天使,对人间一切都感到新奇,连汽油与油漆的气味都喜欢,同时存在一种疏离感,如《天才梦》中描写她在日常生活中处处笨拙,而"在没有人与人交接的场合,我充满了生命的欢悦"。④ 这不完全是因为生性孤僻,她的"我爱他们"的认

---

① 《中国现代小说史》,页 341。

② 《对照记——看老照相簿》,页 74。

③ 《小团圆》,页 234。与《对照记》中"登记户口"是同一件事,细节描写不一样。

④ 张爱玲:《天才梦》,《张看》,页 242。

1650—1890

1890—1910

1910—1920

1921

《中国人的生活与时装》,张爱玲插图,《二十世纪》,1943

1920 年代晚期

1930 年代

1942

《中国人的生活与时装》,张爱玲插图,《二十世纪》,1943

同说到底内含传统转向现代的价值转换,而古今相通,她与"人类在一切时代之中生活过的记忆"接轨,提升出某种"人的神性"即"妇人性",因此在对"苍凉"人生的俯瞰中怀有悲悯。张爱玲的小说实际上描写了人与文明的关系,"普通人"却是"这时代的广大的负荷者",其形形色色的七情六欲皆受到家庭、教育、社会或战争的权力机制的播弄,他们的"不彻底"归因于文明与人性的缺陷,他们在"郑重而轻微的骚动、认真而未有名目的斗争"中,某种意义上体现了弗洛伊德的"文明及其不满"(Civilization and Its Discontent)之意。《倾城之恋》是个出色的例子,表面上是白流苏与范柳原之间的高级调情,最后却以爱情翻转战争暴力———一种超现实反讽,对"倾国倾城"的女性符咒的美丽传说也是一种喜剧性翻转。

她的作品里经常出现"时代"与"文明"的字眼。她自己受的是"文明"教育,思想也被"时代"所形塑。她的"思想背景里有这惘惘的威胁"是对时代的感受,也是她的文学舞台的"背景"装置。从"张看看张"的角度来解读她的文本中的"背景"与"思想"的表述,意蕴丰富。《华丽缘》中的"我"正在观看戏台上男女"两人调情到热烈之际":

我注意到那绣着"乐怡剧团"横额的三幅大红幔子，正中的一幅不知什么时候已经撤掉了，露出祠堂里原有的陈设；里面黑洞洞的，却供着孙中山遗像；两边挂着"革命尚未成功，同志仍须努力"的对联。那两句话在这意想不到的地方看到，分外眼明。我从来没知道是这样伟大的话。隔着台前的黄龙似的扭着的两个人，我望着那副对联，虽然我是连感慨的资格都没有的，还是一阵心酸，眼泪都要掉下来了。①

那是乡下戏台，演出的是传统戏目，作者却意外地看到戏剧与现实背景之间的裂隙，把"总理遗言"与"三美团圆"的旧戏相对照，为革命的"不彻底"感到心酸，与"思想背景里有这惘惘的威胁"如出一辙。

《小团圆》第二章中九莉上"近代史"课"念不进去"，因为"越到近代越没有故事性，越接近报纸。报上的时事不但一片灰色，枯燥乏味，而且她总不大相信，觉得另有内幕"。（页 51）说"时事"无味是一种小说家的感觉，她怀疑报纸的真实性。安德森（Benedict

---

① 张爱玲：《华丽缘》，《余韵》，页 106。

Anderson，1936-2015）认为近代报纸对于国族"想象共同体"的建构起了关键作用，但九莉不大相信报纸，拒绝被"想象"为"共同体"成员，安德森的理论对她不大适用。所谓"内幕"指报纸背后的权力操纵机制。这个课堂插曲与鲁迅的"幻灯片事件"相似。鲁迅从国人围观同胞被日本人砍头时的"麻木"神态中指出"国民性"问题，九莉则仿佛在观看由报纸想象建构的近代史，离不开一幕幕革命与战争的活剧，而思及其"内幕"，当然涉及近代文明的内在机制问题。

比比同意九莉的看法，"也说身边的事比世界大事要紧，因为画图远近大小的比例。窗台上的瓶花比窗外的群众场面大"。（页51）一般说"眼见为实"，因为近处显得清楚而实在；在摄影或电影中近景聚焦决定了"远近大小的比例"。比比强调"身边的事"比宏大叙事更重要，与张爱玲同调，正如在她的作品中"普通人"的"传奇"占据舞台前景，而"世界大事"与"群众场面"——革命与战争的远景在场，因此有"时代"感。① 对张爱玲来说这远近

---

① 关于这一点李欧梵先生指出："张爱玲小说中的人物几乎都是放在前景，但这些人的行为举止和心理变迁却往往是在一个特定的背景里展开的，而这个特定的背景就隐藏了历史，是现代的，而不是旧戏中的古代。"见《苍凉与世故：张爱玲的启示》，页112。

两者应当是统一的："真的革命与革命的战争,在情调上我想应当和恋爱是近亲,和恋爱一样是放恣的渗透于人生的全面,而对于自己是和谐。"但是"人生的全面"还是落实在个体对现世安稳的愿景上。

张爱玲不喜欢讲大道理,宁肯把抽象的概念与理论艺术化,因此这些与"思想背景"有关的文本碎片般透露出她的历史观与文学观,在戏里戏外虚虚实实之间,皆显出"张看"的基本特点——追求"真实"。本文前面说过张爱玲对自己对文学就是这样,这也凝聚于"我爱他们"的"真爱"之中,因此"爱"与"真"同属她的精神遗产。仍是在《小团圆》第二章里,尽管九莉不相信报纸,还是思考了"战争""宗教""殖民"和"国家主义"等大问题,但是"她没想通,好在她最大的本事是能够永远成为悬案,也许要到老才会触机顿悟"。(页64)一时想不通就不下结论,也是一种求实态度。

"不喜欢现代史,现代史打上门来了。"(页51)日军轰炸香港,迫使九莉面对现实。这也可用来形容张爱玲出国之后的感受,她须面对孤身求生的现实,特别是来到美国就如"闯荡新世界",她意识到创作环境——题材、出版与读者的整体性改变并力求适应,而她的失败与坚执其自我的真实有密切关系。吊诡的是,至晚年"打上门来"的却是"后现代",使她的中文世界大放光彩。冷战意识形态的消解、西方人文学界的"去中心化"、世界华文共同体的形成、大陆的开放政治与"重写文学史"实践,以及以"全球城市"亮相的"上海热"等因素促成了"张爱玲现象"的奇观。在此过程中她也全力以赴,扮演了"作者"的关键角色。但是尽管她被后现代所发现、所造就,但在她始终追求"真实"这一点上却是与后现代的"虚拟"倾向背逆的。正是在这样参差对照的时代境遇里,她的生命如将烬之烛,仍以"我爱他们"昭示其"爱"心不熄及其"真"谛。

职是之故,所谓她的晚年凄凉也是一面之词。至今这"张爱玲现象"在世界范围内持续辐射,对她作品的翻译及研究层出不穷。须指出的是,如果不是她始终坚持"文学至上"这一点,就不可能造成她的晚年辉煌。如果她不是及时与冷战政治意识形态切割,那么她的文学之旅的结局就另当别论了。就文学趣味而言,她无论古今中外兼容并包,在中国现代作家中很少有像她那样认真对待"旧小说"以及"鸳鸯蝴蝶派"并从中吸取养料的。当然她自言"对文艺往往过苛"①,对文学作品自有其灵

---

① 张爱玲 1978 年 8 月 20 日致夏志清的信,见《张爱玲给我的信件》,页 275。

敏的艺术直觉与严格的价值标尺。

她在晚年仍对世界充满不安与疑虑,其历史感愈加明显。大体上说,她始终以自我与女性为中心。早年信奉萧伯纳式的个人主义,似是"己所不欲,勿施于人"的现代翻版,却拒绝接受乌托邦"大同"理想。种种迹象表明,在美国的张爱玲很多时候更具"中国人"的集体意识。这或许受到荣格(Carl Gustav Jung, 1875–1961)关于"民族记忆"理论的影响,另一方面来自她的亲身体验,她花十多年工夫打磨《怨女》,却屡遭退稿。在一九七六年四月四日致邝文美、宋淇信中说:"西方闹了这些年的 anti-hero(反英雄),《怨女》我始终认为是他们对中国人有双重标准——至少在文艺里——由于林语堂赛珍珠的影响。"[①]因此她宣讲《红楼梦》、翻译《海上花》,担当起传播中国文学与文化的使命。她觉得"外国人对于我们五四的传统没有印象"。[②] 在一九七五年出版的约翰·魏克曼(John Wakeman)主编的《世界作家简介》中,张爱玲的《自白》写道:"直到我的作品在接受与语言上均遭巨大障碍时,我方才被迫作一种理论化的解释,由是发觉我从前

①　《张爱玲往来书信集 I》,页 313。

②　张爱玲 1956 年 2 月 10 日致邝文美、宋淇的信,见《张爱玲往来书信集 I》,页 37。

因为较受旧小说传统的影响，却不曾意识到新文学已经深深印铸在我的心理背景之中。"①因此她推崇"五四时期不问得失、一心探索的热忱"的精神。② 张爱玲对"五四"新文化也不论左右，有她自己的选择。在主张改良与自由主义方面她与胡适是一致的，而在伸张女权方面，如她对赖雅的女儿说："对一个女人来说，没有一个社会比一九四九前的中国还要坏。"③这种"反传统"礼教的态度是与鲁迅更为接近的。

最后须一提张爱玲的遗作《一九八八至——?》④，与她早期甚至晚年发表的散文截然不同。文章通过一个在洛杉矶市郊公车站等车人的视角描绘"荒凉破败"的"新大陆"景色，与二十世纪三四十年代的上海时空交叠，重现了"惘惘"之感。对于车站长凳的椅背上"魏与戴"的

---

① 此《自白》原刊于魏克曼主编的《世界作家简介，1950-1970，二十世纪世界作家补册》(*World Authors, 1950-1970: A Companion Volume to Twentieth Century Authors*)，1975 年纽约威尔逊公司出版。我的翻译参考了高全之《张爱玲的英文自白》一文，见《张爱玲学》，页 410-412。

② 张爱玲：《中文翻译的文化影响力》，见《张爱玲往来书信集 I》，页 190。

③ 司马新：《张爱玲的今生缘》，《联合文学》，第 13 卷第 7 期(1997年 5 月)，页 77。

④ 张爱玲：《一九八八至——?》，1996 年 10 月发表于《皇冠》杂志，收入《同学少年都不贱》，页 64-69。

题字展开自由联想,点出"乱世儿女"的爱情主题。通篇无"我"的叙事含有作者与等车的"魏先生"的"视境交融",思绪游移在过去与当下、自传与虚构、爱情与死亡之间。文章在中西文化与性别权力关系的协商中反观一个隐形的自我,体现了"含蓄"的"写实"风格,是一种小说化散文的实验性作品。它与《小团圆》《对照记》一起显示她的晚期"自我"建构的不同面孔,另有一种在华侨与世界人之间的认同焦虑。

文中"却又回到几十年前"的景色可与张爱玲写于一九四五年的《我看苏青》中一段"这是乱世"的上海夜景描绘相照应,最后譬作:"一个割裂银幕的彩色旅游默片,也没配音,在一个蚀本的博览会的一角悄没声地放映,也没人看。"这一自我写照似乎格外悲凉。自一九八三年起张爱玲因"虫患"而不断搬家,甚至频频转换汽车旅馆,从市区到郊区到山谷,越住越远。一九八八年病情好转才迁回市区,所以这一年对她别具意义。从她给邝文美、宋淇及庄信正的信件中可看到大量有关"虫患"的描述,其时年近七旬,老而无依,日常之艰辛超乎想象。这些描述给人错愕,却莫过于其意志之顽强!在最后数年里她仍自强不息,如在《笑纹》一文里开怀大笑,用俏皮话大谈笑经，看到了皇冠为她出版了全集，不无自我加冕的喜悦。①即使在临终前一两月，在给邝、宋的一封长信中她仍意气风发地纵论克林顿的外交政策与世界局势。

《一九八八至——?》的标题意味深长，在她备受折磨而略获生机之际，以破折号加问号表示她仍在历史之流中踽踽前行，为她自己也为时代留下一个未尽的悬念。确如她自言，"我爱他们"，"等我死的时候再死一次"，张爱玲带着她的世界离开了尘世，而文明仍在延续，她的"爱"与"真"的遗产与之同在，给我们启示，伴随着——对于文明，也对于我们自己的——怀疑与质询，且为了坚持"自我"的"真实"，不惜逆风千里。

---

① 据皇冠出版社平鑫涛回顾："从 1991 年 7 月动手，历时一年始告完成，每一部作品都经过张爱玲的亲自校对，稿件在台北与洛杉矶之间两地往返，费时费力，可谓工程浩大。"见彭树君：《瑰美的传奇，永恒的停格》，《华丽与苍凉》，页 181。

图书在版编目(CIP)数据

爱与真的启示：张爱玲的晚期风格／陈建华著.—桂林：广西师范大学出版社，2022.11
（文学纪念碑）
ISBN 978-7-5598-5331-8

Ⅰ.①爱… Ⅱ.①陈… Ⅲ.①张爱玲(1920-1995)-文学研究 Ⅳ.①I206.7

中国版本图书馆CIP数据核字(2022)第158477号

爱与真的启示：张爱玲的晚期风格
AI YU ZHEN DE QISHI：ZHANGAILING DE WANQI FENGGE

出品人：刘广汉　　　　　策划编辑：魏　东
责任编辑：魏　东　　　　助理编辑：程卫平
装帧设计：李婷婷

广西师范大学出版社出版发行

（广西桂林市五里店路9号　　　邮政编码：541004）
（网址：http://www.bbtpress.com）

出版人：黄轩庄
全国新华书店经销
销售热线：021-65200318　021-31260822-898
山东韵杰文化科技有限公司印刷
（山东省淄博市桓台县桓台大道西首　邮政编码：256401）
开本：787 mm×1 092 mm　1/32
印张：13.75　　　　　字数：200千字
2022年11月第1版　　　2022年11月第1次印刷
定价：69.00元

如发现印装质量问题，影响阅读，请与出版社发行部门联系调换。